# 感热集

刘晓艺 ◎ 著

齐鲁书社
·济南·

图书在版编目（CIP）数据

感逝集 / 刘晓艺著. -- 济南：齐鲁书社, 2024.
10. -- ISBN 978-7-5333-5035-2

Ⅰ. I217.2

中国国家版本馆CIP数据核字第2024KK5037号

封面题签　郑训佐
责任编辑　张敏敏
装帧设计　亓旭欣

## 感逝集
GANSHI JI

刘晓艺　著

| | |
|---|---|
| 主管单位 | 山东出版传媒股份有限公司 |
| 出版发行 | 齐鲁书社 |
| 社　　址 | 济南市市中区舜耕路517号 |
| 邮　　编 | 250003 |
| 网　　址 | www.qlss.com.cn |
| 电子邮箱 | qilupress@126.com |
| 营销中心 | （0531）82098521　82098519　82098517 |
| 印　　刷 | 山东华立印务有限公司 |
| 开　　本 | 720mm×1020mm　1/16 |
| 印　　张 | 20.75 |
| 插　　页 | 6 |
| 字　　数 | 276千 |
| 版　　次 | 2024年10月第1版 |
| 印　　次 | 2024年10月第1次印刷 |
| 标准书号 | ISBN 978-7-5333-5035-2 |
| 定　　价 | 88.00元 |

2019年夏,作者重返母校亚利桑那大学所在城市图桑

常熟言子堤旁,胡真与作者

作者在接待王冠华的嘉定别墅花园酒店，距文庙仅咫尺

胡真与作者在嘉定文庙

2019年夏,《昔在集》新书发布会

2019年秋,作者在上海华东师大参加学术会议并主持论坛

王冠华在常熟兴福寺

常熟言子堤旁，王冠华、胡真、陈先生与作者喝茶的远景，葛工拍摄

胡真《明止堂歌》，沪上书家鞠晓枫录
（明止堂为上海嘉定儒商朱明歧先生所建的古砖收藏博物馆）

## 明止堂歌

祖龙征战图一统。楚人随之继其踵。千年古娄留简册。嘉定作邑始皇宋。天宠江南灵秀地。诗礼传家相倾重。一朝劫火焚赤县。洙泗难逃文脉壅。征君朱氏子。托生阎浮世。备识劳劳苦。竟畜陶朱鲤。衣食既已足。遽尔古心起。诗画道训良可宝。无非表与里。由是力向学。焚膏继以晷。载酒问奇字。非关鄙若俚。偶得前贤片纸闻一义。无不欢哈欲舞急抚髀。精诚参详积日多。魂梦证见拈花指。典谟经传虽云贵。断石残砖亦载青青史。一言梦中醒。顿悟道在矣。漫笑砖甓微贱物。何物不能格其理。从此发愿余生相付以。嫪邑多一痴。堪与古人比。经游僻壤。出入墟里。仿偟荒野。垫陷泥滓。痴人宝中宝。只今每伴鸡与豕。痴人乐中乐。大胜俗客垂金紫。屹屹苦搜寻。存聚积累累。不效负贩汉。有宝理须揆。大学明明德。犹知至善止。乃有明止堂。拥甓隐于市。砖甓亦有学。为学有常守。陆刚父。罗雪叟。即称小道前贤终不苟。或数寸。或盈缶。零句阙文传承岁月久。摩汉晋。捐南朝。过往红尘涓浼尽在手。我非顾亭林。绝学立不朽。我非阮芸台。金石相授受。但求砖瓦能言留于后。游戏人寰白云同苍狗。

2000年，鲍思陶、倪志云在蒋维崧先生身边　　　　　　鲍思陶先生在大学宿舍

鲍思陶先生1996年答复作者约稿所作之尺牍

## 感逝集序

生平至此，季春告暮①，急景归陬②。请试看花秉烛，从长夜游③。岂其无人，莫与好仇④。嗟嗟友声⑤，今即何求。

〔注释〕

① 季春告暮：春季的最后一个月走向结束。晋陆云《失题》："遗和既爽，季春告暮。朱明来思，青阳受煦。"下文之"方青阳之陶煦"亦出于此。
② 急景：疾驰的日光，亦指急促的时光。南朝宋谢灵运《答谢谘议》："玉衡迅驾，四节如飞。急景西驰，奔浪赴沂。"陬：山的角落。宋杨万里《次日醉归》："归路意昏昏，落日在岭陬。"
③ 看花秉烛，从长夜游：取《古诗十九首·生年不满百》之意："生年不满百，常怀千岁忧。昼短苦夜长，何不秉烛游！"
④ 岂其无人，莫与好仇：语取南朝宋谢灵运《答谢谘议》："怀风感迁，思我良畴。岂其无人，莫与好仇。"好仇，好同伴。
⑤ 嗟嗟：叹词，表感慨。唐韩愈《祭柳子厚文》："嗟嗟子厚，今也则亡。"友声：朋友的声音，亦指朋友。《诗·小雅·伐木》："嘤其鸣矣，求其友声。相彼鸟矣，犹求友声；矧伊人矣，不求友生。"

若夫青箱世笃①,黄卷②家传,秦烟未烬,鲁史③仍编。苜蓿在馔,蕨薇是甘④。寤寐东篱,徜徉西园⑤。准孔门之义例⑥,鹄风雅之述删⑦。

〔注释〕

① 青箱:青箱学,指家世相传的学问,尤其是史学。《宋书·王淮之传》:"曾祖彪之……博闻多识,练悉朝仪,自是家世相传,并谙江左旧事,缄之青箱,世人谓之'王氏青箱学'。"世笃:累世笃好。
② 黄卷:犹书籍。宋陆游《读书》:"平生爱客如爱书,力虽不逮意有余。门前车马久扫迹,老病又与黄卷疏。"
③ 鲁史:指孔子所作之《春秋》。晋杜预《〈春秋经传集解〉序》:"仲尼因鲁史策书成文,考其真伪,而志其典礼。"
④ 苜蓿:与下句中的"蕨薇"同指野菜,两者皆可供蔬食,此处形容贤者之饮食自奉至为简薄。
⑤ 寤寐东篱,徜徉西园:此句糅合了晋陶潜诗文中的数个语典。《饮酒》其五:"采菊东篱下,悠然见南山。"《和胡西曹示顾贼曹》:"流目视西园,晔晔荣紫葵。"《与子俨等疏》:"五六月中,北窗下卧,遇凉风暂至,自谓是羲皇上人。"
⑥ 准:按照,依照。义例:阐明义理的事例。晋杜预《〈春秋经传集解〉序》:"其经无义例,因行事而言。"
⑦ 鹄:目标,引申为以某物为目标。述删:亦作"删述",相传孔子序《书》删《诗》,自称"述而不作",后以谓著述。

至于上庠<sup>①</sup>开讲,南面而弦<sup>②</sup>,辨乎声诗,属耳有言<sup>③</sup>。搴取蘅皋,流润芝田<sup>④</sup>。方青阳之陶煦<sup>⑤</sup>,若春气之感暄<sup>⑥</sup>。一日捐背,景落中轩<sup>⑦</sup>。

〔注释〕

① 上庠:西周的大学,此处泛指重点大学。
② 南面:有居尊位之意,因古代以坐北朝南为尊。弦:弦歌,《史记·孔子世家》:"三百五篇,孔子皆弦歌之。"
③ 声诗:犹乐歌。属耳:注意倾听。有言:有名言,有善言。《论语·宪问》:"有德者必有言,有言者不必有德。"
④ 搴取:犹采摘。蘅皋:长有香草的沼泽。芝田:传说中仙人种灵芝的地方。三国魏曹植《洛神赋》:"尔乃税驾乎蘅皋,秣驷乎芝田。"
⑤ 方:比作,比拟。青阳:春天。《尸子·仁意》:"春为青阳,夏为朱明。"陶煦:和乐貌。
⑥ 感暄:感受温暖。暄:太阳的温暖。
⑦ 景:日光。中轩:有窗的长廊或高阔屋宇之正中。晋陶潜《闲情赋》原有"曲调将半,景落西轩"句,避前"西园"之"西"字而改为"中轩"。

已而再遘君子,云胡不喜<sup>①</sup>,归路重阻,佳期难俟。穷瀛洲之邈渺,回之子<sup>②</sup>以倚徙<sup>③</sup>。悔江佩<sup>④</sup>之晚托,悲油壁<sup>⑤</sup>之迟驶。

〔注释〕

① 云胡不喜:犹如何不喜。《诗·郑风·风雨》:"风雨如晦,鸡鸣不已。既见君子,云胡不喜?"
② 之子:犹那人、其人,可以指男,亦可以指女。《诗·周南·桃夭》:

"之子于归,宜其室家。"
③ 倚徙:逡巡徘徊,亦作"徙倚"。元张可久《双调·折桂令·酸斋学士席上》:"倚徙西楼,留连北海,断送东君。"
④ 江佩:又作"江妃佩",为定情之信物。据汉刘向《列仙传》记载,江妃二女游于江汉之滨,逢郑交甫,交甫求佩,遂解而与之。
⑤ 油壁:油壁车,古时妇人所乘的装有青绿色油幕的车子。唐李贺《苏小小墓》:"草如茵,松如盖。风为裳,水为佩。油壁车,夕相待。"

况复门下无双,昔游尺咫①,今古谁拟,有晋征士②。风调③其初,艰贞如始。赞旧谊之论交,效倾盖而投漆④。孰谓溘谢⑤,人琴俱委⑥。

〔注释〕

① 昔游:旧游。唐权德舆《与故人夜坐道旧》:"笑语欢今夕,烟霞怆昔游。"尺咫:言其近也。
② 征士:古时指学行并高而不出仕的隐士。南朝宋颜延之《陶征士诔序》:"有晋征士浔阳陶渊明,南岳之幽居者也。"
③ 风调:人的品格情调。宋毛滂《青玉案·竹间戏作》:"子猷风调全相称。是彼此、无凡韵。"
④ 投漆:喻情投意合。《古诗十九首·客从远方来》:"以胶投漆中,谁能别离此。"
⑤ 溘谢:突然去世。唐李乂《节愍太子哀册文》:"形神溘谢,德音如在。"
⑥ 人琴俱委:犹"人琴俱亡",形容见遗物而伤逝,典出南朝宋刘义庆《世说新语·伤逝》:"王子猷、子敬俱病笃,而子敬先亡……子敬素好琴,便径入,坐灵床上,取子敬琴弹,弦既不调,掷地云:'子敬,子敬,人琴俱亡!'因恸绝良久,月余亦卒。"

向使京华冠盖①，金紫珪璋②，三世功名，一枕羲皇③。鲁连高妙，齐生倜傥④。作凭意气，颠倒衣裳。击珊瑚于应手⑤，荡醽醁⑥以佐觞。

# 〔注释〕

① 京华冠盖：语本唐杜甫《梦李白》其二："冠盖满京华，斯人独憔悴。"冠盖，官吏的帽子和车盖，借指贵官、仕宦。
② 金紫：金鱼袋及紫衣，为唐宋官服及佩饰，引申指贵宦。珪璋：玉制的礼器，可以喻高尚的人品、杰出的人才等。唐杨巨源《上刘侍中》："一言弘社稷，九命备珪璋。"
③ 一枕羲皇：出处见前陶潜《与子俨等疏》。明末清初黄图安《闲咏二绝》："一枕羲皇午梦后，数行小试右军书。"
④ 鲁连高妙，齐生倜傥：语本唐李白《古风·齐有倜傥生》："齐有倜傥生，鲁连特高妙。"鲁连，即"义不帝秦"的鲁仲连，齐人也。此处互文，"鲁连"与"齐生"实为一人。
⑤ 击珊瑚于应手：典出南朝宋刘义庆《世说新语·汰侈》："石崇与王恺争豪，并穷绮丽，以饰舆服。武帝，恺之甥也，每助恺。尝以一珊瑚树高二尺许赐恺。枝柯扶疏，世罕其比。恺以示崇。崇视讫，以铁如意击之，应手而碎。"
⑥ 醽醁：美酒。元周权《次韵友人》："百岁闲愁消醽醁，一襟古意托瑶琴。"

遂有惊伤镜发，开奁见霜，浮生如寄，微躯易殇。朝别君于南浦①，夕逢我乎北邙②。中不上达③，痴无非侪。凤兮衰矣，歌笑楚狂④。

〔注释〕

① 南浦：南面的水边，常用称送别之地。南朝梁江淹《别赋》："春草碧色，春水渌波，送君南浦，伤如之何。"
② 北邙：洛阳之北的邙山，东汉、魏、晋名公卿多葬于此，故以指代坟茔。晋陶潜《拟古》其四："一旦百岁后，相与还北邙。"
③ 中不上达：中等资质者无法向上通达明义。语出《荀子·成相》："中不上达，蒙掩耳目塞门户。"但早在《论语·宪问》中，孔子已对"君子"和"小人"不同方向的"达"下过定义："君子上达，小人下达。"
④ 凤兮衰矣，歌笑楚狂：语出《论语·微子》："楚狂接舆歌而过孔子曰：'凤兮凤兮，何德之衰！'"邢昺疏："接舆，楚人，姓陆名通，字接舆也。昭王时，政令无常，乃被发佯狂不仕，时人谓之楚狂也。"

竟乃访追高哲，仰古逸行，逆思药石①，退负柴荆。极松林之迥望，下月笛而闲听。岂流连乎凤阁②，实踌躇于鹤軿③。

〔注释〕

① 逆思药石：反向地思服药石（以求仙）。语本南朝梁萧衍《赠逸民》："逆思药石，逊求非道。珠岂朝珍，璧宁国宝。"
② 凤阁：华丽的楼阁，唐武周年间改中书省为凤阁，遂用为中书省的别称，也可泛指中央官邸。唐钱起《寻司勋李郎中不遇》："唯有早

朝趋凤阁，朝时怜羽接鸳行。"
③ 鹤軿：（尤指道教的）仙车。明王恭《诵道经》："玉佩飞鸾驭，瑶笙载鹤軿。"

是知天路遐远，难蹑太清①。漫谢武皇，高揖卫卿②。将去辞乎吴馆③，终归卧于严陵④。烧营朱砂，披讽葛经⑤。琴瑟泯没，丘垄夷平。

〔**注释**〕

① 太清：道教三清之一，元始天尊所居之地，其境在玉清、上清之上，亦泛指仙境。明宋濂《调息解》："储思于玄元之域，游神乎太清之庭。"
② 武皇：可指任何谥号为"武"的皇帝，此处特指汉武帝。卫卿：神仙卫叔卿的省称。汉武帝崇道求仙，《神仙传》卷二《卫叔卿》载："武帝闲居殿上，忽有一人，乘浮云驾白鹿集于殿前，武帝惊问之为谁。曰：'我中山卫叔卿也。'"卫叔卿因汉武帝"强梁自贵，不识道真，反欲臣我"而"弃去"，他高洁的仙行得到诗仙李白的赞赏。唐李白《古风》其十九："西上莲花山，迢迢见明星。素手把芙蓉，虚步蹑太清。霓裳曳广带，飘拂升天行。邀我登云台，高揖卫叔卿。"
③ 吴馆：春秋吴王夫差为美女西施所筑的馆娃宫，喻歌舞繁华之所。唐李商隐《子直晋昌李花》："吴馆何时熨，秦台几夜熏？绡轻谁解卷？香异自先闻。"
④ 严陵：指东汉隐士严光归隐的严陵濑，在浙江桐庐县南。宋杨万里《读严子陵传》："早遣阿瞒移汉鼎，人间何处有严陵？"
⑤ 葛经：指东晋炼丹家葛洪的《抱朴子》。

已矣哉！采芳中阿，折华瑶枝①。缱绻初昔，绸缪在斯。岂伊异人，特亲风期②。白日将匿③，我焉栖迟④。思怀师友，感逝⑤裁诗⑥。

〔注释〕

① 采芳中阿，折华瑶枝：语出南朝梁萧衍《赠逸民诗》："采芳中阿，折华道周。任情止息，随意去留。"阿，大陵也，泛指山。
② 岂伊：犹岂，难道。伊，无义。异人：异于常人。风期：风度品格。前句出自《诗·小雅·頍弁》："岂伊异人，兄弟匪他。"后句出自唐李白《赠崔司户文昆季》："岂伊箕山故，特以风期亲。"
③ 白日将匿：喻时光流逝，景况艰难，语出汉王粲《登楼赋》："步栖迟以徙倚兮，白日忽其将匿。"
④ 我焉栖迟：我在何处游息。焉，何处。栖迟，游息，语出《诗·陈风·衡门》："衡门之下，可以栖迟。"
⑤ 感逝：本义为感念往昔。因"感逝"为此集的中心词，笔者本拟在常义之外赋予此词以窄义的"感念逝者"之意，幸得南京大学张伯伟教授对这个窄义定义提出批评。他在致笔者的信中言道："对于亡者的纪念固然是一种'感逝'，但夫子叹川，不也是一种'感逝'，而且是含蕴更加丰美的'感逝'吗？"在此，笔者对张教授的提点表示衷心的感谢，因这一建议保住了中心词的复义性，而复义性之于诗学审美是无比珍贵的——至少，自燕卜逊的《复义七型》( Seven Types of Ambiguity ) 以来。唐白居易《忆微之伤仲远》："感逝因看水，伤离为见花。"对于这个中心词，笔者愿放弃单一定义，就让其成为对往昔、逝水、逝者的三重意义上的"感逝"吧。
⑥ 裁诗：作诗。唐刘禹锡《酬令狐留守巡内至集贤院见寄》："巡内因经九重苑，裁诗又继二南风。"

# 目录

感逝集序 ·································································· 001

## 旧诗

**四言** ···································································· 002
  雨水日赋别 ······················································ 002
  己酉日初雪如霰 ·················································· 005

**五古** ···································································· 009
  达生篇 ·························································· 009
  拟古决离词 ······················································ 015
  拟古春词 ························································ 019
  拟古意 ·························································· 021

**杂言七古** ······························································ 025
  校经处歌 ························································ 025
  采薇阁歌 ························································ 036
  感事奉答 ························································ 046

杜维明先生八秩上寿歌代吴疆师作 ……………… 050
五绝 ………………………………………………………… 054
　　记胡真与王冠华丈往还 ……………………………… 054
七绝 ………………………………………………………… 059
　　答王旭贾瑶为校旧诗集 ……………………………… 059
　　《食货家法》勒成感希圣公生平 …………………… 062
七律 ………………………………………………………… 066
　　闲情 …………………………………………………… 066
　　碧云 …………………………………………………… 068
　　寄远二首 ……………………………………………… 070
　　次韵胡真甲午岁末偶题 ……………………………… 072
　　胡真逝后见其早岁自寿诗惊识其谶 ………………… 076
　　次宋王令韵论孟子 …………………………………… 078
　　癸卯孟冬入院杂诗 …………………………………… 080
　　赠王旭贾瑶二女棣 …………………………………… 084
　　暑中村郊读刘皓明先生《小批评集》始学德语 …… 085
　　村居客过 ……………………………………………… 091

## 词

　　忆王孙 ………………………………………………… 096
　　如梦令 ………………………………………………… 097

| | |
|---|---|
| 乌夜啼 | 098 |
| 生查子 | 099 |
| 浣溪沙 | 100 |
| 卜算子 | 101 |
| 清平乐 | 102 |
| 菩萨蛮 | 103 |
| 采桑子 | 105 |
| 减字木兰花 | 106 |
| 诉衷情 | 108 |
| 忆秦娥 | 109 |
| 更漏子 | 110 |
| 南歌子 | 111 |
| 醉花阴 | 112 |
| 浪淘沙 | 113 |
| 鹧鸪天 | 114 |
| 前调一首 | 115 |
| 鹊桥仙 | 117 |
| 虞美人 | 118 |
| 南乡子 | 119 |
| 玉楼春 | 120 |
| 前调一首 | 121 |
| 前调又一首 | 122 |

| 一斛珠 | 124 |
|---|---|
| 踏莎行 | 125 |
| 蝶恋花 | 126 |
| 临江仙 | 128 |
| 渔家傲 | 129 |
| 苏幕遮 | 130 |
| 定风波 | 131 |
| 锦缠道 | 133 |
| 谢池春 | 134 |
| 青玉案 | 136 |
| 天仙子 | 138 |
| 江城子 | 140 |
| 沁园春 | 141 |
| 扬州慢 | 143 |

## 莎翁商籁

| 仿《古诗十九首》译莎翁商籁十九首 | 146 |
|---|---|
| SONNET 18 | 146 |
| SONNET 22 | 149 |
| SONNET 28 | 152 |
| SONNET 29 | 155 |

| SONNET 30 | 158 |
| SONNET 44 | 161 |
| SONNET 49 | 164 |
| SONNET 55 | 167 |
| SONNET 57 | 170 |
| SONNET 60 | 173 |
| SONNET 64 | 176 |
| SONNET 65 | 179 |
| SONNET 71 | 182 |
| SONNET 73 | 185 |
| SONNET 81 | 188 |
| SONNET 98 | 191 |
| SONNET 109 | 193 |
| SONNET 116 | 195 |
| SONNET 151 | 198 |

# 祭文尺牍

| 祭文 | 202 |
| 　祭胡真君并序 | 202 |
| 尺牍 | 213 |
| 　庚子戊子丙午致杜泽逊 | 213 |

致张伯伟 ······ 221

致李飞 ······ 226

致张玉法 ······ 229

## 序跋古文

《名家文献版刻书迹辑存》序 ······ 232

  附：《名家文献版刻书迹辑存》出版说明 ······ 240

《中国古典诗歌创作论》序 ······ 243

迎新献辞为成都某公司新年团建作 ······ 249

## 怀人散文

记胡真与王冠华老师的交往 ······ 254

《得一斋诗钞》与《所思不远》集外的两世诗缘 ······ 287

《鲍思陶文集》整理后记 ······ 300

# 旧诗

# 四言

## 雨水日赋别

昔我云别①，霰雪飘零。今也言晤②，仓庚载鸣③。
蛰虫始振④，众草动萌。之子⑤之至，花发南庭。

〔注释〕

① 昔我云别：语本晋陶潜《答庞参军》："昔我云别，仓庚载鸣。今也遇之，霰雪飘零。"其下亦有数处化用此诗。
② 晤：遇。《诗·陈风·东门之池》："彼美淑姬，可与晤言。"
③ 仓庚载鸣：《诗·豳风·七月》："春日载阳，有鸣仓庚。"朱熹《诗集传》："仓庚，黄鹂也。"
④ 蛰虫始振：语出《礼记·月令》："东风解冻，蛰虫始振。"郑玄注："振，动也。"
⑤ 之子：那个人。《诗·周南·桃夭》："之子于归，宜其室家。"

良话①何蔼，旨酒②何盈。烛心照蒻，夜雨连明③。
万物齐巽④，春水方生。岂无他人⑤，风期⑥最贞。

〔注释〕

① 良话：有益的谈话。晋陶潜《答庞参军》："之子之远，良话曷闻。"

② 旨酒：美酒。《诗·小雅·鹿鸣》："我有旨酒，嘉宾式燕以敖。"
③ 烛心照翦，夜雨连明：化自唐李商隐《夜雨寄北》："何当共剪西窗烛，却话巴山夜雨时。"翦，同"剪"。
④ 万物齐巽：语出《周易·说卦》："万物出乎震，震东方也；齐乎巽，巽东南也。齐也者，言万物之絜齐也。"巽，东南之卦，为春末夏初四十五日之季节，正是万物上长整齐之时。
⑤ 岂无他人：《诗·唐风·羔裘》："岂无他人，维子之故。"
⑥ 风期：风度品格。唐李白《赠崔司户文昆季》："岂伊箕山故，特以风期亲。"

君子祗役①，匪遑②栖宁。送子于野，朝日载升。
北涉玄灞③，流水下声。维舟容裔④，维马不行。

〔注释〕

① 祗役：奉命就任。南朝宋谢灵运《邻里相送至方山》："祗役出皇邑，相期憩瓯越。"
② 匪遑：未遑，来不及。唐独孤及《三月三日自京到华阴于水亭独酌寄裴六薛八》："祗役匪遑息，经时客三秦。"
③ 北涉玄灞：语出唐王维《山中与裴秀才迪书》："北涉玄灞，清月映郭。"玄灞，深黑色的灞水。灞水在长安东，上有灞桥，行人多于此送别。
④ 维舟容裔：语出晋陶潜《答庞参军》："翩彼方舟，容裔江中。"维，句首助词，无义。容裔，船行貌。南朝梁江淹《从征虏始安王道中诗》："容裔还乡棹，逶迤去国旌。"

怆矣东望,阻山滞陵。离忧莫写<sup>①</sup>,欢意曷倾。

兹岁将殚<sup>②</sup>,晏景欲暝<sup>③</sup>。蹑履<sup>④</sup>起户,仰观三星<sup>⑤</sup>。

〔注释〕

① 写:去除。《诗·邶风·泉水》:"驾言出游,以写我忧。"毛传:"写,除也。"
② 兹岁将殚:语出晋陶潜《闲情赋》:"悼当年之晚暮,恨兹岁之欲殚。"兹岁,此年。唐陈子昂《感遇诗》:"玄蝉号白露,兹岁已蹉跎。"殚,尽。南朝梁沈约《郊居赋》:"路将殚而弥峭,情薄暮而逾广。"
③ 晏景:傍晚的景色。宋梅尧臣《茂芝上人归姑苏》:"晏景托孤艇,倦飞还旧林。"暝:昏暗。南朝宋谢灵运《石壁精舍还湖中作》:"林壑敛暝色,云霞收夕霏。"
④ 蹑履:穿鞋。《孔雀东南飞》:"新妇识马声,蹑履相逢迎。"
⑤ 仰观三星:《古诗十九首·孟冬寒气至》:"愁多知夜长,仰观众星列。"三星,《诗·唐风·绸缪》:"绸缪束薪,三星在天。今夕何夕,见此良人。"此诗言婚姻之事,毛传:"三星在天,可以嫁娶矣。"

# 己酉日初雪如霰

相彼雨雪，先集维霰①。便娟墀庑，萦盈帷幔②。风翦③烟絮，纷糅流转。寂寞中庭，萧索深院。

〔注释〕

① 相彼雨雪，先集维霰：语本《诗·小雅·頍弁》："如彼雨雪，先集维霰。"亦有版本首句作"相彼雨雪"，兹因取文义故，从后者。集，聚集。霰，雪珠，白色不透明的球形或圆锥形小冰粒，多在下雪前或下雪时降落。

② 便娟墀庑，萦盈帷幔：化用南朝宋谢惠连《雪赋》："初便娟于墀庑，末萦盈于帷席。"便娟，轻盈美好貌。《楚辞·大招》："丰肉微骨，体便娟只。"墀，台阶上面的空地，亦指台阶。汉班固《西都赋》："于是玄墀扣砌，玉阶彤庭。"庑，堂下周围的走廊、廊屋，亦泛指房屋。《楚辞·九歌·湘夫人》："合百草兮实庭，建芳馨兮庑门。"

③ 翦：用剪刀铰。唐韩愈《咏雪赠张籍》："片片匀如翦，纷纷碎若挼。"宋晏殊《更漏子》："蘋华浓，山翠浅，一寸秋波如翦。"清纳兰性德《卜算子·新柳》："多事年年二月风，翦出鹅黄缕。"

连氛累霭①，玄云②峨弁③。雰④其霏⑤矣，客心退倦。失路当衢⑥，迷经⑦僻县⑧。何以东行，余辔是撰⑨。

〔注释〕

① 连氛累霭：语出南朝宋谢惠连《雪赋》："连氛累霭，掩日韬霞。霰淅沥而先集，雪纷糅而遂多。"

② 玄云：黑云，浓云。《楚辞·九歌·大司命》："广开兮天门，纷吾乘兮玄云。"三国魏曹植《愁霖赋》："瞻玄云之晻晻兮，听长空之淋淋。"

③ 峨弁：高冠，一般为武官所佩戴。此形容云层高耸貌。宋刘一止《鹊桥仙》："使君情在，暮云合处，卧看碧峰峨弁。"

④ 雰：雪盛貌。《诗·邶风·北风》："北风其凉，雨雪其雰。"毛传："雰，盛貌。"朱熹《诗集传》："雰，雪盛也。"南朝宋鲍照《代北风凉行》："北风凉，雨雪雰，京洛女儿多严妆。"

⑤ 霏：雨雪盛貌。《诗·邶风·北风》："北风其喈，雨雪其霏。"毛传："霏，盛貌。"高亨注："霏，雨雪大的样子。"

⑥ 当衢：正对着大路，或大路中间。晋左思《蜀都赋》："亦有甲第，当衢向术，坛宇显敞，高门纳驷。"

⑦ 经：通"径"，小路。汉王充《论衡·纪妖篇》："（汉高皇帝）被酒，夜经泽中。"刘盼遂集解："'经'当依《史记》作'径'。"

⑧ 僻县：偏僻边远的县。唐韦庄《过内黄县》："僻县不容投刺客，野陂时遇射雕郎。"

⑨ 撰：持，握。《楚辞·九歌·东君》："撰余辔兮高驼翔，杳冥冥兮以东行。"宋洪兴祖补注："撰，雏免切，定也，持也。"

日月俯仰①，驹隙流电②。或载或隳③，孔皆④遗绚⑤。岁云蹉跎，镜花顾恋。感切前华，惭赧后彦。

〔注释〕

① 俯仰：比喻时间短暂。三国魏阮籍《咏怀》其三十二："去此若俯仰，如何似九秋？"晋王羲之《〈兰亭集〉序》："夫人之相与，俯仰一世，或取诸怀抱，悟言一室之内；或因寄所托，放浪形骸之外。"
② 驹隙：喻光阴之易逝。语本《庄子·知北游》："人生天地之间，若白驹之过郤（隙）。"
③ 或载或隳：出《老子》："或强或羸，或载或隳。"载，平安，安定。隳，毁坏，废弃。
④ 孔皆：非常普遍。孔，常用副词义"甚"，非常。《诗·周颂·丰年》："为酒为醴，烝畀祖妣，以洽百礼，降福孔皆。"
⑤ 遗绚：犹遗美。《晋书·孝友传序》："采其遗绚，足厉浇风，故著《孝友篇》以续前史云耳。"

乃申娱思，荐此筵燕①。盍②具醇酎③，盍丰庖膳④。珍裘⑤既敝，曾无再旸⑥。浮生亦雪，因时兴涣⑦。

〔注释〕

① 筵燕：同"筵宴"，宴会，酒席。明魏观《两浙寄子栗家书》："省垣诸公相，筵燕每攀接。"
② 盍：犹何不。《论语·公冶长》："盍各言尔志？"
③ 醇酎：味厚的美酒。《初学记》卷二六引汉邹阳《酒赋》："凝醳醇酎，千日一醒。"

④ 庖膳：膳食。《晋书·石崇传》："丝竹尽当时之选，庖膳穷水陆之珍。"

⑤ 珍裘：珍贵的毛皮。晋卢谌《答魏子悌》："崇台非一干，珍裘非一腋。多士成大业，群贤济弘绩。"

⑥ 再眄：再看，再顾。宋洪皓《次彦深韵》："子适挥毫八体具，怒猊渴骥获再眄。"

⑦ 涣：离散貌。《诗·周颂·访落》："将予就之，继犹判涣。"毛传："涣，散也。"

五古

## 达生篇

君尝诘庄列,业精李叟①说。
自性多旷冲,坐与山林悦。
神龟谢巾笥②,曳尾宁涂辙③。

〔注释〕

① 李叟:老子李耳。宋苏辙《陪毛君游黄仙观》:"李叟仙居仍近市,黄公道院亦依城。"
② 巾笥:以巾包裹,藏入箱箧。《庄子·秋水》载,庄子钓于濮水,楚王使大夫二人往先焉,曰:"愿以境内累矣!"庄子持竿不顾,曰:"吾闻楚有神龟,死已三千岁矣。王巾笥而藏之庙堂之上。此龟者,宁其死为留骨而贵乎?宁其生而曳尾于涂中乎?"二大夫曰:"宁生而曳尾涂中。"庄子曰:"往矣!吾将曳尾于涂中。"
③ 涂辙:泥泞的道路。

愿为蜩翼知①,万物不反侧②。

因兀③穷年功,断齑④复被褐⑤。

嗣绍⑥青箱家⑦,郑贾⑧相契挈⑨。

〔注释〕

① 蜩翼:蝉的翅膀,比喻微小的事物。《庄子·达生》:"虽天地之大,万物之多,而唯蜩翼之知。"晋葛洪《抱朴子外篇·逸民》:"荣华犹赘疣也,万物犹蜩翼也。"
② 反侧:反复无常,《庄子·达生》:"吾不反不侧,不以万物易蜩之翼,何为而不得?"
③ 兀:勤奋刻苦。唐韩愈《进学解》:"焚膏油以继晷,恒兀兀以穷年。"
④ 断齑:形容贫苦力学,源自范仲淹断齑画粥的典故。《五朝名臣言行录·参政范文正公》"公生二岁而孤"原注引宋魏泰《东轩笔录》:"公(范仲淹)少与刘某同上长白山僧舍修学,惟煮粟米二升,作粥一器,经宿遂凝,刀画为四块,早晚取二块,断齑数十茎……入少盐,暖而啖之。如此者三年。"齑,古同"齑",捣碎的姜、蒜、韭菜等。明徐渭《黄鼠》:"断齑吾自分,食肉任干城。"
⑤ 被褐:穿着粗布短袄,谓处境贫困。明唐时升《和饮酒二十首初夏天气微热方不欲饮偶龚仲和……遂尽和其韵》:"孰知被褐徒,光辉照四表。"
⑥ 嗣绍:继承。唐韩愈《河南府同官记》:"嗣绍家烈,不违其先。"
⑦ 青箱家:典出《宋书·王准之传》:"曾祖彪之……博闻多识,练悉朝仪,自是家世相传,并谙江左旧事,缄之青箱,世人谓之'王氏青箱学'。"后即以"青箱学"或"青箱家"指传家的史学。宋范成大《寄题王仲显读书楼》:"使君青箱家,文史装怀抱。"

⑧ 郑贾：东汉经学家郑玄和贾逵的并称。清邓显鹤《例授修职郎岁贡生候选训导邹君墓志铭》："里巷迂生，抱学究一经，不知郑贾为何人。"
⑨ 契：相合，相投。挈：带，领。

情用奉倩①笃，冰雪为我热②。
遂期赵与李③，茶书赌燕亵④。
寿夭究何属，盈缩⑤佹⑥以谲⑦。

〔注释〕

① 奉倩：三国魏荀粲，字奉倩，曹魏玄学家、太尉荀彧幼子。唐李贺《后园凿井歌》："水声繁，弦声浅。情若何，荀奉倩。"
② 冰雪为我热：典出南朝宋刘义庆《世说新语·惑溺》："荀奉倩与妇至笃，冬月妇病热，乃出中庭自取冷，还以身熨之。"清纳兰性德《蝶恋花》："若似月轮终皎洁，不辞冰雪为卿热。"
③ 赵与李：赵明诚与李清照。
④ 茶书：源自赵李赌茗典。宋李清照《〈金石录〉后序》："余性偶强记，每饭罢，坐归来堂，烹茶，指堆积书史，言某事在某书某卷第几叶第几行，以中否角胜负，为饮茶先后。"燕亵：日常家居，喻亲昵。
⑤ 盈缩：伸屈，进退，亦指寿夭。三国魏曹操《步出夏门行·龟虽寿》："盈缩之期，不但在天；养怡之福，可得永年。"
⑥ 佹：通"诡"。
⑦ 谲：狡诈，奇异，多变。

披帙①讽②上哲,哀乐求中节③。

弃世云弗累④,通物⑤曰无郤⑥。

县水⑦三十仞,潜蹈⑧不能折。

〔注释〕

① 披帙:打开卷帙。明胡翰《西村老人隐居》:"披帙欣自悟,临觞复谁属。"

② 讽:诵读。

③ 中节:合乎法度、节奏。《礼记·中庸》:"喜怒哀乐之未发谓之中,发而皆中节谓之和。"

④ 弃世云弗累:语出《庄子·达生》:"夫欲免为形者,莫如弃世。弃世则无累,无累则正平,正平则与彼更生,更生则几矣。"

⑤ 通物:通晓物理人情。三国魏嵇康《释私论》:"物情顺通,故大道无违;越名任心,故是非无措也。是故言君子,则以无措为主,以通物为美。"

⑥ 无郤:无隙。郤,通"隙"。《庄子·达生》:"一其性,养其气,合其德,以通乎物之所造。夫若是者,其天守全,其神无郤,物奚自入焉!"

⑦ 县水:瀑布,悬泉。县,通"悬"。《庄子·达生》:"孔子观于吕梁,县水三十仞,流沫四十里,鼋鼍鱼鳖之所不能游也。"

⑧ 潜蹈:水行与火行。《庄子·达生》:"子列子问关尹曰:'至人潜行不窒,蹈火不热,行乎万物之上而不栗。请问何以至于此?'"

置卷仍戚悲，降年①何不耋②？

百年托山岳，万般赍伌别③。

丘陇奄④国士，厥志⑤委长辍。

〔注释〕

① 降年：上天赐予人的年龄，寿命。明沈毅《高陵篇》："降年曾不永，有子迈前烈。"
② 耋：老。
③ 赍：送，抱持。伌别：离别。南朝宋谢惠连《西陵遇风献康乐诗》："哲兄感伌别，相送越坰林。"
④ 奄：覆盖。晋陆机《辩亡论下》："吴制荆扬而奄交广。"
⑤ 厥志：相当于"其志"。厥，其、那个。宋叶适《送陈彦群》："众儒治六学，厥志存不朽。"

难矣论达生，斤寝匠子子①。

太上不关情②，纡轸③在痴拙。

荧然酹④一卮，永怀⑤中道⑥诀。

〔注释〕

① 斤寝匠子子：典出《庄子·徐无鬼》。庄子送葬，过惠子之墓，讲了一个故事："郢人垩慢其鼻端，若蝇翼，使匠石斫之。匠石运斤成风，听而斫之，尽垩而鼻不伤，郢人立不失容。宋元君闻之，召匠石曰：'尝试为寡人为之。'匠石曰：'臣则尝能斫之。虽然，臣之质死久矣！'"庄子以此喻惠子："自夫子之死也，吾无以为质矣，吾

无与言之矣！"寝，止息、废置。孑孑，孤单貌。宋陆游《东斋杂书》："天壤大如许，我独身孑孑。"

② 太上不关情：南朝宋刘义庆《世说新语·伤逝》：王戎丧儿……王悲不自胜。简曰："孩抱中物，何至于此！"王曰："圣人忘情，最下不及情。情之所钟，正在我辈。"

③ 纤轸：委屈而隐痛。南朝宋谢庄《月赋》："情纤轸其何托，愬皓月而长歌。"

④ 酹：洒酒于地以祭奠。

⑤ 永怀：长久思念。宋陆游《舍西晚眺示子聿》："西望牛头渺天际，永怀吾祖起家初。"

⑥ 中道：半路，中途。元沈禧《风入松·咏扇》："只愁一夜西风到，又谁知、中道抛捐。"

# 拟古决离词

惟昔①穆王②骏，来骋春宵宫③。
遗爱荆文璧④，理瑟峄阳桐⑤。
南郑⑥烛璠膏⑦，茂苑⑧驻云骢。

〔注释〕

① 惟昔：昔日。唐韩愈《驽骥》："惟昔穆天子，乘之极遐游。"
② 穆王：周穆王，传说有八骏。唐李商隐《瑶池》："八骏日行三万里，穆王何事不重来？"
③ 春宵宫：古宫殿名，相传为周穆王东巡时宴会西王母之处。宋宋白《宫词》："春宵宫女著春绡，铃索无风自动摇。"
④ 荆文璧：和氏璧。晋卢谌《答魏子悌》："恨无随侯珠，以酬荆文璧。"李善注："楚人卞和得璞玉于荆山之中，文王即位，乃使理其璞，得宝焉。"
⑤ 峄阳桐：峄山南坡所生的特异梧桐，古代以为是制琴的上好材料。《尚书·禹贡》："羽畎夏翟，峄阳孤桐。"孔传："峄山之阳，特生桐，中琴瑟。"唐张为《秋醉歌》："携酒天姥岑，自弹峄阳桐。"
⑥ 南郑：周畿内邑，周穆王都此。因在镐京南，故称。《竹书纪年·穆王元年》："元年己未春正月，王即位，作昭宫。命辛伯余靡。冬十月，筑祇宫于南郑。"

⑦ 瑶膏：美玉之脂，为最珍贵的烛油。晋王嘉《拾遗记·周穆王》："（穆王）又列瑶膏之烛，遍于宫内。"

⑧ 茂苑：花木茂美的苑囿。《穆天子传》卷二："丙辰，至于苦山，西膜之所谓茂苑。"

燕婉①虽良时，黄竹②歌渐穷。

已知兰烬③冷，永宵赋恼公④。

中悔⑤盟誓心，离散若转蓬⑥。

回景⑦乖辰参⑧，交路各西东。

〔注释〕

① 燕婉：情侣或夫妇间的亲昵和爱。汉苏武《留别妻》："结发为夫妻，恩爱两不疑。欢娱在今夕，燕婉及良时。"

② 黄竹：据《穆天子传》载，周穆王往苹泽打猎，"日中大寒，北风雨雪，有冻人，天子作诗三章以哀民"，首句即"我徂黄竹"，黄竹本为传说中的地名，后用来指周穆王所作诗名。唐李商隐《瑶池》："瑶池阿母绮窗开，黄竹歌声动地哀。"

③ 兰烬：烛之余烬。唐李贺《恼公》："蜡泪垂兰烬，秋芜扫绮栊。"

④ 恼公：犹言扰乱我心曲。唐代诗人李贺有《恼公》诗，以秾词丽笔写情事，前注既引其二句。

⑤ 中悔：中途反悔或后悔。宋苏轼《和陶拟古九首》："夜烧沉水香，持戒勿中悔。"

⑥ 转蓬：随风飘转的蓬草。唐李商隐《无题》："嗟余听鼓应官去，走马兰台类转蓬。"

⑦ 回景：星斗运行。晋夏侯湛《秋可哀》："秋可哀兮哀秋日之萧条，

火回景以西流。"
⑧ 辰参：心宿和参宿。两星宿此出彼没，永不相逢，喻人之分离不得相见。宋苏轼《送俞节推》："嗟余与夫子，相避如辰参。"

矧<sup>①</sup>以忧肤愬<sup>②</sup>，畏言子之丰<sup>③</sup>。
岂将怀仲<sup>④</sup>意，薏苡<sup>⑤</sup>竟披蒙。
倾城咎哲妇<sup>⑥</sup>，投阁累扬雄<sup>⑦</sup>。

## 〔注释〕

① 矧：另外，况且，何况。唐柳宗元《敌戒》："矧今之人，曾不是思。"
② 肤愬：肤受（谓浮泛不实）之愬，指谗言。愬，同"诉"。《论语·颜渊》："浸润之谮，肤受之愬，不行焉，可谓明也已矣。"
③ 子之丰：意为"你的好风采"。《诗·郑风·丰》："子之丰兮，俟我乎巷兮，悔予不送兮。"
④ 怀仲：语出《诗·郑风·将仲子》："仲可怀也，人之多言，亦可畏也。"
⑤ 薏苡：一种白色卵形植物。东汉初，大将马援远征越南，在交趾采了很多薏苡果，因其形状似夜明珠，马援虽已身故，仍遭贪污之谤。马援夫人将薏苡献上才保住马援的封号。薏苡遂成为"遭谤"的代称。唐白居易《得微之到官后书备知通州之事怅然有感因成四章》其三："侏儒饱笑东方朔，薏苡谗忧马伏波。"
⑥ 哲妇：多谋虑的妇人。《诗·大雅·瞻卬》："哲夫成城，哲妇倾城。"
⑦ 投阁累扬雄：汉扬雄校书天禄阁时，刘棻曾向雄问古文奇字。后棻被王莽治罪，株连扬雄。当狱吏往捕时，雄恐不能自免，即从阁上

跳下，几乎摔死。民国柳亚子《再题〈圭塘倡和集〉》："饮鸩共笑荀文若，投阁谁怜扬子云？"

士当致劲远，修德愿保终。
妾宁在青波①，望君交河②中。
异枝栖相思，再世共韩冯③。
我心匪石④矣，不可转此衷。

〔注释〕

① 青波：青陂，地名，在今河南省新蔡县西南，亦泛指楚地。
② 交河：汉西域古郡。此句与上句"妾宁在青波"皆出北周庾信《哀江南赋》："况复君在交河，妾在青波。"
③ 韩冯：亦作"韩凭""韩朋"。传战国时宋康王舍人韩凭娶妻何氏，甚美，康王夺之。凭怨，王囚之，沦为城旦。凭自杀。其妻乃阴腐其衣，王与之登台，妻遂自投台下，左右揽之，衣不中手而死。遗书于带，愿以尸骨赐凭合葬。王怒，弗听，使里人埋之，冢相望也。宿昔之间，便有大梓木生于两冢之端，旬日而大盈抱，屈体相就，根交于下，枝错于上。又有鸳鸯，雌雄各一，恒栖树上，晨夕不去，交颈悲鸣，音声感人。宋人哀之，遂号其木曰"相思树"。见晋干宝《搜神记》卷十一。《列异传》等书转抄为"韩冯"。清纳兰性德《减字木兰花》："若解相思，定与韩凭共一枝。"
④ 匪石：非石，不像石头那样可以转动。《诗·邶风·柏舟》："我心匪石，不可转也。"

# 拟古春词

妆面回青镜①，隔坞闭闲闼②。

高城闻短箫，妾怀独愁绝。

吴堤舣兰舸③，齐讴④逐云阙。

春冰泮⑤幽泉，曲意暗凄咽。

卮酒发酡颜⑥，心事违难说。

〔注释〕

① 妆面回青镜：语出唐李峤《梅》："妆面回青镜，歌尘起画梁。"
② 隔坞闭闲闼：化自宋张炎《西子妆慢》"隐约孤村，隔坞闲门闭"句。闼，内门、小门。
③ 吴堤舣兰舸：语出宋晏几道《浪淘沙》："行子惜流年，鹈鸩枝边。吴堤春水舣兰船。"舣，停船靠岸。
④ 齐讴：齐歌。讴，歌也。晋陆机、南朝梁沈约皆曾作《齐讴行》，唐李白《古风》其十八有"香风引赵舞，清管随齐讴"句。
⑤ 泮：冰的泮涣、融解。《诗·邶风·匏有苦叶》："士如归妻，迨冰未泮。"
⑥ 卮酒发酡颜：语出宋王之道《浪淘沙·和鲁如晦》："卮酒发酡颜。休更留残。满城风雨麦秋寒。"卮酒，犹杯酒。

含情无过柳,厌浥<sup>①</sup>邀攀折。

行行若牵裾<sup>②</sup>,总拟后期缀。

但感久相思,何年驻相悦。

碍马皆芳草<sup>③</sup>,莫行阻鹈鸠。

四月花如霰,覆下君来辙。

〔注释〕

① 厌浥:潮湿含露的样子。《诗·召南·行露》:"厌浥行露,岂不夙夜,谓行多露。"毛传:"厌浥,湿意也。"
② 牵裾:牵拉着衣襟。宋贺铸《摊破木兰花》:"摘佩牵裾,燕样腰轻。"
③ 碍马皆芳草:语出唐罗隐《绵谷回寄蔡氏昆仲》(又作《魏城逢故人》):"芳草有情皆碍马,好云无处不遮楼。"

## 拟古意

帷风入相问,妾家郁金堂①。

发衾对绮镜,睇眄②转流光。

缅想三春盛,容易③捐年芳④。

〔注释〕

① 郁金堂:古诗中卢家少妇莫愁的居室。南朝梁武帝《河中之水歌》:"卢家兰室桂为梁,中有郁金苏合香。"唐沈佺期《古意呈补阙乔知之》:"卢家少妇郁金堂,海燕双栖玳瑁梁。"
② 睇眄:顾盼。三国魏曹植《七启》:"红颜宜笑,睇眄流光。"
③ 容易:(某事)倾向于发生,非今义。宋蒋捷《一剪梅·舟过吴江》:"流光容易把人抛,红了樱桃,绿了芭蕉。"
④ 年芳:美好的春色。南朝梁沈约《伤春》:"年芳被禁籞,烟华绕层曲。"

出郭步原隰①,绿柳眺成行。

祁祁士与女,庶富殊五方。

遥忆溱洧②上,赠勺娱流觞。

〔注释〕

① 原隰:广平低湿之地,泛指原野。三国魏曹植《应诏》:"芒芒原隰,祁祁士女。"其下"祁祁士与女"句亦本此。祁祁,众多、盛貌。

② 溱洧:溱水与洧水,在今河南。《诗·郑风·溱洧》中有士女在溱洧采兰赠芍、以表悦慕的描写:"溱与洧,方涣涣兮……维士与女,伊其相谑,赠之以勺药。"


猗嗟①幽并客②,经过新丰③乡。

车服一何焕,右发射则臧④。

如何衹役⑤情,停驾伫彷徨。

〔注释〕

① 猗嗟:叹词,表赞叹。《诗·齐风·猗嗟》:"猗嗟昌兮,颀而长兮。"

② 幽并客:古幽州和并州的并称,泛指燕赵一带,其俗尚气任侠。三国魏曹植《白马篇》:"借问谁家子,幽并游侠儿。"

③ 新丰:汉高祖刘邦依其故乡丰邑规模所置之县,在今陕西临潼,常作新兴贵族游宴嬉乐之典。南朝陈陈叔宝《刘生》:"游侠长安中,置驿过新丰。"

④ 右发:自右侧发出箭矢。三国魏曹植《名都篇》:"左挽因右发,一

纵两禽连。"射则臧：射箭技术好。臧，善、好。《诗·齐风·猗嗟》："巧趋跄兮，射则臧兮。"

⑤ 祗役：奉命任职。唐皇甫冉《屏风上各赋一物得携琴客》："如何祗役心，见尔携琴客。"

<br>

言值<sup>①</sup>彼姝子，抱意久愔愔。
会持鸣鸾佩，将御蜀中琴<sup>②</sup>。
与期城西驿，共惜良夜深。

〔注释〕

① 言：副词，无义。值：遇到。
② 蜀中琴：汉蜀郡司马相如挑卓文君所用之琴。

<br>

众星繁以粲，断梦续清砧。
醒时香对烬，钗坠辟寒金<sup>①</sup>。
赠行未及言，何以饯离襟<sup>②</sup>。

〔注释〕

① 辟寒金：传三国魏明帝时，昆明国进贡嗽金鸟，鸟吐金屑如粟，铸之可以为器。宫人争以鸟吐之金饰钗佩，谓之"辟寒金"。故宫人相嘲曰："不服辟寒金，那得帝王心。"事见晋王嘉《拾遗记》。
② 离襟：离别的情怀。南朝宋谢灵运《赠从弟弘元时为中军功曹住京》："子既祗命，饯此离襟。"

妾颜朝槿<sup>①</sup>色,朱明<sup>②</sup>倏尔寝。

浮萍合流水,转移岂固心。

宁勉玄发欢<sup>③</sup>,无贻白首吟<sup>④</sup>。

# 〔注释〕

① 朝槿:木槿朝开暮落,譬时光流逝、事物变迁、红颜易老。南朝梁王僧孺《为何库部旧姬拟蘼芜之句》:"妾意在寒松,君心逐朝槿。"
② 朱明:太阳或日影。南朝宋谢灵运《游南亭》:"未厌青春好,已观朱明移。"
③ 玄发欢:指年轻时的欢乐。玄发,黑发。与下句"无贻白首吟"语同出南朝宋谢惠连《秋怀》:"各勉玄发欢,无贻白首叹。"
④ 白首吟:喻指卓文君的《白头吟》。

杂言七古

# 校经处歌

校经处①，何所营，蠹简如山石室几汗青②。
邺侯插架夸万轴③，韦相传家粹一经④。

〔注释〕

① 校经处：最初是山东大学文史哲研究院承担的清史纂修工程之《清人著述总目》（杜泽逊主持）及山东省政府特批重大项目《山东文献集成》（王学典、杜泽逊主持）两个编修项目的编辑部，位于山东大学中心校区老晶体所南楼，共四间。因杜教授后来又领修《十三经注疏》汇校工程，此处遂得名"校经处"。在中国古籍整理界，"南有学礼堂，北有校经处"，两者皆鼎鼎有名。学礼堂为南京师范大学古籍学者王锷教授所创。在校经处工作的学生，多为山东大学古典文献学专业学子。校经处近年来承担的项目还有：国家古籍保护中心委托项目《日本藏中国古籍总目》、国家社科基金重大项目"《五经正义》汇校与研究"、国家社科基金特别委托项目"《永乐大典》存卷综合整理研究"等。校经处于2021年底搬迁至文史楼，改善了工作环境。

② 蠹简：被虫蛀坏的书。石室：古代藏图书档案处。汗青：古时在竹简上记事，先以火烤青竹，使水分如汗渗出，便于书写，并免虫蛀，

故有此称，多指史册。

③ 邺侯：指唐相李泌。李泌曾拜中书侍郎、同中书门下平章事，累封邺县侯，家富藏书。宋周密《齐东野语·书籍之厄》中有"邺侯插架三万卷"之语。插架，置书于书架上，引申为藏书。宋辛弃疾《玉楼春·寄题文山郑元英巢经楼》："平生插架昌黎句。"

④ 韦相传家粹一经：西汉丞相韦贤通晓经书，尝为昭帝授《诗》，称邹鲁大儒；他的四个儿子也都通晓经籍，仕宦显达，尤其是其少子韦玄成，以通经参加西汉著名的学术会议——"石渠阁会议"，后复拜相。《汉书·韦贤传》语及韦贤家学，以"故邹鲁谚"赞之曰："遗子黄金满籯，不如一经。"

琅嬛①如作记，卿云烂金庭②。

阆风③出其上，群玉④藏阁名。

典坟⑤百氏⑥日浸淫，遂有开卷独得闭户精。

〔注释〕

① 琅嬛：仙境名，传说是天帝藏书的地方，可泛指珍藏书籍之所在。元伊士珍《琅嬛记》记载，张华游洞宫，遇一人于途，相与共至一处，大石中忽然有门，引华入数步，则别是天地，宫室嵯峨，每室各有奇书，华历观诸室书，问地名，对曰："琅嬛福地也。"

② 卿云：庆云，是一种彩云，古人视为祥瑞。烂：灿烂。金庭：道教福地或神仙居所。相传舜禅位于禹，与群臣互贺，唱《卿云歌》曰："卿云烂兮，纠缦缦兮。日月光华，旦复旦兮。"

③ 阆风：山名，位于昆仑山的山巅，相传为仙人所居，亦引申为仙风之意。唐李商隐《玉山》："玉山高与阆风齐，玉水清流不贮泥。"

④ 群玉：传说中的仙山，古帝王藏书册处。《穆天子传》卷二："天子北征，东还，乃循黑水，癸巳，至于群玉之山……先王之所谓策府。"郭璞注："言往古帝王以为藏书册之府，所谓藏之名山者也。"唐独孤及《奉和中书常舍人晚秋集贤院即事寄赠徐薛二侍御》："图籍凌群玉，歌诗冠柏梁。"

⑤ 典坟："三坟五典"的略语，泛指各种书籍。唐朱庆馀《送韦校书佐灵州幕》："职已为书记，官曾校典坟。"

⑥ 百氏：犹言诸子百家。南朝齐孔稚珪《北山移文》："其始至也，将欲排巢父，拉许由，傲百氏，蔑王侯。"

异说各相腾，万流趋东溟①。

屈平去境②漆园③隐，六艺常向庄骚征④，

谁解鲁中叟、楚狂生⑤。

## 〔注释〕

① 东溟：东海。唐王维《华岳》："天地忽开拆，大河注东溟。"

② 屈平去境：原为名句，语出南朝梁钟嵘《诗品序》："至于楚臣去境，汉妾辞宫，或骨横朔野，魂逐飞蓬。"因避后句"楚狂生"中的"楚"字，将"楚臣"改为"屈平"，屈平即楚国诗人屈原。去境，犹曰去国。

③ 漆园：指庄子。传说庄周曾在蒙邑中为吏，主督漆事，故庄子又称"漆园吏"。唐李中《经古观有感》："漆园化蝶名空在，柱史犹龙去不归。"

④ 六艺常向庄骚征：语本清龚自珍《辨仙行》："周任史佚来斌斌，配食漆吏与楚臣。六艺但许《庄》《骚》邻，芳香恻悱怀义仁。"六艺，

或指礼、乐、射、御、书、数六种才艺，或指儒家的"六经"，即《诗》《书》《礼》《易》《乐》《春秋》六部典籍。

⑤ 鲁中叟、楚狂生：分别指孔子与楚狂接舆。《论语·微子》："楚狂接舆歌而过孔子曰：'凤兮凤兮，何德之衰！'"邢昺疏："接舆，楚人，姓陆名通，字接舆也。昭王时，政令无常，乃被发佯狂不仕，时人谓之楚狂也。"

祖龙万卷坑未冷①，白头伏氏②不死见时清。

余车豫不进，余马绁③不行。

短生叹偃蹇④，常恐随榛荆⑤。

名节灌隳落⑥，心战惧以兢。

〔注释〕

① 祖龙：秦始皇。《史记·秦始皇本纪》："(三十六年)秋，使者从关东夜过华阴平舒道，有人持璧遮使者曰：'为吾遗滈池君。'因言曰：'今年祖龙死。'"《史记·儒林列传》谓秦始皇焚书坑儒之后，六艺从此缺失。

② 白头伏氏：秦博士伏胜，又称伏生，治《尚书》。始皇焚书，伏生以书藏壁中，汉兴后，得佚书二十九篇，以教于齐鲁间。文帝即位，诏太常使掌故晁错往受《书》，盖伏生年已九十余，老不能行。

③ 绁：本义为系牲口的缰绳，引申为系、拴。《楚辞·离骚》："朝吾将济于白水兮，登阆风而绁马。"

④ 偃蹇：困顿窘迫貌。唐韩愈《送王秀才序》："及读阮籍、陶潜诗，乃知彼虽偃蹇，不欲与世接，然犹未能平其心，或为事物是非相感发，于是有托而逃焉者也。"

⑤ 榛荆：犹荆棘，形容荒芜。唐柳宗元《首春逢耕者》："故池想芜没，遗亩当榛荆。"
⑥ 名节漼隤落：语出晋潘安《西征赋》："名节漼以隤落。"漼，古通"摧"，毁坏。隤落，毁坏和失落。

> 质从蒲柳弱，意期松筠①贞。
> 韶龄好经史，扬班②相与矜。
> 岂其羡朱紫③，略无解褐④情。
> 守命身甘老是阖，愿受一廛为书氓⑤。

〔注释〕

① 松筠：松树和竹子。唐白居易《和微之诗二十三首·和寄乐天》："松筠与金石，未足喻坚密。"
② 扬班：汉代文学家扬雄和班固的并称。
③ 朱紫：朱衣紫绶，古代高级官员的服色或服饰，引申为官位。唐司空图《力疾山下吴村看杏花十九首》其七："白衫裁袖本教宽，朱紫由来亦一般。"
④ 解褐：解去平民所穿的粗布衣服，易官服，指入仕。《梁书·武帝本纪中》："不通一经，不得解褐。"
⑤ 愿受一廛为书氓：语出《孟子·滕文公上》："愿受一廛而为氓。"一廛，古时一夫所居之地。氓，民也。

向寒窗俛俛①、十载宵灯。

芟②芜蔓，摭③菁英，忘筌④天地遗骸形。

中黄丈人执藜火⑤，兰膏⑥彻晓照荧荧。

〔注释〕

① 俛俛：勤勉，努力，亦作"黾勉"。《诗·小雅·十月之交》："黾勉从事，不敢告劳。"

② 芟：割草，引申为除去。唐韦庄《李氏小池亭十二韵》："积石乱巉巉，庭莎绿不芟。"

③ 摭：拾取，摘取。汉张衡《思玄赋》："躔建木于广都兮，摭若华而踌躇。"

④ 忘筌：语出《庄子·外物》："筌者所以在鱼，得鱼而忘筌。"荃，通"筌"，为捕鱼之器具。喻目的达到，遂忘记了原来的凭借。唐温庭筠《感旧陈情五十韵献淮南李仆射》："从师当鼓箧，穷理久忘筌。"

⑤ 中黄丈人：指葛洪《抱朴子·地真》中所云仙人中黄子。据晋王嘉《拾遗记》载，汉刘向校书天禄阁，夜默诵，有老父杖藜以进，吹杖端，烛燃火明。"藜火"后成为夜读或校书之典。宋苏轼《和陶读山海经》其四："安知青藜火，丈人非中黄。"在《红楼梦》第五回《开生面梦演红楼梦，立新场情传幻境情》中，贾宝玉游宁府，欲午睡，秦可卿先引其至上房；不爱读书的宝玉抬头看到一幅《燃藜图》，"心中便有些不快"，又见到"世事洞明皆学问，人情练达即文章"的对联，就说什么也不肯在那上房睡觉了。

⑥ 兰膏：用泽兰子炼制的油脂，可以点灯。《楚辞·招魂》："兰膏明烛，华容备些。"

六经贯七略①，天禄用扬馨②。

尔雅既同风③，商略近正声④。

校雠与辑佚，前闻试发明⑤。

〔注释〕

① 七略：我国最早的图书目录分类著作。西汉刘歆辑宫廷藏书，分成辑略、六艺略、诸子略、诗赋略、兵书略、术数略和方技略七类。
② 天禄：指天禄阁，汉宫中藏书阁名，汉高祖时创建，在未央宫内。用：相当于"因此"。扬馨：播散香气。明高启《春草堂》："膏露既灌芳，惠风亦扬馨。"
③ 尔雅既同风：语出宋张衡《经史阁四言诗》："尔雅同风，沿袭世次。"尔雅，指中国古代最早解释词义的专著《尔雅》，传为汉代学者缀辑而成。尔，通"迩"，是"近"的意思。雅，为"正"之义，指官方语言，即"雅言"。同风，同受天子之教化。《尔雅》本有以故训注疏先秦文本特别是《诗经》的作用。
④ 商略：评论，探讨。宋辛弃疾《哨遍·秋水观》："正商略遗篇，翩然顾笑，空堂梦觉题秋水。"正声：纯正的乐声，雅正之音。唐李白《古风》："正声何微茫，哀怨起骚人。"
⑤ 前闻：古有的见闻。发明：阐述，阐发。

岂必恭王坏宅①时，周编鲁篆删大成②。
异乎西河奇北海③，家法原自出汉京④。

〔注释〕

① 恭王：指西汉鲁恭王，亦作"鲁共王"，汉景帝子刘馀。坏宅：恭王曾为扩建宫宇而毁坏孔子门第，于孔宅壁中夹层间得先秦古文经，为《论语》《尚书》《礼记》《孝经》等数十篇。恭王于是停止拆毁孔宅，并将这些经文上献朝廷。

② 周编鲁篆：泛指古文经系统或更早的儒家经典。因汉代通行隶书，故将秦地篆文以外的字体称为"古文"。古文经像蝌蚪形，称"蝌蚪书"或"蝌蚪文"。又，汉许慎《说文解字叙》："及宣王太史籀著大篆十五篇，与古文或异。"删：选录，抄录或摘引。大成：集合前人的学说或主张，形成完整的体系。《孟子·万章下》："孔子之谓集大成。集大成也者，金声而玉振之也。"

③ 异乎西河奇北海：语出唐崔日知《冬日述怀奉呈韦祭酒张左丞兰台名贤》："上异西河夏，中非北海玄。"西河，指孔子弟子子夏，曾应魏文侯之聘讲学于魏国西河（今陕西关中东部黄河沿岸地区），开西河学派。《礼记·檀弓上》：（子夏）退而老于西河之上。"一般认为《公羊传》《穀梁传》皆传自子夏。北海，指遍注群经的东汉大儒郑玄。郑玄字康成，北海高密人。

④ 家法原自出汉京：因经学的确立始自汉代，故云。家法，汉初儒家传经都由口授，师所传授，弟子一字也不能改变，界限甚严，称为家法，至唐代实已消亡，但学术史仍以"家法"来指代学术的风格、传统或规范。汉京，指汉都长安或洛阳，亦可指其他汉族政权的都城。

春水逝斯须①，良时不复恒。

使非勒石碣②，临流濯我缨③。

行年将逾陆机赋，知非乃论蘧瑗诚④。

宁为展卷耽此玩，魏晋无论⑤事叠兴。

# 〔注释〕

① 斯须：片刻，顷刻。三国魏曹植《赠白马王彪》其七："变故在斯须，百年谁能持？"

② 使非：若非，倘非。勒石碣：勒石，刻字于石，为铭功之用，相传始于秦相李斯，历史上最著名的一例为东汉窦宪破北匈奴后的燕然勒石。

③ 临流濯我缨：语本《孟子·离娄上》："沧浪之水清兮，可以濯我缨。"濯缨，犹洗濯冠缨，喻超尘守操。

④ 行年将逾陆机赋，知非乃论蘧瑗诚：语出宋李清照《〈金石录〉后序》："余自少陆机作赋之二年，至过蘧瑗知非之两岁，三十四年之间，忧患得失，何其多也！"陆机作《文赋》的年龄未有定论，唐杜甫《醉歌行》称"陆机二十作文赋"。关于这一提法，近代学者顾随认为太早了，怕不可能，他根据陆机《叹逝赋》序文中的"余年方四十"，推断《文赋》当是陆机四十岁左右所作。这也比较接近李清照对自己年龄的提法。蘧瑗，字伯玉，春秋时卫国大臣，孔子之友，传说他常能推诚自省。《淮南子·原道训》："蘧伯玉年五十而知四十九年非。"

⑤ 魏晋无论：语取晋陶潜《桃花源记》："乃不知有汉，无论魏晋。"

会须①觅百钱,拟供高阳酲②。

欲呼维南维北③、

箕斗簸扬兮挹酒浆④,东有启明西长庚⑤。

〔注释〕

① 会须:应当,理应。宋柳永《凤归云》:"幸有五湖烟浪,一船风月,会须归去老渔樵。"
② 高阳:池名,晋山简镇襄阳时名之,盖取汉郦食其"高阳酒徒"原意。《晋书·山简传》:"简每出嬉游,多之池上,置酒辄醉。"酲:酒醉。
③ 维:文言助词,无义。
④ 箕斗簸扬兮挹酒浆:语取《诗·小雅·大东》:"维南有箕,不可以簸扬;维北有斗,不可以挹酒浆。"
⑤ 东有启明西长庚:亦出《诗·小雅·大东》:"东有启明,西有长庚。"

宝光腰下三尺铗①,莫作弹歌倚门②听。

结意在东观③,胜拥荆璧城④。

万古人心凭代谢,千年文献竞峥嵘。

〔注释〕

① 三尺铗:犹三尺剑。铗,剑也。《楚辞·九章·涉江》:"带长铗之陆离兮,冠切云之崔嵬。"
② 弹歌倚门:出"倚门弹铗"典。《战国策》载孟尝君门客齐人冯谖屡

次"倚柱弹其剑",歌"长铗归来乎",向孟尝君提出物质要求。"弹铗"遂指处境窘困而又欲有所干求。

③ 结意：寄情，寄意。东观：东汉洛阳南宫内观名。先是有班固著书于兰台，其后有刘珍、刘毅等相次著述东观，经过多次修撰，终成《汉记》，又称《东观汉记》，东观因以称国史修撰之所。章和二帝时，东观又尝为皇宫藏书之府。

④ 荆璧：和氏璧，因其"价值连城"，故可以用来形容城池的宝贵价值。《魏书·逸士列传》中李谧所谓"丈夫拥书万卷，何假南面百城"，也是同一个意思。

# 采薇阁歌

君不见汉魏缥囊①贮书何攲危②,
楚人一炬劫后冷秦灰③。

〔注释〕

① 缥囊:用淡青色的丝绸制成的书囊,亦借指书卷。宋林逋《送陈日章秀才》:"闲却清尊掩缥囊,病来无故亦凄凉。"
② 攲危:倾斜危险貌。宋苏辙《次韵子瞻赋雪二首》其一:"来时瞬息平吞野,积久攲危欲败檐。"其下所咏之中国图书聚散史,同时是一部中国图书濒危史,因为历代藏书常遭火焚、抢掠、迁动与离散。中国图书史上有"十大书厄"之谓,由隋牛弘及明胡应麟所各举"五厄"组成,限于篇幅,本诗仅叹咏其三。
③ 楚人一炬:语出唐杜牧《阿房宫赋》:"戍卒叫,函谷举,楚人一炬,可怜焦土!"指的是项羽引兵西屠咸阳、杀降王子婴,又纵火三月之事,详见《史记·项羽本纪》。当然,这一段历史也不是没有争议的。若依照正史,则项羽之罪在于他烧毁了秦火所未烧尽的"博士官"藏书,如明陶宗仪在《南村辍耕录·论秦蜀》中所言:"天下之书虽焚,而博士官犹有存者,惜乎入关收图籍而不及此,竟为楚人一炬耳。"秦灰:既可指秦始皇焚书之烬,亦可指为项羽所焚的秦宫之烬。

江左风谈①尚清俊，至今麈柄②亲两晋。

梁家诸帝好述善摛辞③，

可怜湘东再火④文武一夜尽⑤。

## 〔注释〕

① 江左：长江下游南岸地区，此处特指东晋。风谈：风雅的清谈。
② 麈柄：麈尾的柄，借指麈尾，晋人闲谈常执以掸尘。宋曾巩《东轩小饮呈坐中》："谈剧清风生麈柄，气酣落日解带镮。"
③ 梁家诸帝：指南朝梁的四位文学家皇帝，即武帝萧衍与其八子中的三子（昭明皇帝萧统、简文帝萧纲、元帝萧绎），父子四人并称"四萧"，名气不亚于"三曹"父子。好述：雅好著述。摛辞：铺陈文辞。明顾璘《赠靖江王孙》其一："摛辞过梁宋，召客得应徐。"
④ 湘东再火：早在514年，萧绎即封湘东王；侯景死后，萧绎称帝于江陵；554年冬，雍州刺史萧詧引西魏兵来攻，萧绎焚烧所藏图书十四万卷，城陷被杀。萧绎本酷爱藏书，曾自云："吾今年四十六岁，自聚书来四十年，得书八万卷。"之所以称"再火"，是因江陵焚书为秦火以来最大的一次图书浩劫。
⑤ 文武一夜尽：眼见大火烧尽无数珍书，萧绎以宝剑斫柱令折，叹曰："文武之道，今夜穷矣！"萧绎为何会在江陵城破之际做出焚书的疯狂决定呢？原来，他的内心独白是这样的："读书万卷，犹有今日，故焚之！"

六代锦心惜作烧,聚书重盛开皇①朝。
赉帛一缣当一册②,宝轴辐辏嗣箫韶③。

〔注释〕

① 开皇:隋文帝杨坚的年号,从隋朝建立的581年至600年,历20年,为一段文治武功的繁荣时期,史称"开皇之治"。
② 赉帛一缣当一册:隋朝继承了北周、北齐的藏书,然总藏仅四万余卷,除去重复者外,只有一万五千卷,还有残缺不全的问题。开皇三年(583),秘书监牛弘上表请开献书之路,政府遂向民间发出有偿献书之诏,"献书一卷,赉缣一匹"。史言此诏效果明显,一二年间,篇籍稍备。元朝之前,开赏格向民间征求献书的皇帝还有:西汉惠、文,后唐庄宗,后汉高祖,后周世宗,北宋太祖,北宋仁宗,南宋高宗等。
③ 宝轴:精致的卷轴,借指珍贵的书籍。宋刘敞《转运沈郎中归和州墨墅堂》:"宝轴牙签三万余,中园华宇荫清渠。"辐辏:集中,聚集。箫韶:舜乐名。

平陈获所积,检得三万籍①。
崛起观文殿②,劳来韦杜笔③。

〔注释〕

① 平陈获所积,检得三万籍:开皇九年(589)平陈,隋军完好地接收、保护了陈朝的所有藏书,除"古本"外,藏书总量达到三万余卷。
② 崛起观文殿:隋炀帝即位后,在东都洛阳营造观文殿,殿内有豪华、"智能"到今人不能想象的图书室,充满各种奇妙机关。《太

平广记》卷二二六"观文殿"引《大业拾遗记》:"隋炀帝令造观文殿。前两厢为书堂,各十二间……金铺玉题,绮井华榱,辉映溢目。每三间开一方户,户垂锦幔。上有二飞仙,当户地口施机。舉驾将至,则有宫人擎香炉,在舉前行,去户一丈,脚践机发,仙人乃下阁。"

③ 劳来韦杜笔:据《隋书·经籍志一》记载,隋平陈后所获藏书,"多太建时书,纸墨不精,书亦拙恶",于是隋文帝"召天下工书之士,京兆韦霈、南阳杜頠等,于秘书内补续残缺,为正副二本,藏于宫中"。

隋炀修撰未尝停,正御东西藏二京①。
歌残玉树犹带曲②,卅七万卷焚广陵③。

〔注释〕

① 正御:本义为供奉帝王的物品,此处指"正御本",即皇家专供藏书。按照正史的说法,隋炀帝好大喜功,"无日不治宫室",他在大兴土木营造东京、西京之余,又将宫廷藏书分藏二京。元马端临《文献通考·经籍考一》:"(隋炀帝)前后近二十载,修撰未尝暂停。自经术文章、兵农地理、医卜释道,乃至捕搏鹰狗,皆为新书,无不精洽,共成三十一部,万七千卷。"隋代多写复本、副本的藏书措施,客观上有利于藏书的保存和流传。隋炀帝好读书、好聚书的特点,是唐代史官也曾予以肯定和承认的。

② 歌残玉树犹带曲:语出明曾棨《维扬怀古和胡祭酒韵》:"广陵城里昔繁华,炀帝行宫接紫霞。玉树歌残犹有曲,锦帆归去已无家。"

③ 卅七万卷焚广陵:元马端临《文献通考·经籍考一》:"唐著作郎杜宝《大业幸江都记》云:'炀帝聚书至三十七万卷,皆焚于广陵,其

目中盖无一帙传于后代。'"需要指出的是，人们对隋炀帝广陵焚书的说法、卷数一直是有争议的，诗法夸张，不必尽以为实。

唐皇时降集贤院①，驱起开元百六掾②。
经库皆钿白牙轴③，铅分绿字销香篆④。

〔注释〕

① 唐皇：指唐玄宗李隆基。集贤院：集贤殿书院的省称，是皇家藏书所，负责征集、整理、抄录图籍，集贤殿学士亦参与朝廷事务，举荐治国良策。《旧唐书》卷四三《职官志二》："十二年，（玄宗）驾在东都；十三年，与学士张说等宴于集仙殿，因改名集贤。"

② 百六掾：典出《晋书·元帝纪》："（建武元年三月）辛卯，即王位，大赦，改元……诸参军拜奉车都尉，掾属驸马都尉。辟掾属百余人，时人谓之'百六掾'。"后因以喻群僚。

③ 经库皆钿白牙轴：语出《旧唐书·经籍志下》："其集贤院御书：经库皆钿白牙轴，黄缥带，红牙签。"牙轴，象牙或骨角制成的书、画卷轴。经库仅为四库之一，其他三库的配置则是这样的："史书库钿青牙轴，缥带，绿牙签；子库皆雕紫檀轴，紫带，碧牙签；集库皆绿牙轴，朱带，白牙签，以分别之。"

④ 铅分绿字销香篆：语出唐司空曙《奉和常舍人晚秋集贤院即事寄徐薛二侍郎》："香卷青编内，铅分绿字中。"铅分绿字，犹校勘典籍。铅分，古人以铅粉涂改文字，故称"铅分"。绿字，即绿文、绿图，古代传说中，江河所出图箓皆为绿色，因代指典籍。香篆，指芸香，置诸书籍可防蛀。

孟蜀偏安经独抱①，摹刊十碣立州庙②。
赵宋天子敬殷勤，使工镌刻传文藻③。

〔注释〕

① 孟蜀：五代十国中的后蜀（934—965），孟知祥所建，其疆域较王建所建的前蜀更小，虽偏安而重文教。
② 摹刊十碣立州庙：后主孟昶广政年间，宰相毋昭裔主持完成了一个浩大的文化项目，即孟蜀朝廷聘精湛书家，刻成十经（一说仅九经，后补《左传》），列立于益州州学——汉代之文翁石室。广政石经即后来广为流传的十三经的基础。碣，碑石。十碣，即十部石经。清朱祖谋《齐天乐·刘体乾奉所藏〈蜀石经〉残拓上呈乙览，蒙御题"孟蜀石经"四篆文，以示孝臧，敬书其后》："念游艺冲龄，中兴祯兆。十碣摹刊，右文看再造。"
③ 赵宋天子敬殷勤，使工镌刻传文藻：在孟蜀石经的基础上，北宋仁宗时补刻《公羊传》《穀梁传》，徽宗时又补刻《孟子》，十三经至此方成。南宋时期，《孟子》进入高宗的御书石经中，后又选入朱熹的《四书集注》。宁宗嘉定四年（1211），《论语集注》《孟子集注》被定为官方之学。至此，十三经结集得以完成，《十三经注疏》合刻也开始了。

大都图籍元使收①，旧国宝玩半佚流。
临安文献仍传世②，两浙重见藏书楼③。

〔注释〕

① 大都图籍元使收：语本明邵宝《读元史》："大都图籍帝使收，群儒秉笔谁春秋。"大都，元首都，在今北京。

② 临安文献仍传世：元朝攻陷南宋都城临安后，非常注意对南宋朝廷所存图书的收集。据《元史·世祖本纪》载，至元十三年十月"丁亥，两浙宣抚使焦友直以临安经籍、图画、阴阳秘书来上"。至元十五年四月，又"以许衡言，遣使至杭州等处取在官书籍版刻至京师"。宋末元初战乱频繁，典籍文献既有散佚销毁，也有官方的收集和保护，并不是典型的书厄情况。

③ 两浙重见藏书楼：元统一后，调整文化政策，实行科举取士，促进了文化事业的发展。与此同时，元代版刻印刷技术发达，交通发达，浙东地区涌现了一批藏书楼，如浙江台州路临海太平乡石唐里陈孚的"万卷楼"。

> 有明正朔统江川，冕旒终复汉衣冠。
> 东南大郡文渊薮，国史家乘①富未删。

〔注释〕

① 家乘：家谱，家史。清龚自珍《〈怀宁王氏族谱〉叙》："由是胪而为家谱，则史表之遗也；广而为家乘，则史传之遗也。"

> 长似乾嘉太平岁，著书事业堪与契。
> 清儒披褐①甘校雠，请谢万钟②避从仕。

〔注释〕

① 披褐：身穿短褐。褐，粗布衣，古时为贫贱人所穿。唐齐己《寓居岳麓谢进士沈彬再访》："明朝此相送，披褐入桃源。"

② 请谢万钟：意为辞去高官厚禄。万钟，丰厚的俸禄。钟，古量器名。《孟子·告子上》："万钟则不辩礼义而受之，万钟于我何加焉。"

千古丘陇都一寝，盍向笥笈借山枕①。
不许残帙②委流尘，前代声华偏籍甚③。

〔注释〕

① 盍：何不，表反问。笥笈：竹制书箱。山枕：枕头，古代枕头多用木、瓷等制作，中凹，两端凸起，其形如山，故名。宋李清照《蝶恋花》："乍试夹衫金缕缝。山枕斜欹，枕损钗头凤。"
② 残帙：犹残卷。唐韦应物《寄子西》："托邻素多欲，残帙犹见束。"下文之"日夕上高斋"亦出此诗。
③ 声华：美好的名声、声誉。籍甚：盛大，盛多。南朝梁任昉《宣德皇后令》："客游梁朝，则声华籍甚。"

国重右文①略，储砚进博约。
日夕上高斋，策名清时②爵。

〔注释〕

① 右文：崇尚文治。宋苏颂《寄题宗室世泽太博修性斋》："治世右文风教洽，彬彬儒雅遍宗藩。"
② 策名清时：语出汉李陵《答苏武书》："勤宣令德，策名清时，荣问休畅，幸甚幸甚。"

君不见善本摩挲采薇阁，终古风流凭载削①。

石渠东观②天尺五③，绛云一片烧京洛。

〔注释〕

① 载削：记载和删削，引申为编纂。唐刘知幾《〈史通〉序》："尝以载削余暇，商榷史篇。"

② 石渠：指石渠阁，西汉皇室藏书之处，在长安未央宫殿北。东观：东汉皇室藏书之处，位于洛阳南宫内观。宋徐铉《奉和子龙大监与舍弟赠答之什》："石渠东观两优贤，明主知臣岂偶然。"

③ 天尺五：谓离天甚近，极言其高。汉辛氏《三秦记》："城南韦杜，去天尺五。"

圣贤多寂寞，对影劝樽酌①。

瑶琴与宝瑟，常恐寄无托。

〔注释〕

① 对影劝樽酌：化自唐李白《月下独酌四首》其一："花间一壶酒，独酌无相亲。举杯邀明月，对影成三人。"

君不见秉华烛、服石药,晓镜空悬人非昨①。

异时四部刊将尽,名山或许归烟壑②。

〔注释〕

① 晓镜空悬人非昨:化自宋秦观《一斛珠·秋闺》:"晓镜空悬,懒把青丝掠。江山满眼今非昨。"
② 名山:指可以传之不朽的藏书之所。汉司马迁《报任少卿书》:"仆诚以著此书,藏诸名山,传之其人。"或许:或者会允许,非今义。烟壑:云雾弥漫的山谷。唐上官仪《奉和山夜临秋》:"滴沥露枝响,空蒙烟壑深。"

# 感事奉答

君不见灵均①迹,至今羞说长沙吊迁客②。
抱道怀贞③叩九阍④,流离清死楚江侧⑤。
君不见长安局⑥,孰期荣辱一朝翻与覆。
弈盘落子来去棋,皆溷⑦尘中谁比数。

〔注释〕

① 灵均:指屈原。《离骚》:"名余曰正则兮,字余曰灵均。"
② 长沙吊迁客:此指遭贬为长沙王太傅的贾谊凭吊遭放逐的屈原。汉贾谊《吊屈原赋》:"侧闻屈原兮,自沉汨罗。造托湘流兮,敬吊先生。"
③ 抱道怀贞:意为坚守正道节义。《史记·屈原贾生列传》:"屈平正道直行,竭忠尽智以事其君。"《三国志·魏书·管宁传》:"宁抱道怀贞,潜翳海隅。"
④ 九阍:九天之门。《离骚》:"吾令帝阍开关兮,倚阊阖而望予。"唐刘禹锡《楚望赋》:"高莫高兮九阍,远莫远兮故园。"
⑤ 流离清死楚江侧:屈原在浊世中秉持清高品行,遭放逐而死。《离骚》:"伏清白以死直兮,固前圣之所厚。"楚江,指汨罗江。汉贾谊《吊屈原赋》:"屈原,楚贤臣也,被谗放逐……遂自投汨罗而死。"
⑥ 长安局:与下文所言"弈棋"皆喻动荡不定的世事。清尤侗《念奴

娇·归兴》："大抵长安局似弈，正打辘轳双劫。"
⑦ 涊：浊也。汉贾谊《吊屈原赋》："世谓随、夷为溷兮，谓跖、蹻为廉。"

> 徐剑后悬季札悔①，伪书先赐扶苏死②。
> 终古争名赵李徒，相干黄金为谁禄。
> 凭他倚作市门语③，无非齐竽滥秦缶④。
> 千秋事业只浊醪⑤，且看周公与谢傅⑥。

# 〔注释〕

① 徐剑后悬季札悔：典出春秋时吴延陵季子札挂剑于徐国国君墓的故事。
② 伪书先赐扶苏死：语出唐韦楚老《祖龙行》："腐肉偷生三千里，伪书先赐扶苏死。"扶苏，秦始皇长子。《史记·秦始皇本纪》："七月丙寅，始皇崩于沙丘平台……（赵）高乃与公子胡亥、丞相斯阴谋破去始皇所封书赐公子扶苏者，而更诈为丞相斯受始皇遗诏沙丘，立子胡亥为太子。更为书赐公子扶苏、蒙恬，数以罪，赐死。"下二句亦讽赵高、李斯辈。
③ 倚作市门语：本指经商，此喻熙攘逐利。《史记·货殖列传》："夫用贫求富，农不如工，工不如商，刺绣文不如倚市门。"
④ 齐竽：典出《韩非子·内储说上》："齐宣王使人吹竽，必三百人。南郭处士请为王吹竽，宣王说之，廪食以数百人。宣王死，湣王立，好一一听之，处士逃。"秦缶：语出秦李斯《谏逐客书》："夫击瓮叩缶，弹筝搏髀，而歌呼呜呜快耳目者，真秦之声也。"
⑤ 浊醪：浑浊的酒。南朝梁江淹《恨赋》："浊醪夕引，素琴晨张。"
⑥ 周公与谢傅：指周公旦与东晋名相谢安。

清声自远鹓雏意，腐鼠从教成滋味①。

我初富贵等浮云，曲肱晏卧听流水②。

昆仑片玉③寄幽石④，命代良工遗见佚。

却拂玉指殷勤携，宁作空山埋照里⑤。

〔注释〕

① 清声自远鹓雏意，腐鼠从教成滋味：语出唐李商隐《安定城楼》："不知腐鼠成滋味，猜意鹓雏竟未休。"鹓雏，传说中与凤凰同类的鸟，喻指有高情远志、不屑于利禄之人。《庄子·秋水》："夫鹓雏，发于南海而飞于北海，非梧桐不止，非练实不食，非醴泉不饮。于是鸱得腐鼠，鹓雏过之，仰而视之曰：'吓！'"

② 我初富贵等浮云，曲肱晏卧听流水：化自《论语·述而》："子曰：'饭疏食饮水，曲肱而枕之，乐亦在其中矣。不义而富且贵，于我如浮云。'"晏卧，犹闲卧。

③ 昆仑片玉：昆仑山所出之玉，常以喻贤才。《晋书·郤诜传》："武帝于东堂会送，问诜曰：'卿自以为何如？'诜对曰：'臣举贤良对策，为天下第一，犹桂林之一枝，昆山之片玉。'"

④ 寄幽石：语出唐叶季良《赋得琢玉成器》："片玉寄幽石，纷纶当代名。荆人献始遇，良匠琢初成。"

⑤ 埋照里：隐藏光彩。唐钱起《片玉篇》："空山埋照凡几年，古色苍痕宛自然。"

报昨云中书①意密,谓可缓辔②归油壁③。

感君相问为君说,中岁④生涯差未毕⑤。

聊将笔底卷波澜⑥,倾与襟中⑦洗尘土。

何当寿君遣双壶⑧,白云松下不知暮。

## 〔注释〕

① 云中书:古人视鸿雁为信使,故言书信自云中来。宋李清照《一剪梅》:"云中谁寄锦书来?雁字回时,月满西楼。"
② 缓辔:放松马缰。三国魏阮籍《大人先生传》:"今缓辔而纵策,遂风起而云翔。"
③ 油壁:装有青绿色油幕的车子,常为妇人所乘。
④ 中岁:中年。唐王维《终南别业》:"中岁颇好道,晚家南山陲。"
⑤ 生涯差未毕:宋胡仲弓《元日》:"人事年年改,生涯步步差。"
⑥ 波澜:比喻诗文的跌宕起伏。宋林淳《水调歌头》:"挥洒锦囊词翰,笔下涌波澜。"
⑦ 襟中:胸中,心中。
⑧ 何当寿君遣双壶:语本宋赵长卿《好事近》:"寿君春酒遣双壶,满引见深意。"遣双壶,指赠酒。

# 杜维明先生八秩上寿歌代吴疆师作①

君子不因命席右②，夙夜强学待问叩③。
作文初谓骈庾鲍④，进业终能比韩柳⑤。
诗宗从来重杜陵⑥，忧怀天下先路叟⑦。
绍述濂洛继关闽⑧，前哲由斯播以久。

〔注释〕

① 此诗为代吴疆师所作。吴疆，亚利桑那大学东亚系教授，治日本佛教，为笔者博士时期的老师及辅修导师。吴疆师毕业于哈佛大学，习中国思想史，出于杜维明先生门下。2019年秋，杜先生八秩大寿，海内外众弟子为梓贺寿文集，吴疆师因有此属作。

② 命席右：下令安排尊贵的座位。《礼记·儒行》："哀公命席，孔子侍。"古人以右为尊，席右为尊者座席。

③ 夙夜强学待问叩：语出《礼记·儒行》："儒有席上之珍以待聘，夙夜强学以待问，怀忠信以待举，力行以待取。"

④ 庾鲍：北周庾信和南朝宋鲍照的并称。

⑤ 韩柳：唐代韩愈和柳宗元的并称。

⑥ 杜陵：指唐代杜甫。杜甫曾在京兆杜陵附近居住，故常自称杜陵野老、杜陵野客、杜陵布衣。

⑦ 路叟：汉刘向《说苑·敬慎》："孔子行游，中路闻哭者声，其音甚

悲……见之，丘吾子也，拥镰带索而哭。孔子辟车而下问曰：'夫子非有丧也，何哭之悲也？'丘吾子对曰：'吾有三失。'孔子曰：'愿闻三失。'丘吾子曰：'吾少好学问，周遍天下，还后，吾亲亡，一失也；事君奢骄，谏不遂，是二失也；厚交友而后绝，三失也。树欲静乎风不定，子欲养乎亲不待。'"后以"路叟之忧"指忧怀百姓之疾苦。《后汉书·刘陶传》："听民庶之谣吟，问路叟之所忧。"

⑧ 绍述：承继前人所为。濂洛：与其后之"关闽"分别指宋代理学的四个学派，"濂"为濂溪周敦颐，"洛"为洛阳程颢、程颐，"关"为关中张载，"闽"为讲学于福建的朱熹。

潜蛟起处走行云，乾元①治矣将用九②。
因奏新度③铸律吕④，列国争延拜稽首⑤。
黄金台⑥上非措意⑦，大贤岂其役紫绶⑧。
水火必蹈石必游，愿为至道名众有⑨。
西东经营起茂苑，兰蕙滋植成幽薮。

〔注释〕

① 乾元：《周易·乾卦》："大哉乾元，万物资始，乃统天。"宋杨皇后《宫词》："瑞日曈昽散晓红，乾元万国佩丁东。"乾，八卦之一，代表天。
② 用九：《周易·乾卦》特有之爻题，谓六爻皆九，指奋发有为。宋周必大《立春帖子·皇帝阁》："新岁阶蓂九叶芳，乾元用九应春阳。"
③ 新度：新的标准尺度。《宋史·乐志一》："太祖以雅乐声高，不合中和，乃诏和岘以王朴律准较洛阳铜望臬石尺为新度，以定律吕。"
④ 律吕：古代校正乐律的器具。用竹管或金属管制成，共十二管，管径相等，以管的长短来确定音的不同高度。从低音管算起，成奇数

的六个管叫作"律",成偶数的六个管叫作"吕",合称"律吕"。后亦用以指乐律或音律,比喻准则、标准。宋陆游《出游》:"诗放不能谐律吕,书狂犹足走蛟虬。"

⑤ 稽首:古时的一种跪拜礼,叩头至地,是九拜中最隆重的一种。宋刘克庄《沁园春》:"学稼田荒,炼丹灶坏,稽首南华一瓣香。"

⑥ 黄金台:古台名,又称金台、燕台,故址在今河北省易县东南北易水南。相传为战国燕昭王所筑,燕昭王置千金于台上,延请天下贤士,故名。此处喻指各国延请杜公的厚禄名爵等。唐杜甫《承闻河北诸道节度入朝欢喜口号绝句十二首》其九:"紫气关临天地阔,黄金台贮俊贤多。"

⑦ 措意:留意,用心。宋梅尧臣《答新长老诗编》:"此焉趣尚已不浅,更在措意摩云霓。"

⑧ 紫绶:紫色丝带,古代高级官员用作印组或作服饰,喻指高官厚禄。绶,古代系帷幕或印纽的丝带。唐王昌龄《青楼曲》:"金章紫绶千余骑,夫婿朝回初拜侯。"

⑨ 众有:万物。《尹文子·大道上》:"大道不称,众有必名。"

忆昔执贽从上庠,河汾门下①记谁某②。
吾侪小子靡所裁③,磨错箴规见琼玖④。
犹以恩门⑤危峻望,商榷⑥圣籍安敢后?
且许今朝放狂简,斟倾桂浆援北斗⑦。
永言去就怀出处,执爵前为先生寿。

〔注释〕

① 河汾门下:隋末王通设教于河汾间,有弟子千余人。唐初名臣房玄

龄、魏徵、李靖、程元、窦威、薛收等皆从其受业。此处喻杜公门下之盛。

② 谁某：某某。宋苏轼《石鼓歌》："欲寻年岁无甲乙，岂有名字记谁某。"

③ 吾侪小子靡所裁：语取《论语·公冶长》："吾党之小子狂简，斐然成章，不知所以裁之。"吾侪，吾辈。

④ 磨错箴规见琼玖：语出宋叶适《送陈彦群》："雍容入儒雅，磨错见琼玖。"磨错，磨光锉平。箴规，劝戒规谏。"磨错""箴规"喻弟子接受锻造培养。琼玖，琼和玖，泛指美玉，喻贤才。

⑤ 恩门：师门。宋岳珂《闻韩正伦检正挂冠感叹故交怅然久之偶成》："恩门小简写门生，六载交情老弟兄。"

⑥ 商榷：商讨，斟酌，引申为学习之意。唐韩愈《纳凉联句》："儒庠恣游息，圣籍饱商榷。"

⑦ 斟倾桂浆援北斗：语出《楚辞·九歌·东君》："操余弧兮反沦降，援北斗兮酌桂浆。"桂浆，指美酒。北斗，喻酒器。《诗·小雅·大东》："维北有斗，不可以挹酒浆。"

## 五绝

## 记胡真与王冠华丈往还

一

离离<sup>①</sup>桂树枝,丙夜<sup>②</sup>盛葳蕤。
以莳<sup>③</sup>幽山里,怀芳世不知。

〔注释〕

① 离离:繁茂貌。《诗·小雅·湛露》:"其桐其椅,其实离离。"
② 丙夜:半夜子时。宋戴表元《夜坐》:"愁鬓丁年白,寒灯丙夜青。"
③ 莳:栽种。宋黄庭坚《次韵师厚病间十首》其九:"谢公莳兰苕,真意付此物。"

二

文侯轼段闾<sup>①</sup>,子贡礼原庐<sup>②</sup>。
一日陈门<sup>③</sup>外,劳来长者车<sup>④</sup>。

〔注释〕

① 文侯:战国魏文侯魏斯,魏国的建立者。轼:古代车厢前面用作扶手的横木,凭轼则表示致敬,故亦用作动词。段闾:段干木之家门。

段,指段干木,魏之贤人。魏文侯求贤,每过段干木家门,必轼而致敬,以示其诚。事见晋皇甫谧《高士传》。

② 子贡:孔子的弟子端木赐,办事通达,长于货殖。《庄子》及《高士传》皆记载了子贡访老同学原宪的故事,富贵的子贡"结驷连骑",贫穷的原宪"环堵之室,茨以生草,蓬户不完,桑以为枢",但原宪安贫乐道的精神使子贡礼敬而愧退。

③ 陈门:东汉丞相陈平的家门。

④ 长者车:指前来探访的长者的车马,以咏贫寒而有才者受贤故老重视。典出《史记·陈丞相世家》:"(陈平)家乃负郭穷巷,以弊席为门,然门外多有长者车辙。"陈平少时家境贫寒,以破席为门,却有许多长者乘车去访他。唐司空图《光启四年春戊申》:"酣歌自适逃名久,不必门多长者车。"

## 三

绘事①论参差,言诗②是我师。
起予③倾驷盖④,交马⑤语移时。

〔注释〕

① 绘事:语出《论语·八佾》:"子夏问曰:'巧笑倩兮,美目盼兮,素以为绚兮。何谓也?'子曰:'绘事后素。'曰:'礼后乎?'子曰:'起予者商也,始可与言诗已矣!'""绘事后素",传统的观点认为绘画要先有白底,然后彩绘,引申为"有其质而后可文也"的意思。

② 言诗:窄义的理解为谈论《诗经》,广义的理解为探讨学问。唐张说《酬崔光禄冬日述怀赠答》:"终惭起予者,何足与言诗。"参见

注①。

③ 起予：既有"启发自己"之义，又有"启发他人"之义。宋胡寅《和黄执礼六首》其六："要识起予真赏意，圣门千古望龟蒙。"参见注①。

④ 倾驷盖：倾盖，谓停车交盖，途中相遇，停车交谈，双方车盖往一起倾斜，形容一见如故。唐骆宾王《游兖部逢孔君自卫来欣然相遇若旧》："倾盖金兰合，忘筌玉叶开。"

⑤ 交马：骑马并行。《三国志·魏书·武帝纪》："韩遂请与公相见……于是交马语移时，不及军事，但说京都旧故，拊手欢笑。"

## 四

清远谈庄易，中庸语孟论。

酌言①酬昔酒②，讲树③忘黄昏。

〔注释〕

① 酌言：酌酒。言，助词。《诗·小雅·瓠叶》："君子有酒，酌言献之。"

② 昔酒：久酿的酒。清钱谦益《渡淮闻何三季穆之讣赋九百二十字哭之归而酹酒焚诸殡宫以代哀诔》："洛诵然宿火，清言酌昔酒。"

③ 讲树：三国魏嵇康在大柳树下打铁，与亲旧吕安、向秀等人清谈，故称。北周庾信《哀江南赋》："移谈讲树，就简书筠。"

## 五

送丈归常熟，朋从讶①故蹊②。

试茶③兴福寺④，留饮子游堤⑤。

〔注释〕

① 讶：相迎。《周礼·秋官·掌讶》："凡宾客，诸侯有卿讶，卿有大夫讶，大夫有士讶，士皆有讶。"
② 故蹊：原路，旧路。唐钱起《晚归蓝田旧居》："云卷东皋下，归来省故蹊。"
③ 试茶：品茶。宋王安石《同熊伯通自定林过悟真二首》其一："与客东来欲试茶，倦投松石坐敧斜。"
④ 兴福寺：位于常熟市虞山北麓，又称"破山寺"。
⑤ 子游堤：言子堤，在今常熟市昆承湖景区。子游，即言子，名言偃，字子游，吴郡常熟人，"孔门七十二贤"中唯一的南方弟子。

## 六

盘桓连继日，切劇①入高听②。

淑艾③何须弟④，鹅湖⑤与稷亭⑥。

〔注释〕

① 切劇：切磋相正。宋胡铨《携具赏石渠酴醿用坡韵呈同舍》："危言工切劇，壁立万仞巘。"
② 高听：敬词，称他人的听闻。《宋书·颜延之传》："适值尊朋临座，

稠览博论，而言不入于高听，人见弃于众视。"
③ 淑艾：受教于人，或教诲他人，使在学问上得益。《孟子·尽心上》："君子之所以教者五：有如时雨化之者，有成德者，有达财者，有答问者，有私淑艾者。"
④ 弟：此处指弟子。
⑤ 鹅湖：在今江西省铅山县北。宋淳熙二年，朱熹与陆九渊曾辩论于此。
⑥ 稷亭：稷下亭，喻指学者讲学议论荟萃之地。

## 七绝

## 答王旭贾瑶为校旧诗集

一

一从沉疾偃漳滨①，弥旷巾车②略十旬。

已分③将捐词赋丽，观花又惜洛城春。

〔注释〕

① 一从沉疾偃漳滨：与下"弥旷"句同出三国魏刘桢《赠五官中郎将诗四首》其二："余婴沉痼疾，窜身清漳滨。自夏涉玄冬，弥旷十余旬。"偃，卧。漳滨，漳水之滨。
② 弥旷：久别。巾车：有帷幕的车子。晋陶潜《归去来辞》："或命巾车，或棹孤舟。"
③ 已分：已料，本以为。宋苏轼《余旧在钱塘伯固开西湖今方请越戏谓伯固可复来开镜湖伯固有诗因次韵》："已分江湖送此生，会稽行复得岑成。"

二

何意同时得二麒，双教小谢立门帷。

鲁生不拜叔通子①，旧馆功名只论诗②。

〔注释〕

① 鲁生不拜叔通子：《汉书·叔孙通传》载叔孙通为刘邦制朝仪，"使征鲁诸生三十余人。鲁有两生不肯行，曰：'公所事者且十主，皆面谀亲贵……吾不忍为公所为。公所为不合古，吾不行。公往矣，毋污我！'"
② 旧馆功名只论诗：语出唐司空图《力疾山下吴村看杏花十九首》其六："侬家自有麒麟阁，第一功名只赏诗。"

## 三

前修已没泰山毁①，曳尾生涯转未精②。
岁晏对君相与榷，韩诗出处认分明。

〔注释〕

① 前修已没泰山毁：语出唐刘斌（一作李百药）《和谒孔子庙》："何言泰山毁，空惊逝水流。及门思往烈，入室想前修。"前修，前贤。泰山毁，本《礼记·檀弓上》："（孔子）歌曰：'泰山其颓乎？梁木其坏乎？哲人其萎乎？'……七日而没。"后以"泰山毁"喻贤人去世。
② 转未精：未曾转精。结合前句中的"前修"，构成章黄学派的治学家法——"前修未密，后出转精"。此语本为章太炎在《国故论衡》中提出的一个学术命题，谓后人治学必在前人基础上完善，使之邃密。

## 四

庭户双英清且修，异夫问事贾长头<sup>①</sup>。
来途请卜连芳<sup>②</sup>价，江左机云出洛游。

〔**注释**〕

① 问事贾长头：语出《后汉书·贾逵传》："（逵）常在太学，不通人间事。身长八尺二寸，诸儒为之语曰：'问事不休贾长头。'"长头，高个子。
② 连芳：并列的芳名。宋傅西斋《三萧行贺萧丞定夫子登科》："元丰四谢更同榜，一家科第光烨然。直到淳熙徐思叔，亦与二子连芳躅。"

# 《食货家法》勒成感希圣公[①]生平

## 一

国器才名魏鹊枝[②],生平跌宕似秦斯[③]。

壁间著述[④]文兹在[⑤],盐铁筹侔两汉辞[⑥]。

〔注释〕

① 希圣公:笔者业师陶晋生先生(亚利桑那大学教授、台湾"中研院"院士)之父陶希圣,民国社会经济史学者,1934年创办《食货》半月刊,1937年因抗战停刊;1971年,陶希圣、陶晋生父子在台北复刊《食货》,以月刊发行,至1988年停刊。因业师在亚利桑那大学授以社会经济史的治学方法,笔者遂以《醒世姻缘传》文本来研究明代物质生活,在博士论文的基础上出版了同名中英文著作各一:*Clothing, Food, and Travel: Ming Material Culture as Reflected in Xingshi Yinyuan Zhuan*(英国劳特利奇出版社2023年);《衣食行:〈醒世姻缘传〉中的明代物质生活》(上海古籍出版社2019年)。近搜旧箧,得政治、经济、法律相关论稿二十篇,复勒成《家法:一位食货后学的政经法论稿》,交复旦大学出版社付梓。

② 魏鹊枝:譬贤才之所依托。三国魏曹操《短歌行》中有"月明星稀,乌鹊南飞,绕树三匝,何枝可依"句,表达其求贤才之情。

③ 秦斯:秦相李斯,楚人,以客卿事秦,佐秦始皇完成统一霸业,终受

斩咸阳市，生平起伏跌宕。陶希圣的生平与其有类似处。
④ 壁间著述：指留在世间的著述。秦始皇时下令焚书，部分典籍被儒生学者藏匿于墙壁中，方得以免厄。《汉书·艺文志》："秦燔书禁学，济南伏生独壁藏之……《古文尚书》者，出孔子壁中。武帝末，鲁共王坏孔子宅，欲以广其宫，而得《古文尚书》及《礼记》《论语》《孝经》凡数十篇，皆古字也。"
⑤ 文兹在：犹"文在兹"。《论语·子罕》："子畏于匡，曰：'文王既没，文不在兹乎？'"兹，此。
⑥ 盐铁筹侔两汉辞：喻经济论著的价值可相当于文学论著。盐铁，指汉昭帝时召开的盐铁会议，主要探讨了盐铁专营、酒类专卖和平准均输等经济政策，兼及政治与军事，后由桓宽撰集为《盐铁论》一书。筹，筹略。侔，齐等、相当。清龚自珍《己亥杂诗》其一二三："不论盐铁不筹河，独倚东南涕泪多。"

## 二

八政①惟先食货②书，金刀龟贝③价相如。

谋心千古诰传法，元为生民论厥初。

〔注释〕

① 八政：语出《尚书·洪范》："八政：一曰食，二曰货，三曰祀，四曰司空，五曰司徒，六曰司寇，七曰宾，八曰师。"
② 惟先食货：语出《汉书·叙传下》："厥初生民，食货惟先。"厥初，其初。本诗末句"元为生民论厥初"亦本此。
③ 金刀龟贝：喻钱币宝货，本《汉书·食货志上》："《洪范》八政，一曰食，二曰货。食谓农殖嘉谷可食之物，货谓布帛可衣，及金刀

龟贝,所以分财布利通有无者也。二者,生民之本,兴自神农之世。"颜师古注:"金谓五色之金也……刀谓钱币也。龟以卜占,贝以表饰,故皆为宝货也。"

## 三

一溯源清流自澄,譬将隔世照回灯。

自为①章句得河上②,不问安期③与老僧。

〔注释〕

① 为:因为,由于。宋蒋捷《东坡田》:"卜居自为溪山好,不是区区为买田。"

② 河上:指河上公,亦称河上丈人。相传其为战国时期通晓黄老之学的学者,隐居河滨,著《老子章句》。晋葛洪《神仙传》亦有录。唐赵彦昭《奉和圣制幸韦嗣立山庄应制》:"逍遥自在蒙庄子,汉主徒言河上公。"

③ 安期:指安期生,曾受学于河上丈人。《史记·乐毅列传》:"河上丈人教安期生。"一说为古之仙人。三国魏阮籍《咏怀》其四十:"安期步天路,松子与世违。"

## 四

信有嘉言晚锡予①,或传父祖意其初。

岂无天禄青藜火②,来烛经年汲冢书③。

〔注释〕

① 锡予：赐我。锡，通"赐"。予，我。《诗·小雅·采菽》："君子来朝，何锡予之。"
② 天禄：汉代皇家藏书阁名。青藜火：出自一则佑护著述人的典故。晋王嘉《拾遗记》载："（刘向）校书天禄阁，专精覃思。夜有老人着黄衣，植青藜杖，扣阁而进，见向暗中独坐诵书。老父乃吹杖端，烂然，大明，因以照向，说开辟以前事。向因受《五行洪范》之文。"宋苏轼《和陶读山海经》其四："安知青藜火，丈人非中黄。"
③ 汲冢书：此譬如旧学、古书。《晋书·束皙传》载，"太康二年，汲郡人不准盗发魏襄王墓，或言安厘王冢，得竹书数十车"，中有《纪年》《易经》《穆天子传》等古书。宋陆游《冬夜读书甚乐偶作短歌》："鲁壁汲冢秘，天遣慰困穷。"

## 七律

## 闲情

黄九①耽诗亦漫狂,泥犁②自堕谓何当③。
去官赵抃④常娱鹤,赁臼梁鸿⑤更隐乡。
云袖既分悲沈墨⑥,玉钗仍整喜销黄⑦。
蔡张不作闲情赋⑧,唯到情深写彷徨。

〔注释〕

① 黄九:北宋诗人黄庭坚,字鲁直,号山谷道人,排行第九,故称"黄九"。同为"苏门四学士"的秦观则为"秦七"。南宋杨伯喦《臆乘·行第》:"少游称后山为陈三,山谷为黄九。"

② 泥犁:梵语的译音,意为地狱。在此界中,一切皆无,为十界中最恶劣的境界。北宋慧洪觉范《禅林僧宝传》卷二六记载了禅师法秀与黄庭坚有关"作艳语"的一段对话:"黄庭坚鲁直作艳语,人争传之。秀呵曰:'翰墨之妙,甘施于此乎?'鲁直笑曰:'又当置我于马腹中耶?'秀曰:'汝以艳语动天下人淫心,不止马腹,正恐生泥犁中耳。'"唯是之故,"黄九泥犁"成为诗词家特别是擅写情者常涉的一个典故。清纳兰性德《虞美人·为梁汾赋》:"眼看鸡犬上天梯,黄九自招秦七共泥犁。"钱锺书在《秣陵杂诗》中打趣其师吴宓(雨僧)喜作情诗,其中亦有"一笑升天鸡犬事,甘随黄九堕泥犁"句。

③ 何当：合当，应当。
④ 赵抃：字阅道，谥清献，北宋名臣，在位时不避利害弹劾权贵，称"铁面御史"，去官后常以一琴一鹤自随。
⑤ 赁白：赁舂，受雇为人舂米。郁达夫《毁家诗纪》其九："亦欲赁舂资德曜，炱廖初谱上鲲弦。"此处因声律故改为"赁白"。白，舂米用的石白。梁鸿：东汉隐士，家贫，好学，耿介有节操。据《后汉书·逸民列传》载，梁鸿娶贤妻孟光后，"为人赁舂。每归，妻为具食，不敢于鸿前仰视，举案齐眉"。
⑥ 沈墨：无声息。墨，通"默"。《淮南子·道应训》："南游乎冈㝗之野，北息乎沈墨之乡。"
⑦ 销黄：洗去额头的黄色涂饰。唐梁锽《美人春卧》："落钗仍挂鬓，微汗欲销黄。"
⑧ 蔡张不作闲情赋：晋陶潜《闲情赋并序》："初张衡作《定情赋》，蔡邕作《静情赋》，检逸辞而宗澹泊，始则荡以思虑，而终归闲正。"


**胡真原韵**

世事不谙小子狂，江南塞北许郎当。

横空冷月云间鹤，满地落花梦里乡。

布褐青衿摹笔墨，醇风细雨浸章黄。

流年靡费江郎赋，既济明夷两彷徨。

# 碧云

鬓多风栉鬟经雨①,自牧泾阳远碧云②。
把卷鸡窗③知隽士④,校书鹤帐⑤识征君⑥。
未觞官酒⑦资佳趣,颇赌前茶⑧论旧闻。
最是恼人如鉴月,曾经蒲寺照双文⑨。

〔注释〕

① 风栉:以风梳头。唐李朝威《柳毅传》(又称《洞庭灵姻传》)载柳毅"应举下第,将还湘滨。念乡人有客于泾阳者,遂往告别",遇洞庭龙君之女,"牧羊于野,风鬟雨鬓"。

② 碧云:柳毅为龙女传书后,洞庭君与其弟钱塘君举宴,毅以二觞奉二君,乃歌曰:"碧云悠悠兮,泾水东流。伤美人兮,雨泣花愁。尺书远达兮,以解君忧。"参见注①柳毅事。

③ 鸡窗:书斋。《艺文类聚》卷九一引南朝宋刘义庆《幽明录》:"晋兖州刺史沛国宋处宗尝买得一长鸣鸡,爱养甚至,恒笼著窗间。鸡遂作人语,与处宗谈论,极有言智,终日不辍。处宗因此言巧大进。"后常以"鸡窗"指书斋。唐罗隐《题袁溪张逸人所居》:"鸡窗夜静开书卷,鱼槛春深展钓丝。"

④ 隽士:才智出众之士。清唐甄《潜书·养重》:"骆殷二子,蜀之隽士也,吾怀其人久矣。"

⑤ 鹤帐：隐逸者的床帐。宋毛滂《浣溪沙》："别后倩云遮鹤帐，来时和月寄渔船。旁人莫做长官看。"
⑥ 征君：学行并高而不出仕的隐士。唐杜甫《寄常征君》："白水青山空复春，征君晚节傍风尘。"
⑦ 官酒：官酿官卖的酒，可喻美酒。宋黄庭坚《见二十弟倡和花字漫兴五首》其五："无因光禄赐官酒，且学潞公灌蜀茶。"
⑧ 前茶：指火前茶。
⑨ 蒲寺照双文：唐元稹作《会真记》，又名《莺莺传》，衍为后世著名的元杂剧《西厢记》。故事发生在蒲东普救寺，其中崔莺莺的原型是元稹的表妹双文。


**胡真原韵**

六如苍狗其蒙雨，半世畸零过眼云。

古道一窗传素语，星槎万里载明君。

潇湘恹恹皆成趣，杜宇声声不忍闻。

注目银釭杨柳月，烟霞散尽水成文。

# 寄远二首

## 一

十离<sup>①</sup>漫寄传微意，双鲤迢迢达令狐<sup>②</sup>。
油壁迟来知际舛，青骢少系叹缘殊。
自从合浦<sup>③</sup>还珠泪，长向仙州候履凫<sup>④</sup>。
满地黄花帘不卷，西风销得旧妆臞。

〔注释〕

① 十离：诗体的一种，以十首为限，每首诗题均有"离"字，如"犬离家""笔离手""竹离丛"之类，因称"十离诗"。

② 双鲤迢迢达令狐：语出唐李商隐《寄令狐郎中》："嵩云秦树久离居，双鲤迢迢一纸书。"令狐，指李商隐的恩主、太尉令狐楚之子令狐绹。

③ 合浦：在今广西合浦县东北，产珍珠。唐陈陶《题赠高闲上人》："珠还合浦老，龙去玉州贫。"

④ 履凫：传说中由鸟所化的鞋子。《后汉书·方术列传》："王乔者，河东人也。显宗世，为叶令。乔有神术，每月朔望，常自县诣台朝。帝怪其来数，而不见车骑，密令太史伺望之。言其临至，辄有双凫从东南飞来。于是候凫至，举罗张之，但得一只舄焉。乃诏尚方诊视，则四年中所赐尚书官属履也。"

## 二

修道缘君两得辜,云山已悔枉名巫。①
瑶池②歌老哀黄竹,金谷园深陨绿珠③。
酒浅卮深情旧笃,柳悭梅小④面今殊。
人间多少别时泪,偏到重逢契阔无。

〔注释〕

① 修道缘君两得辜,云山已悔枉名巫:语出唐元稹《离思诗五首》其四:"曾经沧海难为水,除却巫山不是云。取次花丛懒回顾,半缘修道半缘君。"
② 瑶池:为西王母所居。宋刘辰翁《兰陵王·丁丑感怀和彭明叔韵》:"瑶池黄竹哀离席。约八骏犹到,露桃重摘。"
③ 金谷园:晋石崇于金谷涧中所筑园馆。绿珠:石崇爱妾,美艳绝伦,孙秀求之不得,怀恨在心,后借机假诏逮捕石崇,绿珠遂跳楼自杀。事见《晋书·石崇传》。
④ 柳悭梅小:语出宋姜夔《鹧鸪天·元夕不出》:"忆昨天街预赏时,柳悭梅小未教知。"

# 次韵胡真甲午岁末偶题

## 一

接舆①叹凤似狂疏,咎往非今②谏后车③。
艺羡全牛④原进技,学惭半豹⑤始观书。
前山云径赊登陟,旧馆荒莱倩刈锄⑥。
为过烟深扬子宅⑦,载来昔酒⑧问虫鱼⑨。

〔注释〕

① 接舆:春秋楚隐士,佯狂不仕,曾嘲叹孔子为"凤"。《论语·微子》:"楚狂接舆,歌而过孔子曰:'凤兮!凤兮!何德之衰?往者不可谏,来者犹可追。已而!已而!今之从政者殆而!'孔子下,欲与之言。趋而辟之,不得与之言。"
② 咎往非今:见注①《论语·微子》事。
③ 后车:后继之车。《汉书·贾谊传》:"'前车覆,后车诫。'夫三代之所以长久者,其已事可知也。"后因以为鉴戒之义。宋张元幹《上张丞相十首》其九:"利病明诸掌,危疑儆后车。"
④ 全牛:完整的牛。《庄子·养生主》:"臣之所好者道也,进乎技矣;始臣之解牛之时,所见无非牛者,三年之后,未尝见全牛也。"后用以喻技艺熟练,到了得心应手的境界。宋仇远《立春》:"牛刀小试东风手,目中全牛果何有。"

⑤ 半豹：典出《晋书·殷仲文传》："仲文善属文，为世所重，谢灵运尝云：'若殷仲文读书半袁豹，则文才不减班固。'言其文多而见书少也。"一说这是傅亮的话。见南朝宋刘义庆《世说新语·文学》。袁豹，字士蔚，好学博闻，多览典籍。后以"半豹"谓读书不多。宋晁说之《还资道斯立诗卷》："未见半豹书，安敢道一班。"

⑥ 刈锄：割锄，铲除。清程晋芳《秋声一首寄舍弟述先》："兰兮苟刈锄，图画存幽朵。"

⑦ 烟深扬子宅：语出唐许浑《王秀才自越见寻不遇，题诗而回，因以酬寄》："烟深扬子宅，云断越王台。"扬子宅，西汉文学家、文字学家扬雄的居宅，又名扬雄宅、扬子居、子云居。

⑧ 昔酒：久酿之酒。

⑨ 虫鱼：训诂考据之学。《汉书·扬雄传》："雄以病免，复召为大夫。家素贫，耆酒，人希至其门。时有好事者载酒肴从游学，而巨鹿侯芭常从雄居，受其太玄、法言焉。"


**胡真原韵**

年来意气亦萧疏，暂付悠游再命车。

诗未能工初识韵，酒常盈缶漫观书。

粳粱两瓮随心隐，寒菜一畦待晓锄。

眊目残躯承奉慰，栖栖莫报愧双鱼。

## 二

蓍①擅羲皇②不兆爻,边韶笥广③亦谈嘲。
发硎新识千牛刃④,寄命⑤方知百里交。
苜蓿能甘三日馔⑥,鹪鹩唯取一枝巢⑦。
旷情便是村居远,彭泽⑧还来卜市郊。

〔注释〕

① 蓍:指蓍草,古代常用其茎占筮。唐沈佺期《赦到不得归题江上石》:"梦蝶翻无定,蓍龟讵有倪。"胡真精通易学,能以蓍草占筮。
② 羲皇:伏羲,相传卦爻为其所作。唐罗隐《长安秋夜》:"远闻天子似羲皇,偶舍渔乡入帝乡。"
③ 边韶笥广:典出《后汉书·文苑列传上》:"(边)韶口辩,曾昼日假卧,弟子私嘲之曰:'边孝先,腹便便。懒读书,但欲眠。'韶潜闻之,应时对曰:'边为姓,孝为字。腹便便,五经笥。但欲眠,思经事。寐与周公通梦,静与孔子同意。师而可嘲,出何典记?'嘲者大惭。"宋喻良能《次韵奉酬王给事见贻之什》:"贫如坡老工餐菊,性似边韶懒读书。"
④ 硎:磨刀石。千牛刃:锋利的刀刃。《庄子·养生主》:"(庖丁)所解数千牛矣,而刀刃若新发于硎。"宋韩元吉《送李子永赴调改秩》:"荆鸡莫费千牛刃,奏赋金门入道山。"
⑤ 寄命:以重任相委托。《论语·泰伯》:"曾子曰:'可以托六尺之孤,可以寄百里之命,临大节而不可夺也,君子人与?君子人也。'"晋葛洪《抱朴子外篇·行品》:"劳谦冲退,救危全信,寄命

不疑，托孤可保。"
⑥ 苜蓿能甘三日馔：谓甘于过清贫的生活，原出"苜蓿盘"之典。五代王定保《唐摭言·闽中进士》："薛令之……累迁左庶子。时开元，东宫官僚清淡，令之以诗自悼，复纪于公署曰：'朝旭上团团，照见先生盘。盘中何所有？苜蓿长阑干。饭涩匙难绾，羹稀箸易宽。何以谋朝夕，何由保岁寒！'"
⑦ 鹪鹩唯取一枝巢：谓所求不多，易于满足。《庄子·逍遥游》："鹪鹩巢于深林，不过一枝；偃鼠饮河，不过满腹。"
⑧ 彭泽：县名，在今江西省北部。晋陶潜曾为彭泽令，因以"彭泽"借指陶潜。唐王勃《三月曲水宴得烟字》："彭泽官初去，河阳赋始传。"

**胡真原韵**

拟把余生付卦爻，仲多季少亦堪嘲。
家邦有道差能慰，朋友无机最可交。
零露瀼瀼风过幕，蒹葭采采燕来巢。
童观进退逍遥醉，晴日芒鞋踏远郊。

## 胡真逝后见其早岁自寿诗惊识其谶

绛阙清都①奄暮秋,秦台②一谶凤长游。

归徐我挂延陵剑③,访戴谁回剡县④舟。

马郑青箱虽此寄⑤,彭涓丹药且焉求。

举杯邀月疏帘外,酒醒凄凉望女牛⑥。

〔注释〕

① 绛阙清都:语出宋辛弃疾《念奴娇》:"天上绛阙清都,听君归去,我自癯山泽。"绛阙,宫殿或寺观前的朱色门阙。清都,神话传说中天帝居住的宫阙。
② 秦台:据《列仙传》记载,秦穆公之女弄玉嫁萧史,夫妇常吹箫作凤鸣。居数年,吹似凤声,凤凰来止其屋。穆公为作凤台,夫妇止其上,不下数年。一日,皆乘凤凰飞去。
③ 延陵剑:典出汉刘向《新序·节士》。春秋时延陵季子(吴公子季札)将出访晋国,带宝剑经过徐国,徐君观剑不言而色欲之。延陵季子为有晋国之使,未即献剑,然心已许之。及使晋返,而徐君已死,乃以剑挂徐君墓树而去。唐李白《宣城哭蒋征君华》:"独挂延陵剑,千秋在古坟。"
④ 戴:指戴安道。剡县:在今浙江嵊州。时戴在剡。
⑤ 马郑:东汉马融与郑玄的并称。胡真逝后,遵照其父母的愿望,笔

者继承、收存了他的古籍藏书。

⑥ 女牛：织女星和牵牛星。元顾德辉《天宝宫词十二首寓感》："笑语女牛私语处，长生殿下月中央。"

**胡真原韵**

四纪溟蒙止一秋，少年谶语效仙游。

楚弓射日蒹葭树，秦月吹箫蚱蜢舟。

舒卷自知生可畏，行藏始喻苦当求。

雪泥过处惊鸿影，厚载原同子母牛。

## 次宋王令韵论孟子

伐燕①亟亟劝强齐，迁器谋民②足乱知。
斯二皆难于孰择③，再三不豫④是何为。
比予如管⑤非前圣，舍我其谁许后师。
周德虽衰存厥鼎⑥，岂伊游事竟无疑。

〔注释〕

① 伐燕：典出《孟子·公孙丑下》："齐人伐燕。或问曰：'劝齐伐燕，有诸？'曰：'未也。沈同问"燕可伐与"，吾应之曰"可"，彼然而伐之也。'"孟子对齐之伐燕起初持鼓噪支持态度。
② 迁器谋民：典出《孟子·梁惠王下》。齐人伐燕后，因"诸侯将谋救燕"，齐宣王慌问孟子："诸侯将谋伐寡人者，何以待之？"孟子先是谴责宣王"杀其父兄，系累其子弟，毁其宗庙，迁其重器"，后又提出建议："王速出令，反其旄倪，止其重器，谋于燕众，置君而后去之，则犹可及止也。"前议出兵，后议撤军，足以乱知。
③ 斯二皆难于孰择：典出《孟子·梁惠王下》："君请择于斯二者。"孟子针对滕文公提出的问题"滕，小国也；竭力以事大国，则不得免焉，如之何则可"，给出了两个方案，一个是效"大（太）王居邠"，实行"去邠，逾梁山，邑于岐山之下居焉"的逃跑主义，一个是坚持"世守也，非身之所能为也，效死勿去"的玉碎主义。两个

方案都没有实际意义上的可操作性。

④ 不豫：典出《孟子·公孙丑下》："孟子去齐，充虞路问曰：'夫子若不豫色然。前日虞闻诸夫子曰："君子不怨天，不尤人。"'曰：'彼一时，此一时也。五百年必有王者兴，其间必有名世者。由周而来，七百有余岁矣。以其数，则过矣；以其时考之，则可矣。夫天未欲平治天下也，如欲平治天下，当今之世，舍我其谁也？吾何为不豫哉？'"孟子虽如此说，但他在去齐过程中"耍态度"是非常明显的，而且不止一次。其下"舍我其谁"亦出此。

⑤ 比予如管：典出《孟子·公孙丑上》。公孙丑曾问孟子是否愿意复许"管仲、晏子之功"，孟子表示不愿与管仲相提并论，并引先贤曾西之语"尔何曾比予于管仲"表示对管仲的鄙夷。

⑥ 周德虽衰存厥鼎：典出《左传·宣公三年》。楚庄王观兵于周郊，问周鼎小大轻重，王孙满对曰："周德虽衰，天命未改，鼎之轻重，未可问也。"孟子周游列国，对诸侯宣教"王天下"，置周王于何处？宋代骂孟诗："乞丐何曾有二妻，邻家焉得许多鸡。当时尚有周天子，何必纷纷说魏齐？"此诗千年后曾被金庸采入《射雕英雄传》。

**王令原韵**

去梁无故又辞齐，弟子纷纷益不知。
天下未平虽我事，己身已枉更何为。
后来谁是闻风者，当世何尝不召师。
士要自高无顾世，遗编今亦有人疑。

# 癸卯孟冬入院杂诗

一

白雪①歌吹薤露②悲，昨来青镜感华丝。
可怜众病婴公幹③，长负其人说项斯④。
每耻穷通求物命，始惊休咎问签诗⑤。
一天风絮平生似，尽在飘零岁暮时。

〔注释〕

① 白雪：古琴曲名。传为春秋晋师旷所作。战国楚宋玉《讽赋》："中有鸣琴焉，臣援而鼓之，为《幽兰》《白雪》之曲。"
② 薤露：乐府《相和曲》名，是古代的挽歌。《文选》李善注引晋崔豹《古今注》："《薤露》《蒿里》，并丧歌，出田横门人。横自杀，门人伤之，为之悲歌，言人命如薤上之露易晞灭。亦谓人死，魂精归乎蒿里。"
③ 公幹：三国魏文学家、建安七子之一刘桢，字公幹。刘桢常抱病，其诗《赠五官中郎将诗四首》其二："余婴沉痼疾，窜身清漳滨。"唐李端《宿荐福寺东池有怀故园因寄元校书》："众病婴公幹，群忧集孝璋。"
④ 项斯：唐代诗人，为国子祭酒杨敬之所器重。杨敬之《赠项斯》："平生不解藏人善，到处逢人说项斯。"

⑤ 签诗：寺庙中供卜问吉凶所编的诗句，多写于竹制签牌上，贮于签筒内，由卜问者抽取，而后据诗意附会人事吉凶。清钱大昕《十驾斋养新录·签诗》："今神庙皆有签诗，占者以决休咎，其来久矣。"

## 二

节物①萧条日欲冥，寒衣袂薄雪初停。
嬴躯蒲柳常亲药，羲世轩窗②竟隔棂。
空许吟怀流岁月，难劳幽梦到神形。
明当负锸③青山里，为辅刀圭④采二苓。

〔注释〕

① 节物：季节的风物景色。晋陆机《拟明月何皎皎》："踟蹰感节物，我行永已久。"
② 羲世轩窗：语出晋陶潜《与子俨等疏》："五六月中，北窗下卧，遇凉风暂至，自谓是羲皇上人。"羲世，伏羲氏之世。
③ 负锸：负锹。锸，一种锹状掘土工具。唐王绩《采药》："腰镰戊己月，负锸庚辛日。"
④ 刀圭：中药的量器名，亦代指药物或药术。宋杨万里《丙寅人日送药者周叔亮归吉水县》："发药何用多，刀圭起沉痼。"

## 三

人浊世贤清酒圣<sup>①</sup>，丘杨摇落古今同。
永怀高逸思江左<sup>②</sup>，多病文章困邺中<sup>③</sup>。
犹作诗书谁与勒，乃知时命每成空。
应徐<sup>④</sup>去后嗟无客，俯尽栏干不胜风。

〔注释〕

① 人浊世贤清酒圣：语出宋梅尧臣《依韵和丁元珍见寄》："在昔浊世贤，徒知清酒圣。"
② 江左：因东晋及南朝宋、齐、梁、陈的基业都在江左，故这五朝及其统治下的地区称江左。
③ 邺中：指三国魏的都城邺。建安七子又称"邺中七子"，除孔融、阮瑀早死外，建安二十二年（217）春，王粲病卒于道中。同年冬，一场瘟疫又夺走了七子中陈琳、徐幹、应玚、刘桢四人的生命。当时的魏世子曹丕在《与吴质书》中悲叹："亲故多离其灾，徐、陈、应、刘，一时俱逝。"
④ 应徐：建安七子中应玚、徐幹的并称。二人皆以诗文著名，为曹丕、曹植所礼遇，后亦以泛称有才华的宾客。唐钱起《宴曹王宅》："自叹平生相识愿，何如今日厕应徐。"

## 四

故人问我意如何，客去庭前苔藓多。
汉浦相思①捐佩玉，洞庭消息②绝江河。
青山寥廓堪移疾③，春钓氤氲欲放蓑。
约取君家明月夜，一尊对影酹东坡。

〔注释〕

① 汉浦相思：典出郑交甫于江汉之滨遇江妃二女之故事。
② 洞庭消息：典出唐传奇《柳毅传》(又称《洞庭灵姻传》)。落第士子柳毅偶遇牧羊的洞庭龙女，后者向其悲叹："洞庭于兹，相远不知其几多也？长天茫茫，信耗莫通。心目断尽，无所知哀。"
③ 移疾：移病。宋张耒《十二月十七日移病家居成五长句》："移疾何妨闲五日，放慵犹欲醉终年。"

## 赠王旭贾瑶二女棣

一代双娇旭与瑶[①]，事吾霜暮与花朝。

晚晴光景徊嘉树，绝壁兰芝焕玉苗。

雏凤梧前鸣更引，骊龙珠下取还邀。

风流匹似随园娣[②]，能按春愁入碧箫。

〔注释〕

① 一代双娇旭与瑶：此语本为笔者与二女娣王旭、贾瑶的戏语，因符合仄起入韵的诗格，故用作首句。娇，本应作"骄"，称"娇"乃取其娇憨可爱之意。

② 随园娣：清代诗人袁枚门下女弟子，以诗才著称。袁枚居随园，晚号随园老人。

# 暑中村郊读刘皓明先生《小批评集》①始学德语

## 一

办此村廛②近结庐，肯因③世物徙安居。
聊将欸乃④烟中意，都付婑隅⑤池上鱼。
别去空桑三度宿⑥，携来群玉⑦满床书。
人生几屐⑧无烦问，晚代⑨风流良起予。

〔注释〕

① 《小批评集》：美国瓦萨学院刘皓明教授的文集，主要收录其2011年前所作的比较文学、文化批评方面的文章。刘教授精通英语、德语、拉丁语、希腊语，尤深于德国文学研究，为里尔克诗歌和荷尔德林诗歌的著名译者。《小批评集》中有关德语文学的多篇文章，辞富学厚，启予良深。2024年5月，笔者尝有幸为刘教授在山东大学文学院主持讲座。

② 村廛：乡村居所。明夏原吉《山市晴岚》："翠微深处簇村廛，茅屋参差树色鲜。"廛，古代城市平民的房地。

③ 肯因：岂因。宋秦观《江月楼》："肯因炎尘暝空阔，直与江月同清幽。"肯，表示反问。

④ 欸乃：象声词，摇橹声。唐柳宗元《渔翁》："烟销日出不见人，欸

乃一声山水绿。"

⑤ 娵隅：古代西南少数民族对鱼的称谓。典出南朝宋刘义庆《世说新语·排调》："郝隆为桓公南蛮参军。三月三日会，作诗，不能者罚酒三升。隆初以不能受罚，既饮，揽笔便作一句云：'娵隅跃清池。'桓问：'娵隅是何物？'答曰：'蛮名鱼为娵隅。'桓公曰：'作诗何以作蛮语？'隆曰：'千里投公，始得蛮府参军，那得不作蛮语也！'"宋杨万里《题湘中馆二首》其二："娵隅蛮语杂，欸乃楚声哀。"

⑥ 空桑三度宿：佛教有出家人不三宿桑下以免妄生依恋之说。《四十二章经》中的"日中一食，树下一宿，慎不再矣"已传达出这种思想。《后汉书·襄楷传》："浮屠不三宿桑下，不欲久生恩爱，精之至也。"清龚自珍《摸鱼儿·乙亥六月留别新安作》："空桑三宿犹生恋，何况三年吟绪？"

⑦ 群玉：传说中的仙山，古帝王藏书册处。唐独孤及《奉和中书常舍人晚秋集贤院即事寄赠徐薛二侍御》："图籍凌群玉，歌诗冠柏梁。"

⑧ 人生几屐：感喟人生苦短。典出《晋书·阮孚传》《世说新语·雅量》。晋阮孚性好屐，尝自蜡屐，慨叹道："未知一生当著几量屐！"宋范成大《崇德庙》："人生几屐办此役，远游如许神应哈。"

⑨ 晚代：近时，近世。《梁书·王珍国传》："武帝雅相知赏，每叹曰：'晚代将家子弟，有如珍国者少矣。'"

## 二

坡下牛羊来远墅①，黄昏烟树倚平云。

闭门长黯茂陵雨②，移烛初明汲冢文③。

岂必啾唧绵鴂语④，亦惟寂寞学参军⑤。

此中焉置荣枯意，叶落前山遥未闻。

〔注释〕

① 坡下牛羊来远墅：语出宋张耒《久雨》："坡下牛羊来远墅，舍旁麻桑接荒村。"

② 茂陵雨：用司马相如病居茂陵之故事。元狩五年，司马相如病免后家居茂陵，茂陵在长安西北八十里。唐李商隐《寄令狐郎中》："休问梁园旧宾客，茂陵秋雨病相如。"

③ 汲冢文：汲冢所出竹书，以先秦科斗文写就，譬《小批评集》中参引的中西古典文献。汲冢，晋人不准盗发之古冢，因墓在汲郡，故称。宋李复《唐秘书省书目石刻》："荥河温洛龟龙呈，鲁壁汲冢科斗行。"

④ 啾唧绵鴂语：如鸟鸣般学舌外语。啾唧，象声词，形容细碎杂乱的声音，犹譬鸟声。绵，缠绕着（说）。鴂语，如伯劳鸟叫般的蛮语，语出《孟子·滕文公上》："今也南蛮鴂舌之人，非先王之道。"明成伣《满剌加国人》："鴂舌唧啾语不辨，半带南蛮半西域。"古代汉语中关于学习使用外国语的事典、语典既少，或有之，亦不脱贬抑性的"蛮夷"色彩，此需志之。

⑤ 参军：此指东晋南蛮参军郝隆。郝隆博学而诙谐，他以"娵隅"一语巧妙地讥讽了上司桓温对自己的忽视。金郝俣《奉陪太守游南湖同郭令赋》："娵隅自适清池乐，不信参军是郝隆。"

## 三

前身合是辽东鹤①，华表②归来惘万年。
齐傅寻常咻众楚③，郢书到处涒诸燕④。
未遑乞巧姑从拙，非事逃名亦慕贤。
域外殊方⑤重欲问，挑灯式讽象胥⑥篇。

〔注释〕

① 辽东鹤：指传说中修道升仙、化鹤归飞的辽东人丁令威。典出晋陶潜《搜神后记》卷一："丁令威，本辽东人，学道于灵虚山。后化鹤归辽，集城门华表柱。时有少年，举弓欲射之。鹤乃飞，徘徊空中而言曰：'有鸟有鸟丁令威，去家千年今始归。城郭如故人民非，何不学仙冢累累。'遂高上冲天。"

② 华表：指设在桥梁、宫殿、城垣前兼作装饰用的巨大柱子。

③ 齐傅寻常咻众楚：用"齐傅楚咻"的故事。《孟子·滕文公下》："孟子谓戴不胜曰：'……有楚大夫于此，欲其子之齐语也，则使齐人傅诸？使楚人傅诸？'曰：'使齐人傅之。'曰：'一齐人傅之，众楚人咻之，虽日挞而求其齐也，不可得矣。'"

④ 郢书到处涒诸燕：用"郢书燕说"的故事。《韩非子·外储说左上》："郢人有遗燕相国书者，夜书，火不明，因谓持烛者曰'举烛'，而误书'举烛'。举烛，非书意也，燕相国受书而说之，曰：'举烛者，尚明也；尚明也者，举贤而任之。'燕相白王，王大悦，国以治。治则治矣，非书意也。今世学者，多似此类。"刘皓明教授在《小批评集》中以相当多的示例说明，仅略通德语而欲治"道心惟微"的德国唯心主义哲学，其译必悖谬百出。更可悲的是某些所谓康

德专家和海德格尔专家，因完全不通所治目标文化的语言，只能依赖那些悖谬百出的译本，他们做的所谓"学术"，混淆正听，适足以贻害学术。如今学界中人多通英文，揭露"忽悠"不是问题；但因通德语者寡，世上伪说横行，假学者竞作欺人之谈。《小批评集》析疑匡谬，对这一现象有所警示。

⑤ 殊方：远方，异域。南朝宋谢灵运《武帝诔》："率土咸哀，殊方均服。"

⑥ 象胥：古代接待四方使者的官员，亦用以指翻译人员。《周礼·秋官·象胥》："象胥掌蛮、夷、闽、貉、戎、狄之国使，掌传王之言而谕说焉，以和亲之。"明宋濂《秋夜与子充论文退而赋诗一首因简子充并寄胡教授仲申》："殊方虽假象胥译，至道不与人伪并。"刘皓明教授是翻译家，更是秉持着鲜明翻译理念的翻译理论家。尽管刘教授所持的异化翻译主张与笔者所持的归化翻译理念几乎完全相反，但这并不妨碍笔者接受和悦服《小批评集》中的翻译理论观点。

## 四

器业①厌为当世用，牙签只羡邺侯家②。
饮河③不过饱流水，散发须当枕碧霞。
一掾原从三语得④，五车信比万金赊。
天教读尽邺城箧⑤，疏木斜阳静晚鸦。

〔注释〕

① 器业：原指生产工具和劳动方式，引申为才能、学识。宋邵雍《苍苍吟》："功名归酒盏，器业入诗篇。"

② 牙签：原指牙骨等制成的签牌，系在书卷上作为标识以便翻检，引

申为书籍、藏书。邺侯：指唐相李泌，以家富藏书著称。宋洪皓《聚道斋》："见说侍郎才更优，牙签插架如邺侯。"

③ 饮河：犹（鼹鼠）饮于河，譬欲望、所求有限。《庄子·逍遥游》："偃鼠饮河，不过满腹。"

④ 一掾原从三语得：谓原本微末的功名亦不过得自语言文字能力。典出南朝宋刘义庆《世说新语·文学》："阮宣子有令闻，太尉王夷甫见而问曰：'老庄与圣教同异？'对曰：'将无同。'太尉善其言，辟之为掾。世谓'三语掾'。"掾，原为佐助之意，后为官署属员的通称。三语，三字。

⑤ 邺城箧：譬富有文采的辞章文字。邺城，曹魏故都，故建安七子又称"邺中七子"。明郑善夫《送人游邺下》："邺城魏七子，文藻亦吾师。四牡君今去，风流端在兹。"

# 村居客过

一

顾我东窗痴读易，未闻车马过婆娑①。

主人合让松篁②宅，钓客宜披烟雨蓑。

谈柄③有风疑破竹，斜阳无计可回戈④。

何如永昼收余劫⑤，一局仙棋忘烂柯⑥。

〔注释〕

① 未闻车马过婆娑：与上句"顾我东窗痴读易"皆取意于宋苏轼《九月二十日微雪，怀子由弟二首》其二："遥知读易东窗下，车马敲门定不应。"婆娑，舞貌、纷披貌，此处为盘桓、逗留之意。三国魏杜挚《赠毌丘俭》："骐骥马不试，婆娑槽枥间。"
② 松篁：松与竹。宋王安石《兴国楼上作》："松篁不动翠相重，日射流尘四散红。"
③ 谈柄：古人清谈时所执的拂尘。唐温庭筠《过孔北海墓二十韵》："白羽留谈柄，清风袭德馨。"
④ 回戈：抟戈回日，喻使时光倒流。典出《淮南子·览冥训》："鲁阳公与韩构难，战酣日暮，援戈而抟之，日为之反三舍。"南朝宋谢灵运《豫章行》："苟无回戈术，坐观落崦嵫。"
⑤ 劫：围棋术语，即黑白双方往复，提吃对方一子。宋陆游《初夏》："细煅诗联凭棐几，静思棋劫对楸枰。"

⑥ 烂柯：喻岁月流逝，人事变迁。典出南朝梁任昉《述异记》卷上："信安郡石室山，晋时王质伐木至，见童子数人棋而歌，质因听之。童子以一物与质，如枣核，质含之，不觉饥。俄顷，童子谓曰：'何不去？'质起视，斧柯烂尽。既归，无复时人。"

## 二

自别都门三改火①，柳边行色忆憴憴②。

定知秦客③绝通介，敢信刘郎犹访寻。

举我纵横楸玉局④，与君游戏阆风岑⑤。

因将剧饮⑥饯林靖⑦，邀得希夷⑧各自斟。

〔注释〕

① 改火：古代钻木取火，四季换用不同的木材，称"改火"，又称"改木"，喻时节改易。宋苏轼《临江仙·送钱穆父》："一别都门三改火，天涯踏尽红尘。"

② 憴憴：幽深貌。汉蔡琰《胡笳十八拍》："雁飞高兮邈难寻，空肠断兮思憴憴。"

③ 秦客：犹避秦客。典出晋陶渊明《桃花源记》。唐韩愈《同窦牟韦执中寻刘尊师不遇》："秦客何年驻？仙源此地深。"

④ 楸玉局：苍青色玉石制的围棋盘。唐苏鹗《杜阳杂编》卷下："王子善围棋，上敕顾师言待诏为对手。王子出楸玉局、冷暖玉棋子。"

⑤ 阆风岑：阆风巅，山名，传说中神仙所居之山，在昆仑之巅。岑，山巅。唐李白《拟古十二首》其十："仙人骑彩凤，昨下阆风岑。"

⑥ 剧饮：豪饮，痛饮。宋沈继祖《和黄叔万游西湖韵》："只将剧饮饯残春，一醉忘形到尔汝。"

⑦ 林靖：指宋处士林逋，隐居杭州西湖孤山，植梅养鹤以为伴，谥"和靖先生"，世称"林和靖"，省称"林靖"。

⑧ 希夷：指五代末宋初的道教人物陈抟，主张以睡眠休养生息，号"希夷先生"。

## 三

北倚重城南陌遥，青林暑气涣冰消。
众山远引疑迷径，一水横陈莫问桥。
偶过村垆①招野叟，也期海市弄鸾箫②。
以君同是转蓬客③，白鸟愁烟对寂寥。

〔注释〕

① 村垆：乡村酒店。宋黄公度《道间即事》："村垆沽酒谁能择，邮壁题诗尽偶然。"

② 鸾箫：箫的美称。宋吴文英《浣溪沙》："一曲鸾箫别彩云。燕钗尘涩镜华昏。灞桥舞色褪蓝裙。"

③ 转蓬客：身世坎坷、飘转如蓬之人。宋范成大《湘口夜泊……合为一江》："我亦江南转蓬客，白鸟愁烟思故垒。"

## 四

此意由来无吝惜,府中<sup>①</sup>倾与使君听。

冰弦<sup>②</sup>近接琴心白,宝匣深藏剑气青。

同道片云飘落寞,宿缘一梦醒伶仃。

巾车<sup>③</sup>今既过相问,盍命同趋放鹤亭<sup>④</sup>?

〔注释〕

① 府中:犹腑中。唐白居易《与诸道者同游二室至九龙潭作》:"举手摩挲潭上石,开襟抖擞府中尘。"

② 冰弦:琴弦的美称,传说中有用冰蚕丝做的琴弦,故称。宋苏轼《减字木兰花·琴》:"玉指冰弦,未动宫商意已传。"

③ 巾车:以帷幕装饰的车子。宋晁公溯《与客饮池上》:"巾车幸过我,取别莫匆匆。"

④ 放鹤亭:位于徐州市云龙山顶,为苏轼友人、彭城隐士张天骥放鹤之所。苏轼徙知徐州时,曾作有《放鹤亭记》。南朝宋刘义庆《世说新语·言语》中有关于东晋高僧支遁放鹤的记载:"支公好鹤……有人遗其双鹤,少时翅长欲飞。支意惜之,乃铩其翮。鹤轩翥不复能飞,乃反顾翅垂头,视之如有懊丧意。林曰:'既有陵霄之姿,何肯为人作耳目近玩?'养令翮成,置使飞去。"

# 词

## 忆王孙

小窗听雨送芳菲,吩咐中春<sup>①</sup>不必归。月上初弦扃<sup>②</sup>晚扉。久离违。复为伊谁试擘帷。

〔注释〕

① 中春:春季的第二个月。唐杜牧《怀钟陵旧游四首》其二:"滕阁中春绮席开,柘枝蛮鼓殷晴雷。"
② 扃:上闩,关门。明归有光《项脊轩志》:"余扃牖而居,久之,能以足音辨人。"

# 如梦令

初世自耽词赋，行处覆车危路，往蹇复来连①，憎命亦思轩辂②。如故，如故，仍岁冶章寻句。

〔注释〕

① 往蹇复来连：谓往来皆难，进退皆难。《周易·蹇卦》："六四，往蹇来连。"王弼注："往则无应，来则乘刚，往来皆难，故曰往蹇来连。"
② 轩辂：显贵者所乘的车子。晋陆云《吴故丞相陆公诔》："开国名墟，光宅海邦，分圭作宝，轩辂以庸。"

# 乌夜啼

冰弦①独倚清桐,曲玲珑。约略②馆娃调瑟旧吴宫③。逸王④死,国姝⑤徒,运终穷。今我闲来池阁,怅西风。

〔注释〕

① 冰弦:琴弦的美称。金董解元《西厢记诸宫调》:"冰弦重理,声渐辨雄雌。"
② 约略:大概,大略。
③ 馆娃:春秋吴宫名,传说系吴王夫差为西施建造。吴人呼美女为娃,馆娃宫为美女所居之宫。后亦以"馆娃"借指西施。馆娃宫坐落于江苏苏州的灵岩山上,现今园内尚存有砚石山等遗迹。宋范成大《馆娃宫赋》:"山上下闲台别馆之迹,仿佛可考。"
④ 逸王:骄奢淫逸的王公,此处特指吴王夫差。宋范成大《馆娃宫赋》:"是为逸王之旧游,有墟国之遗恫焉。"
⑤ 国姝:国色,此处特指西施。传说中,吴灭后,西施归范蠡,同泛五湖。

## 生查子

黄昏听说来,远黛连山扫①。新月渐如眉,悄上秋枝杪②。
不如月倚枝,一枕眠清晓。镜里掩妆人,愁与寒砧③老。

〔注释〕

① 远黛连山扫:形容女子画眉。汉伶玄《赵飞燕外传》:"女弟合德入宫,为薄眉,号远山黛。"唐李商隐《代赠二首》其二:"总把春山扫眉黛,不知供得几多愁。"
② 杪:末梢。宋陈著《绮罗香》:"谁知忧怨极处,轻把宫妆蜕了,飞吟枝杪。"
③ 寒砧:寒秋时节的捣衣声。唐李商隐《独居有怀》:"只闻凉叶院,露井近寒砧。"

## 浣溪沙

商略<sup>①</sup>新愁日少赊,过中<sup>②</sup>仄景<sup>③</sup>渐敧斜。君家咫尺我天涯。

明月一般清歌夜,重衾不覆旧时纱。横波那记鄂君槎<sup>④</sup>?

〔注释〕

① 商略:有数种意思,分别为商讨、品评、估计、准备、脱略、放任不羁等。与"愁"连用时,可诠释为"准备"。宋卢祖皋《摸鱼儿·九日登姑苏台》:"吟未就,但衰草荒烟,商略愁时候。"
② 过中:过半,喻过了中年。
③ 仄景:将落之日色。仄,通"昃",日偏西。
④ 鄂君槎:亦作"鄂君船""鄂君舟"。鄂君,指鄂君子皙,战国时楚国封君,楚王母弟,官为令尹,爵为执圭。有摇桨越人悦其美,因作《越人歌》赞之,后鄂君举绣被而覆之。见汉刘向《说苑·善说》。

# 卜算子

采束掇<sup>①</sup>生刍<sup>②</sup>，持赠人如玉。日暮薄言<sup>③</sup>事北归，却着南枝<sup>④</sup>宿。投分<sup>⑤</sup>悔今迟，早任流年促。若许相逢对遇初，倾盖轙<sup>⑥</sup>骅骝<sup>⑦</sup>。

〔注释〕

① 掇：拾取，摘取。
② 生刍：鲜草。《诗·小雅·白驹》："生刍一束，其人如玉。"可寓思友，亦可寓思贤之心。
③ 薄言：急急忙忙。《诗·周南·芣苢》："采采芣苢，薄言采之。"高亨注："薄，急急忙忙。言，读为焉或然。"汉王粲《从军诗五首》其一："尽日处大朝，日暮薄言归。"
④ 南枝：朝南的树枝，喻温暖舒适的地方。又因《古诗十九首·行行重行行》中有"胡马依北风，越鸟巢南枝"句，故"南枝"还可指故土或故国。
⑤ 投分：情投意合，定交。《周书·史宁传》："申以投分之言，微托思归之意。"唐骆宾王《夏日游德州赠高四》："缔交君赠缟，投分我忘筌。"
⑥ 轙：一种有帷幔的车。作"轙列""轙马"用时，多指车马之相接相并。
⑦ 骅骝：良马。晋葛洪《抱朴子外篇·尚博》："然时无圣人，目其品藻，故不得骋骅、骝之迹于千里之涂，编近世之道于三坟之末也。"

## 清平乐

霜来露去,谁倩流光仁。借问六螭<sup>①</sup>爰欲止,曰在崦嵫<sup>②</sup>西圃。

春江无语东流,鹧鸪声里牢愁<sup>③</sup>。最是难堪向晚<sup>④</sup>,人家灯火楼头。

〔注释〕

① 六螭:同"六龙"。螭,无角龙。《初学记》卷一引《淮南子》:"爰止羲和,爰息六螭,是谓悬车。"原注:"日乘车,驾以六龙,羲和御之。"清黄景仁《忆昔篇和赵味辛》:"天旋海水运,六螭无停策。"

② 崦嵫:山名,在甘肃省天水县西,古代常用来指日落的地方。《楚辞·离骚》:"吾令羲和弭节兮,望崦嵫而勿迫。"王逸注:"崦嵫,日所入山也。"

③ 牢愁:忧愁,忧郁。宋刘克庄《次韵实之春日五和二首》其二:"牢愁余发五分白,健思君才十倍多。"

④ 向晚:临近晚上的时候。唐李颀《送魏万之京》:"关城曙色催寒近,御苑砧声向晚多。"

# 菩萨蛮

清风江上闲调瑟，竺经①漫读抛前策②。年杪③卜来途，患乎存故吾④。

连山⑤何处辑，孔壁⑥今皆佚。常愿候仙凫⑦，不辞罗袜⑧濡。

〔注释〕

① 竺经：又名"竺国经"，即佛经，以其出天竺国得名。唐李洞《将之蜀别友人》："若遇多吟友，何妨勘竺经。"
② 前策：过去的史籍。三国魏徐幹《中论·贵验》："夫人也，皆书名前策，著形列图，或为世法，或为世戒。"
③ 年杪：年末。
④ 故吾：过去的我。《庄子·田子方》："虽忘乎故吾，吾有不忘者存。"又《老子》："吾所以有大患者，为吾有身。"
⑤ 连山：《易》古名。《周礼·春官·大卜》："掌三易之法，一曰《连山》，二曰《归藏》，三曰《周易》。"贾公彦疏："其卦以纯艮为首，艮为山，山上山下，是名连山，云气出内于山，故名《易》为《连山》。"
⑥ 孔壁：孔子故宅的墙壁。据传古文经出于壁中，故著称。《汉书·鲁恭王馀传》："恭王初好治宫室，坏孔子旧宅以广其宫，闻钟磬琴瑟

之声，遂不敢复坏，于其壁中得古文经传。"

⑦ 仙凫：仙履，可喻仙迹。《后汉书·方术列传》："王乔者，河东人也。显宗世，为叶令。乔有神术，每月朔望，常自县诣台朝。帝怪其来数，而不见车骑，密令太史伺望之。言其临至，辄有双凫从东南飞来。于是候凫至，举罗张之，但得一只舄焉。乃诏尚方诊视，则四年中所赐尚书官属履也。"唐孟浩然《同张明府碧溪赠答》："仙凫能作伴，罗袜共凌波。"

⑧ 罗袜：丝罗制的袜。三国魏曹植《洛神赋》："凌波微步，罗袜生尘。"

# 采桑子

求仙饮酒皆成枉,壮发危冠①,晓镜秋颜②,中景③堪堪④道转邅⑤。

最思人定⑥黄昏后,何处名山,笙籁⑦吹寒,似许相期伊洛⑧间。

〔注释〕

① 壮发:成年人的头发,引申指壮盛时期。危冠:古时的高冠。唐李白《秋日炼药院镊白发,赠元六兄林宗》:"秋颜入晓镜,壮发凋危冠。"
② 晓镜:明镜。秋颜:衰老的容颜。
③ 中景:午时日影,比喻中年。南朝齐谢朓《为诸娣祭阮夫人文》:"中景遽倾,芳木先落。"
④ 堪堪:渐近,渐渐。《药师本愿功德宝卷》:"六道轮回,来往无其数。末法堪堪,各人寻头路。休等临危,性命全不顾。"
⑤ 邅:艰险,难行不进。《周易·屯卦》:"屯如邅如,乘马班如。"
⑥ 人定:十二时辰中的最末一个时辰,即亥时,通常指夜深人静时。《古诗为焦仲卿妻作》:"奄奄黄昏后,寂寂人定初。"
⑦ 笙籁:笙和籁,俱为古管乐器。元李材《席上赋老松怪柏图》:"枝柯千尺入层汉,笙籁万壑鸣惊湍。"
⑧ 伊洛:伊水与洛水。两水汇流,故多连称。三国魏曹植《赠白马王彪》:"伊洛广且深,欲济川无梁。"

## 减字木兰花

自从一别,谈䜩①谁期陈契阔②。按③遍新词,绿蚁红泥④莫却杯。

天涯云嶂⑤,非是戴舟⑥恒不访。明日江头,仍客烟波季子裘⑦。

〔注释〕

① 谈䜩:亦作"谈宴""谈燕",谓边宴饮边叙谈。三国魏曹操《短歌行》:"契阔谈䜩,心念旧恩。"
② 契阔:久别的情怀。《后汉书·独行列传》:"行路仓卒,非陈契阔之所。"
③ 按:此处为"击节唱曲"之意。清吴伟业《题冒辟疆名姬董白小像八首》其六:"念家山破定风波,郎按新词妾唱歌。恨杀南朝阮司马,累侬夫婿病愁多。"
④ 绿蚁:新酿的酒还未滤清时,酒面浮起酒渣泡沫,色微绿,细如蚁,故称"绿蚁",代指新出的酒。红泥:一种紫砂陶土,宜制为茗器。唐白居易《问刘十九》:"绿蚁新醅酒,红泥小火炉。晚来天欲雪,能饮一杯无?"
⑤ 云嶂:耸入云霄的高山。唐张九龄《郡江南上别孙侍御》诗:"云嶂天涯尽,川途海县穷。"

⑥ 戴舟：造访朋友的船。典出南朝宋刘义庆《世说新语·任诞》："王子猷居山阴，夜大雪……忽忆戴安道。时戴在剡，即便夜乘小船就之。经宿方至，造门不前而返。人问其故，王曰：'吾本乘兴而行，兴尽而返，何必见戴！'"宋赵蕃《呈潘潭州十首》其六："犯雪渠乘访戴舟，不逢安道便归休。我今一月春风里，纵复回舟匪浪游。"

⑦ 季子裘：季子的貂裘。战国时苏秦入秦求仕，耗尽资用而归。《战国策·秦策一》："（苏秦）说秦王书十上而说不行。黑貂之裘弊，黄金百斤尽，资用乏绝，去秦而归。"后以"季子裘"谓旅途或客居困顿。唐殷尧藩《九日》："壮怀空掷班超笔，久客谁怜季子裘。"

## 诉衷情

阮屐①床下久伶仃，谢客②旷幽行。堪破穷达天命，破甑③等功名。

沧浪④水，碧青青，动归情。试听孺子，一曲遗讴⑤，请濯吾缨。

〔注释〕

① 阮屐：阮家屐，喻珍贵的鞋子。晋阮孚性好屐，尝自蜡屐，并慨叹说："未知一生当著几量屐！"见南朝宋刘义庆《世说新语·雅量》。宋陈杰《把茅》："未知更蜡阮屐几，惟恐有著祖鞭先。"
② 谢客：指南朝宋山水诗人谢灵运。谢灵运幼名客儿，故称。唐刘长卿《送薛据宰涉县》："日得谢客游，时堪陶令醉。"
③ 破甑：摔破的瓦器，喻不值一顾的事物。《后汉书·郭太传》："孟敏字叔达，巨鹿杨氏人也。客居太原。荷甑堕地，不顾而去。林宗见而问其意。对曰：'甑以破矣，视之何益？'"宋辛弃疾《玉蝴蝶·叔高书来戒酒用韵》："生涯蜡屐，功名破甑，交友抟沙。"
④ 沧浪：古水名，青苍色。《孟子·离娄上》："有孺子歌曰：'沧浪之水清兮，可以濯我缨；沧浪之水浊兮，可以濯我足。'"
⑤ 遗讴：古代流传下来的歌曲。唐孟郊《上张徐州》："至乐无宫徵，至声遗讴歌。愿鼓空桑弦，永使万物和。"

## 忆秦娥

将欲雪,彤云①似铁风如咽。风如咽,牵衣难说,客心伤别。

撒天②唯忆吹琼屑,茫茫渐覆君车辙。君车辙,何时重到,妾家门闼。

〔注释〕

① 彤云:下雪前密布的阴云。唐宋之问《奉和春日玩雪应制》:"北阙彤云掩曙霞,东风吹雪舞山家。"
② 撒天:犹漫天。《红楼梦》第76回《凸碧堂品笛感凄清,凹晶馆联诗悲寂寞》中有林黛玉、史湘云联诗句:三五中秋夕,清游拟上元。撒天箕斗灿,匝地管弦繁。

## 更漏子

　　自君行，驰逸骏，今日仍无个信。算已是，去中原，青山一发间①。

　　寄深浅，语千万，终是劝加餐饭②。若行路，蹇③崔嵬，不如及早归。

〔注释〕

① 青山一发间：青山远望，其轮廓仅如发丝一样。形容极其遥远。也借指中原。宋苏轼《澄迈驿通潮阁二首》其二："杳杳天低鹘没处，青山一发是中原。"
② 劝加餐饭：出自《古诗十九首·行行重行行》："弃捐勿复道，努力加餐饭。"
③ 蹇：行走困难，艰阻。唐皎然《答郑方回》："世污我未起，道蹇吾犹病。"

## 南歌子

驻箸<sup>①</sup>不能食,发奁<sup>②</sup>对绿窗<sup>③</sup>。郎家摘户未横梁<sup>④</sup>,竟不相关销得恁思量。

天不绝人愿,教侬复见郎<sup>⑤</sup>。愿郎得似玉蟾光<sup>⑥</sup>,侵晚即来皎皎照侬床。

〔注释〕

① 驻箸:停下筷子。《乐府诗集·清商曲辞·子夜歌》其十四:"驻箸不能食,蹇蹇步闱里。"
② 发奁:打开妆奁。宋曾丰《欲入修门未果且留妙山逆旅书所见呈富阳大夫陈晃国》:"百里一轮大圆镜,发奁开幭鉴如何。"
③ 绿窗:绿色的纱窗,指女子居室。宋贺铸《减字浣溪沙》:"绣陌不逢携手伴,绿窗谁是画眉郎。春风十里断人肠。"
④ 摘户:打开房门。横:门框下部的横木。取自《乐府诗集·清商曲辞·子夜歌》其十五:"郎为傍人取,负侬非一事。摘门不安横,无复相关意。"句中的"相关"为双关语,下句"竟不相关销得恁思量"用此意。
⑤ 天不绝人愿,教侬复见郎:取自《乐府诗集·清商曲辞·子夜歌》其二:"天不夺人愿,故使侬见郎。"
⑥ 玉蟾光:神话传说月中有蟾,而月色皓白如玉,故以玉蟾代称月亮。明刘基《江上曲四首》其一:"紫桂香销五夜霜,碧云收尽玉蟾光。"

## 醉花阴

笛远愁听清夜永,宿篆①罗衾冷。却命卷珠帘,风露秋堂,劳引蟏蛸②颈。

金井玉轮③残剩影,耿耿星如醒。那得问王孙④,芳草川途,何日归鞍镫。

〔注释〕

① 宿篆:隔夜点燃的盘香。宋李复《彦桓奉檄将行同饭素于龙泉寺》:"古殿香寒消宿篆,晴林叶暗退残红。"

② 蟏蛸:天牛的幼虫,色白身长,多喻美女之颈,出自《诗·卫风·硕人》:"领如蟏蛸,齿如瓠犀。"清孙枝蔚《贞女诗》:"芙蓉为女颜,蟏蛸为女领。不如古松柏,为女性所秉。"

③ 玉轮:月的别名。唐李贺《梦天》:"玉轮轧露湿团光,鸾佩相逢桂香陌。"

④ 王孙:泛指贵族子孙,古时也用来尊称一般青年男子。《楚辞·招隐士》:"王孙游兮不归,春草生兮萋萋。"

## 浪淘沙

南陌<sup>①</sup>别离时,未卜春归。凝妆人在玉楼西<sup>②</sup>。总是卢家<sup>③</sup>初未见,柳色葳蕤<sup>④</sup>。

雨雪又霏霏,懒画双眉。早识觅侯<sup>⑤</sup>夫婿悔,请扣<sup>⑥</sup>骖騑<sup>⑦</sup>。

〔注释〕

① 南陌:南面的道路。南陌的意象常与别离相关,宋欧阳修《寄刘昉秀才》:"丝路萦回细入云,离怀南陌草初薰。"
② 凝妆人在玉楼西:取唐王昌龄《闺怨》中的意象:"闺中少妇不知愁,春日凝妆上翠楼。忽见陌头杨柳色,悔教夫婿觅封侯。"
③ 卢家:古乐府中有卢家少妇名莫愁。南朝梁武帝《河中之水歌》中有"洛阳女儿名莫愁""十五嫁为卢家妇"句。
④ 葳蕤:草木茂盛、枝叶下垂的样子。唐张九龄《感遇》:"兰叶春葳蕤,桂华秋皎洁。"
⑤ 觅侯:觅封侯。唐王昌龄《闺怨》:"闺中少妇不知愁,春日凝妆上翠楼。忽见陌头杨柳色,悔教夫婿觅封侯。"
⑥ 扣:扣马,拉住马不使行进。《淮南子·泛论训》:"梁由靡扣穆公之骖。"
⑦ 骖騑:驾在服马两侧的马。唐沈佺期《李舍人山园送庞邵》:"东邻借山水,南陌驻骖騑。"

## 鹧鸪天

故意①尊前说与君，肝肠倾府竭宝珍②。因期初别成长别，忍把停云③作迥云④。

盟切切，意纷纷。从前相负悔心嗔。浮生剩约行中半⑤，不许流光换物人。

〔注释〕

① 故意：故人的情意，过去的心意。唐杜甫《赠卫八处士》："十觞亦不醉，感子故意长。"
② 倾府竭宝珍：语出三国魏曹植《圣皇篇》："何以为赠赐，倾府竭宝珍。"
③ 停云：停止不动的云。晋陶潜《停云》："停云霭霭，时雨蒙蒙。"
④ 迥云：辽远的云。唐孟郊《登华岩寺楼望终南山赠林校书兄弟》："楼根插迥云，殿翼翔危空。"
⑤ 中半：一半。宋周密《西江月·拟花翁》："称消不过牡丹情，中半伤春酒病。"

## 前调一首

每意逃禅①读外篇②,个中尘里说还丹③。钟离欲问吕公篆④,昨日蓬莱访列仙。

岩松下,遇黄冠⑤,言师采药去青山⑥。我归市上仍呼酒,壶里⑦真游⑧亦泠然。

〔注释〕

① 逃禅:逃离禅佛。唐杜甫《饮中八仙歌》:"苏晋长斋绣佛前,醉中往往爱逃禅。"
② 外篇:道教神仙典籍,亦称"物外篇"。唐卢照邻《于时春也慨然有江湖之思寄此赠柳九陇》:"我有壶中要,题为物外篇。"
③ 还丹:丹药名。据晋葛洪《抱朴子内篇·金丹》载,还丹乃以九转之丹炼化而成,服用后可即刻成仙。唐李白《庐山谣寄卢侍御虚舟》:"早服还丹无世情,琴心三叠道初成。"
④ 吕公篆:传说中仙人吕洞宾所作篆书。宋李訦《水调歌头·次琼山韵》:"钟离歌,吕公篆,醉张颠。恍如赤城龙凤,来过我鲸仙。"
⑤ 黄冠:多为道士所戴,代指道士。宋秦观《题杨康功醉道士石》:"黄冠初饮何人酒,径醉颓然不知久。"
⑥ 言师采药去青山:语出唐贾岛《寻隐者不遇》:"松下问童子,言师采药去。只在此山中,云深不知处。"

⑦ 壶里：指仙界。典出《后汉书·方术列传》："费长房者，汝南人也。曾为市掾。市中有老翁卖药，悬一壶于肆头，及市罢，辄跳入壶中。市人莫之见，唯长房于楼上睹之……长房旦日复诣翁，翁乃与俱入壶中。唯见玉堂严丽，旨酒甘肴盈衍其中，共饮毕而出。"

⑧ 真游：指游览道教胜地。冯时行《中岩》："旷绝无人境，超然乃真游。"

# 鹊桥仙

心犀<sup>①</sup>多掩，消息无回，辜负佳期几度。人间亦自恨银河，竟未许、风云通遇。

楚天暮雨，蓝桥玉杵<sup>②</sup>，怎得中情吐慕。思量折赠寄繁枝，恐烟水、行人归去。

〔注释〕

① 心犀：相思之情。唐李商隐《无题二首》其一："身无彩凤双飞翼，心有灵犀一点通。"
② 蓝桥：桥名，在陕西省蓝田县东南蓝溪之上。玉杵：玉制的舂杵。据裴铏所作唐传奇《裴航》，秀才裴航与仙女云英曾相会于蓝桥，裴航以玉杵臼为聘礼，娶云英仙去。

## 虞美人

朔风道路穷车辙，在目皑皑雪。水声冰下咽仓惶，今我左骖已殪①右玄黄。

咸阳别泪抛如霰②，出矣行无反③。荒祠暮鼓起寒鸦，莫诘客心何处宿人家。

〔注释〕

① 左骖已殪：语出《楚辞·九歌·国殇》："凌余阵兮躐余行，左骖殪兮右刃伤。"左骖，四马中左边的马。殪，死。
② 咸阳别泪抛如霰：语出唐陶翰《古塞下曲》："东出咸阳门，哀哀泪如霰。"
③ 反："返"的古字。

# 南乡子

永昼<sup>①</sup>闭前扃<sup>②</sup>,听遍卖花里巷声。欲说同心曾绾结<sup>③</sup>,无凭,偏恼春深酒正酲<sup>④</sup>。

久也旷轩乘<sup>⑤</sup>,一向凋颜倦对灯。沟水西东闻两意<sup>⑥</sup>,伤情,不欲留心在裂缯<sup>⑦</sup>。

〔**注释**〕

① 永昼:漫长的白天。宋李清照《醉花阴》:"薄雾浓云愁永昼,瑞脑销金兽。"
② 前扃:前门。扃,门。唐李商隐《寄太原卢司空三十韵》:"何由叩末席,还得叩玄扃。"
③ 绾结:系结。明何景明《悼亡三首》其三:"裁为双中衣,罗带纷绾结。"
④ 酲:病酒不醒。《晏子春秋·内篇谏上》:"景公饮酒,酲,三日而后发。"
⑤ 轩乘:车驾。宋章甫《和仲韩见简韵》:"翩翩赵公子,时时枉轩乘。"
⑥ 沟水西东闻两意:语取汉卓文君《白头吟》:"皑如山上雪,皎若云间月。闻君有两意,故来相决绝。今日斗酒会,明旦沟水头。躞蹀御沟上,沟水东西流。"唐李商隐《代应二首》其一:"沟水分流西复东,九秋霜月五更风。离鸾别凤今何在,十二玉楼空更空。"
⑦ 不欲留心在裂缯:语出唐罗虬《比红儿诗》:"世事悠悠未足称,肯将闲事更争能?自从命向红儿去(一作断),不欲留心在裂缯。"

# 玉楼春

为君置酒登高殿①,齐瑟秦筝②迢递荐。绿杨芳草隔千山,一曲骊歌③凄欲断。

浮生唯恨相知晚,老去风情倾玉盏④。因偷别泪倩红巾⑤,更舞阳阿⑥低画扇。

〔注释〕

① 置酒登高殿:语取三国魏曹植《箜篌引》:"置酒高殿上,亲交从我游。"
② 齐瑟秦筝:语出三国魏曹植《箜篌引》:"秦筝何慷慨,齐瑟和且柔。"
③ 骊歌:离别时所唱的歌。宋杨亿《史馆盛学士以诗相贺因而答之》:"前年出守缙云城,曾柱骊歌慰远行。"
④ 老去风情倾玉盏:语出宋欧阳修《玉楼春》:"老去风情尤惜别。大家金盏倒垂莲。"
⑤ 倩红巾:语出宋辛弃疾《水龙吟·登建康赏心亭》:"倩何人,唤取红巾翠袖,揾英雄泪。"
⑥ 阳阿:古之名倡,善舞。三国魏曹植《箜篌引》:"阳阿奏奇舞,京洛出名讴。"

# 前调一首

伤情最是辞吴馆①,残日马嘶②杨柳岸。转蓬③休叹鬓霜垂④,早不珠帘逢玉辇⑤。

离筵歌到长亭慢,渐觉衣单风向晚。欲言心事酒盈卮,水薄春醪⑥交似浅。

〔注释〕

① 吴馆:春秋吴王夫差为美女西施所筑的馆娃宫,喻歌舞繁华之所。唐李商隐《子直晋昌李花(得分字)》:"吴馆何时熨,秦台几夜熏?绡轻谁解卷?香异自先闻。"
② 残日马嘶:唐沈佺期《章怀太子靖妃挽词》:"送马嘶残日,新萤落晚秋。"
③ 转蓬:随风飘转的蓬草,喻飘零不定。唐李商隐《无题二首》其一:"嗟余听鼓应官去,走马兰台类转蓬。"
④ 鬓霜垂:唐李白《短歌行》:"麻姑垂两鬓,一半已成霜。"
⑤ 珠帘逢玉辇:喻相逢。唐韩翃《汉宫曲》:"家在长陵小市中,珠帘绣户对春风。君王昨日移仙仗,玉辇迎将入汉宫。"此诗一说为李益所作。
⑥ 水薄春醪:指味道淡的酒。宋李清臣《谒金门》:"苦恨春醪如水薄,闲愁无处着。"

## 前调又一首

烟波城下春拍岸①,画舸停桡②横渚晚。问君明岁欲何游,云笼穷岫③行必远。

岁阑人意微从宦④,何必长为七贵⑤挽。送君出上孝廉船⑥,泣似长川东不斩⑦。

〔注释〕

① 烟波城下春拍岸:语出宋钱惟演《木兰花》:"城上风光莺语乱,城下烟波春拍岸。"

② 画舸停桡:唐白居易《武丘寺路宴留别诸妓》:"银泥裙映锦障泥,画舸停桡马簇蹄。"

③ 云笼穷岫:犹云笼远山。南唐李煜《渡中江望石城泣下》:"云笼远岫愁千片,雨打归舟泪万行。"

④ 微从宦:减损仕宦之情。元戴良《岁暮留别二首》其二:"从宦不得意,岁阑聊复归。"

⑤ 七贵:本指西汉七家贵戚,泛指权贵。晋潘岳《西征赋》:"窥七贵于汉庭,讵一姓之或在。"李善注:"七姓,谓吕、霍、上官、赵、丁、傅、王也。"唐李白《流夜郎赠辛判官》:"昔在长安醉花柳,五侯七贵同杯酒。"

⑥ 孝廉船:典出南朝宋刘义庆《世说新语·文学》:"张凭举孝廉,

出都，负其才气，谓必参时彦。欲诣刘尹，乡里及同举者共笑之。……须臾，真长遣传教觅张孝廉船，同侣惋愕。即同载诣抚军。"后遂以"孝廉船"为褒美才士之典。唐李白《送王孝廉觐省》："宁亲候海色，欲动孝廉船。"

⑦ 泣似长川东不斩：语出唐李白《送王孝廉觐省》："相思无昼夜，东泣似长川。"

## 一斛珠

自君一去，妾期似误瞿塘贾①。桃花指定②盟前语，不令今春，开谢全无主。

何事长安耽久旅。相如疑病逢秋雨③。寻猜④孤馆谁与寓，情怕新衾、负妾旧鸳侣。

〔注释〕

① 瞿塘贾：旧谓进川的商人。唐李益《江南曲》："嫁得瞿塘贾，朝朝误妾期。"
② 桃花指定：语出明周是修《瞿塘贾》："瞿塘贾，前年二月离乡去。去时许妾半年归，指定桃花成誓语。"
③ 相如疑病逢秋雨：用司马相如典。元狩五年，司马相如病免后家居茂陵，茂陵在长安西北八十里。唐李商隐《寄令狐郎中》："休问梁园旧宾客，茂陵秋雨病相如。"
④ 寻猜：猜测。清姚燮《合丈八笺四纸画一巨梅七日而成》："蛟螭生狞起战斗，风云离合难寻猜。"

## 踏莎行

　　莫问离杯，人间别意，请君看取东流水①。登临万古仲宣②愁，一般客里迁飘徙。

　　君马玄黄，我骖殚弊，歧途儿女无为泪③。约同黄发百年期④，不因老病亡双鲤⑤。

〔注释〕

① 请君看取东流水：语出宋严仁《鹧鸪天·惜别》："请君看取东流水，方识人间别意长。"
② 仲宣：指东汉文学家王粲，建安七子之一，因避乱客荆州，感身世飘零而作《登楼赋》。宋韩淲《菩萨蛮·花溪碧》："回首仲宣楼，登临无计愁。"
③ 歧途儿女无为泪：语出唐王勃《送杜少府之任蜀州》："无为在歧路，儿女共沾巾。"
④ 约同黄发百年期：语取三国魏曹植《赠白马王彪》："变故在斯须，百年谁能持？离别永无会，执手将何时？王其爱玉体，俱享黄发期。"黄发，指年老或老人。
⑤ 双鲤：两条鲤鱼，指代书信。汉乐府《饮马长城窟行》："客从远方来，遗我双鲤鱼。呼儿烹鲤鱼，中有尺素书。"

# 蝶恋花

孤卧杪秋①闲蚤暮②,客里寻舟,惘识蓝桥路。捣尽玄霜③疑事数④,吴歌唱断前溪⑤舞。

访遍玉京因一语,谁谓崎岖⑥,桃叶无人渡⑦。忽见东边连理树,金尊清酒伤投箸。

〔注释〕

① 杪秋:晚秋。唐柳宗元《秋晓行南谷经荒村》:"杪秋霜露重,晨起行幽谷。"
② 蚤暮:早暮。蚤,通"早"。宋陆游《屠希笔》:"高皇爱赏登玉几,求书蚤暮常差肩。"
③ 玄霜:神话中的一种仙药。唐李贺《瑶华乐》:"琼钟瑶席甘露文,玄霜绛雪何足云。""捣尽玄霜"与前句"蓝桥路"同用唐传奇《裴航》事。
④ 事数:可推人事吉凶的一种术数,代指命运。《梁书·司马褧传》:"褧学尤精于事数,国家吉凶礼,当世名儒明山宾、贺玚等疑不能断,皆取决焉。"
⑤ 前溪:古乐府曲名,同时是古代吴地村名,江南声妓多自此出。唐李商隐《离思》:"气尽前溪舞,心酸子夜歌。"
⑥ 玉京:仙都,帝都。崎岖:跋涉,奔波。唐裴铏所作传奇《裴航》

中，有樊夫人答裴航诗："一饮琼浆百感生，玄霜捣尽见云英。蓝桥便是神仙窟，何必崎岖上玉京？"此诗亦被收入《全唐诗》。

⑦ 桃叶：晋王献之爱妾名。桃叶渡在今江苏省南京市秦淮河畔，因王献之曾在此送别桃叶而得名。宋张炎《凤凰台上忆吹箫》："不道江空岁晚，桃叶渡、还叹飘零。"

**胡真原韵**

华盖孤灯迷晓暮，沧海遗珠，塞马经行路。天外残星犹可数，谁家烛影凄清舞。

雁去燕来无一语，鹤子梅妻，落日风陵渡。用舍行藏如此树，三更浊酒双双箸。

# 临江仙

故国归来仍是客,惘然都失①前尘。名山石室②不干身,闲僧渔父在,无意卜西邻。

郢氏寝斤因质死③,周行示我嘉宾④。自君出矣少斯人,五湖⑤惭请谒,不敢论交亲。

〔注释〕

① 失:通"佚"。
② 石室:古代藏图书档案处。清张晋《白发悲》:"名山石室有著述,黄泉不闭青史光。"
③ 郢氏寝斤因质死:典出《庄子·徐无鬼》中有关匠人斫郢人鼻垩之典。质,庄子故事中的对手郢人。南朝宋谢灵运《鞠歌行》:"郢既殁,匠寝斤。览古籍,信伊人。永言知己感良辰。"
④ 周行示我嘉宾:语出《诗·小雅·鹿鸣》:"我有嘉宾,鼓瑟吹笙。吹笙鼓簧,承筐是将。人之好我,示我周行。"
⑤ 五湖:江南五大湖的总称,因范蠡在辅佐越王勾践灭吴后功成身退,乘轻舟归隐五湖,故又以指隐遁之所。唐李白《悲歌行》:"范子何曾爱五湖,功成名遂身自退。"

## 渔家傲

忆得年时钩月小,寒轻夜永①梅开早。如绣朱门帘不挑,逢正巧,小窗银烛擎相照。

新舞催弦争窈窕,禁街箫鼓②香车杳。欲翦③残灯心事恼,君去了,念奴歌里青春老。

〔注释〕

① 寒轻夜永:长夜中的轻寒萧瑟之意。语出宋王诜《人月圆·元夜》:"禁街箫鼓,寒轻夜永,纤手同携。"一说为宋李持正所作。
② 禁街箫鼓:仍出上《人月圆·元夜》同句。禁街,御街,京城街道。宋人重元夕,宋词中对京城元夕夜生活的咏歌繁多。宋李持正《明月逐人来》:"禁街行乐,暗尘香拂面。"
③ 翦:同"剪"。宋姜夔《浣溪沙》:"春点疏梅雨后枝,翦灯心事峭寒时。"

## 苏幕遮

看升平,灯似昼,月上柳梢,约在黄昏后①。人影暗尘随马走,钿车罗帕,缀拾相思久。

结丁香,分豆蔻,散市人声②,愁下金吾漏③。情味别时如瘅酒④,为病清狂⑤,更进高阳⑥缶。

〔注释〕

① 月上柳梢,约在黄昏后:语取宋欧阳修《生查子·元夕》:"去年元夜时,花市灯如昼。月上柳梢头,人约黄昏后。"
② 散市人声:语出宋刘克庄《生查子·元夕戏陈敬叟》:"人散市声收,渐入愁时节。"
③ 金吾漏:语出唐苏味道《正月十五夜》:"金吾不禁夜,玉漏莫相催。"金吾,古官名,掌管京城的戒备防务。金吾禁止夜行,唯元夕开放夜禁,称"金吾不禁",然仍会敲漏计时。
④ 瘅酒:犹病酒。瘅,困于、沉溺于。宋李石《朝中措·赠赵牧仲歌姬》:"应恨玉郎瘅酒,教人守到更深。"
⑤ 清狂:痴颠,放逸不羁。宋刘克庄《鹧鸪天·腹疾困睡和朱希真词》:"前度看花白发郎,平生痼疾是清狂。"
⑥ 高阳:汉郦食其为陈留高阳人,自称"高阳酒徒","高阳"即其代称。晋山简亦曾醉酒于习家园池,名之为"高阳池"。宋黄庭坚《阮郎归·茶词》:"歌停檀板舞停鸾,高阳饮兴阑。"一说为苏轼所作。

# 定风波

中岁读书好外篇，晚家①丘壑枕泉眠。最嗜午茶因散睡②，新焙，一瓯春至火前③煎。

唯有君来迎解榻④，情洽，覆棋⑤销得谢安⑥闲。将夕斜阳徊短陌，留客，对君如对敬亭山⑦。

〔注释〕

① 晚家：可理解为"近来居住在……"。唐王维《终南别业》："中岁颇好道，晚家南山陲。"
② 散睡：驱散睡意。唐白居易《府西池北新葺水斋即事招宾偶题十六韵》："午茶能散睡，卯酒善销愁。"
③ 火前：指火前茶，即寒食节禁火以前采制的新茶。唐白居易《谢李六郎中寄新蜀茶》："红纸一封书后信，绿芽十片火前春。"
④ 解榻：热情接待宾客之典。据《后汉书·徐稺传》记载，东汉陈蕃任豫章太守时，不接待宾客，只有南州高士徐稺来时特设一榻，在徐稺走后即悬挂起来。唐李商隐《哭遂州萧侍郎二十四韵》："登舟惭郭泰，解榻愧陈蕃。"
⑤ 覆棋：原意为下完棋后，重新按原来下的顺序逐步演布，以验得失，亦泛指下棋。唐韩偓《秋深闲兴》："把钓覆棋兼举白，不离名教可颠狂。"

⑥ 谢安：东晋名相。南朝宋刘义庆《世说新语·雅量》："谢公与人围棋，俄而谢玄淮上信至，看书竟，默然无言，徐向局。客问淮上利害，答曰：'小儿辈大破贼。'意色举止，不异于常。"

⑦ 敬亭山：在今安徽省宣城市区北郊，山上有敬亭，相传为南朝齐谢朓赋诗之所，山以此名。唐李白《独坐敬亭山》："相看两不厌，只有敬亭山。"

# 锦缠道

绮陌①轻尘,迷却一程归路。尽沾衣,杏花如雨。谁家年少忽逢遇。宝勒金鞍②,为妾游缰驻。

恰玉人看杀,倾城都慕③。拟将身、作千金许④。纵为他、终弃秋风扇⑤,亦不初悔,今日回车驭。

〔注释〕

① 绮陌:风景美丽的郊野道路。宋柳永《诉衷情近》其二:"闲情悄,绮陌游人渐少。"
② 宝勒:装饰华贵的马络头。金鞍:金属装饰的马鞍。二者皆代指华贵的宝马。清曹寅《畅春苑张灯赐宴归舍恭纪四首》其四:"宝勒金鞍少年事,只应毚火伴幽寥。"
③ 玉人看杀,倾城都慕:典出《晋书·卫玠传》:"玠字叔宝,年五岁,风神秀异……总角乘羊车入市,见者皆以为玉人,观之者倾都……玠劳疾遂甚,永嘉六年卒,时年二十七,时人谓玠被看杀。"
④ 拟将身、作千金许:此词中多句皆化自唐韦庄《思帝乡》:"春日游,杏花吹满头。陌上谁家年少、足风流?妾拟将身嫁与、一生休。纵被无情弃,不能羞。"
⑤ 秋风扇:秋扇。典出汉班婕妤《怨歌行》:"新裂齐纨素,皎洁如霜雪。裁为合欢扇,团团似明月。出入君怀袖,动摇微风发。常恐秋节至,凉风夺炎热。弃捐箧笥中,恩情中道绝。"

## 谢池春

挂杖青钱①,买得山公②沉醉。怅流年、一春过驷。不才常恐,淹作无名死③。怎回戈、阻崦嵫晷④。

艰贞无咎⑤,危者以安其位⑥。纵求仙、王乔⑦未值。不如归去,历人间清味。学痴人、看床头易⑧。

〔注释〕

① 挂杖青钱:典出《晋书·阮修传》:"(修)常步行,以百钱挂杖头,至酒店,便独酣畅。"
② 山公:指晋山简。《晋书·山简传》:"(简)镇襄阳……诸习氏,荆土豪族,有佳园池,简每出嬉游,多之池上,置酒辄醉,名之曰高阳池。"
③ 不才常恐,淹作无名死:语出唐白居易《初入峡有感》:"常恐不才身,复作无名死。"
④ 崦嵫:山名。古代常用来指日没的地方。晷:日影,引申为时光。南朝宋谢灵运《豫章行》:"短生旅长世,恒觉白日欹。览镜睨颓容,华颜岂久期?苟无回戈术,坐观落崦嵫。"
⑤ 艰贞无咎:语出《周易·泰卦》:"九三,无平不陂,无往不复,艰贞无咎。"意为艰难而守正道不会有灾难。
⑥ 危者以安其位:语出《周易·系辞下》:"子曰:'危者,安其位者

也。'"意为危险是安其位所致。
⑦ 王乔：传说中的仙人。
⑧ 床头易：刘孝标注《世说新语》引《晋纪》："王湛字处冲，太原人。隐德，人莫之知，虽兄弟宗族亦以为痴，唯父昶异焉。昶丧，居墓次，兄子济往省湛，见床头有《周易》，谓湛曰：'叔父用此何为？颇曾看不？'湛笑曰：'体中不佳时，脱复看耳，今日当与汝言。'因共谈《易》，剖析入微，妙言奇趣，济所未闻，叹不能测。"宋刘克庄《满江红·和叔永吴尚书，时吴丧少子》："杯中物，姑停止。床头易，聊抛废。"

## 青玉案

闻僧妙墨斤挥郢①,更商略②,龙蛇骋。下马先寻精舍径。中庭苔滑,林间壶挂,尚未张颠③醒。

泗滨浮石裁为磬④。梵呗⑤遥听北窗静。半偈⑥能教心似镜。学他披雪,王猷兴尽⑦,便命归烟艇⑧。

〔注释〕

① 斤挥郢:出自《庄子》中有关匠人以斧斤斫郢人鼻之典。
② 商略:脱略,放任不羁。宋苏泂《摸鱼儿·忆刘改之》:"任槎上张骞,山中李广,商略尽风度。"
③ 张颠:唐著名草书家张旭醉后呼喊狂走,然后落笔,故人称"张颠"。《旧唐书·文苑列传中》:"旭善草书而好酒,每醉后,号呼狂走,索笔挥洒,变化无穷,若有神助,时人号为张颠。"
④ 泗滨浮石裁为磬:语出唐元稹《和李校书新题乐府十二首·华原磬》:"泗滨浮石裁为磬,古乐疏音少人听。"古来泗水流域产石,可以为磬。
⑤ 梵呗:僧人举行宗教仪式时的歌咏赞颂之声,亦指唱颂短偈或歌赞。清纳兰性德《水调歌头·题西山秋爽图》:"空山梵呗静,水月影俱沉。"
⑥ 半偈:一半偈言。偈,中国僧侣所写蕴含佛法的诗。唐温庭筠《寄

清源寺僧》:"窗间半偈闻钟后,松下残棋送客回。"
⑦ 王猷:王徽之,字子猷,省称王猷。南朝宋刘义庆《世说新语·任诞》:"王子猷居山阴,夜大雪……忽忆戴安道。时戴在剡,即便夜乘小船就之。经宿方至,造门不前而返。人问其故,王曰:'吾本乘兴而行,兴尽而返,何必见戴?'"元沈禧《风入松·子猷访戴》:"千载尚王猷。知心忽尔思安道,冒严寒、趣□扁舟。未至山阴遽返,为言兴尽而休。"
⑧ 烟艇:烟波中的小舟。宋毛滂《清平乐》:"烟艇何时重理,更凭风月相催。"

# 天仙子

解带①聊因登庾楼②,怀此清风宜对友。君心既与我心谐,能击缶,弹筝否?耳目秦声③真快某④。

市朝役役⑤何所有,祇悔⑥东门鹰与狗⑦。愿言载得万斛舟⑧,长拍浮⑨,倾美酒,一举十觞为君寿。

〔注释〕

① 解带:解开衣带,表示熟不拘礼或闲适。唐白居易《偶作二首》:"安身有处所,适意无时节。解带松下风,抱琴池上月。"
② 庾楼:东晋庾亮家的楼宇。典出南朝宋刘义庆《世说新语·容止》:"庾太尉在武昌,秋夜气佳景清,使吏殷浩、王胡之之徒登南楼理咏。音调始遒,闻函道中有屐声甚厉,定是庾公。俄而率左右十许人步来,诸贤欲起避之。公徐云:'诸君少住,老子于此处兴复不浅。'因便据胡床,与诸人咏谑,竟坐甚得任乐。"唐白居易《重到江州感旧游题郡楼十一韵》:"重过萧寺宿,再上庾楼行。"
③ 秦声:秦地的音乐。秦李斯《谏逐客书》:"夫击瓮叩缶,弹筝搏髀,而歌呼呜呜快耳目者,真秦之声也。"
④ 某:自称之词,指代"我"或本名,为谦称。
⑤ 役役:奔走钻营貌。宋陈著《水调歌头·寿陈菊坡枢密卓》:"多少名缰利锁,尘满霜髯雪鬓,役役不知还。"

⑥ 祇悔：大悔。《周易·复卦》："初九，不远复，无祇悔。"
⑦ 东门鹰与狗：典出《史记·李斯列传》："二世二年七月，具斯五刑，论腰斩咸阳市。斯出狱，与其中子俱执，顾谓其中子曰：'吾欲与若复牵黄犬俱出上蔡东门逐狡兔，岂可得乎？'遂父子相哭，而夷三族。"又今本《史记·李斯列传》中并无"臂苍鹰"字。然唐李白《行路难》其三："陆机雄才岂自保？李斯税驾苦不早。华亭鹤唳讵可闻？上蔡苍鹰何足道！"王琦注引《太平御览》曰："《史记》曰：'李斯临刑，思牵黄犬，臂苍鹰，出上蔡东门，不可得矣。'……而太白诗中屡用其事，当另有所本。"
⑧ 万斛舟：语出宋苏轼《莫笑银杯小答乔太博》："万斛船中著美酒，与君一生长拍浮。"而苏轼之典更有所本，《晋书·毕卓传》："得酒满数百斛船，四时甘味置两头，右手持酒杯，左手持蟹螯，拍浮酒船中，便足了一生矣。"古代以十斗为一斛，毕卓不过欲酒百斛，苏轼则夸张为万斛。
⑨ 拍浮：原意为浮游、游泳，一般用作诗酒娱情之意。语同出上注宋苏轼《莫笑银杯小答乔太博》。

## 江城子

青山欲往买白云,水横津,杏花村,行至溪穷,不见楫篙人。我意僧言交最值,邀结屋①,卜西邻。

神农一帙②检常亲,葛仙经③,抱玄真。梅雪冰瓯,烹作雨前④春。因采二苓⑤时负锸⑥,客若访,未扃门。

〔注释〕

① 结屋:构筑屋舍。宋仇远《南歌子》:"结屋依苍树,开窗对碧山。"
② 神农一帙:指《本草经》,托名"神农"所作,实成书于秦汉时期。
③ 葛仙经:东晋道家、炼丹术家葛洪的《抱朴子》。
④ 雨前:绿茶的一种,用谷雨前采摘的细嫩芽尖制成,故名。宋张抡《诉衷情》:"闲中一盏建溪茶。香嫩雨前芽。"
⑤ 二苓:茯苓和猪苓。唐王绩《采药》:"行披葛仙经,坐检神农帙。龟蛇采二苓,赤白寻双术。"
⑥ 锸:一种锹状掘土工具。

## 沁园春

赋里高唐①,谈外邹天②,尽迩北邙③。看荧荧华烛,陨伤客泪,迢迢半月,薄照罗床。重壤幽泉,之子归矣,淹泊④谁人滞此乡。拊庄缶⑤,问万年何处,妄说彭殇⑥。

〔注释〕

① 高唐:战国时楚国台观名,在云梦泽中。宋玉尝作《高唐赋》,记楚襄王游高唐,梦见巫山神女事。
② 邹天:传说战国时阴阳家邹衍"尽言天事",故人称"谈天衍"。《史记·孟子荀卿列传》:"邹衍之术迂大而闳辩;奭也文具难施……故齐人颂曰:'谈天衍,雕龙奭……'"
③ 北邙:指邙山,在洛阳之北,多葬古代公卿,故借指墓地。晋陶潜《拟古九首》其四:"一旦百岁后,相与还北邙。"
④ 淹泊:滞留。唐岑参《敬酬杜华淇上见赠兼呈熊曜》:"怜君独未遇,淹泊在他乡。"
⑤ 庄缶:为悼亡之典。庄子丧妻,惠子吊之,庄子箕踞鼓盆而歌。事见《庄子·至乐》。晋潘岳《悼亡诗》:"庶几有时衰,庄缶犹可击。"
⑥ 彭殇:犹言寿夭。彭,彭祖,指高寿。殇,未成年而死。语本《庄子·齐物论》:"莫寿于殇子,而彭祖为夭。"

云骢①仍驻回廊，偶影动，瑶扉②启倒裳③。梦交衢长语④，斯须把握⑤，欲言往旧，已醒黄粱。东洛⑥彦名⑦，中都⑧文彩，枉看当年坐车郎⑨。君去后，剩菱花镜里，钗染青霜。

〔注释〕

① 云骢：骏马，因奔驰如腾云，故称。唐李白（一作李益，一作张潮）《长干行二首》其二："好乘浮云骢，佳期兰渚东。"

② 瑶扉：玉饰的门。宋无名氏《神主祔别庙导引一首·柔容懿范》："遗像掩瑶扉。春来只有芭蕉叶，依旧倚晴晖。"

③ 倒裳：把衣服穿倒，形容仓促、慌忙。宋苏轼《和陶拟古九首》其一："倒裳起谢客，梦觉两愧负。"

④ 交衢长语：语出唐杜甫《哀王孙》："不敢长语临交衢，且为王孙立斯须。"交衢，道路交错的地方。长语，多说话。

⑤ 把握：手相携握。南朝梁吴均《行路难五首》其一："帝王见赏不见忘，提携把握登建章。"

⑥ 东洛：指洛阳，汉唐时以洛阳为东都，故称。唐李白《鸣皋歌送岑徵君》："扫梁园之群英，振大雅于东洛。"

⑦ 彦名：美士之名。《尔雅·释训》："美士为彦。"《诗·郑风·羔裘》："彼其之子，邦之彦兮。"

⑧ 中都：京都。宋毛开《水调歌头·送周元特》："英姿雅望，凛凛玉立冠中都。"

⑨ 坐车郎：典出南朝宋刘义庆《世说新语·容止》："潘岳妙有姿容，好神情。少时挟弹出洛阳道，妇人遇者，莫不连手共萦之。"刘孝标注引《语林》曰："安仁（潘岳字）至美，每行，老妪以果掷之满车。"清孔尚任《桃花扇·却奁》："羡你风流雅望，东洛才名，西汉文章。逢迎随处有，争看坐车郎。"

## 扬州慢

君陟其遐①,我来云远②,歌吟动地成哀③。以斯人幼好④,怎辍此余怀⑤。恸今后,菁华隐没,芳流歇绝⑥,叔世⑦无才。与谁归⑧,异袖同襟⑨,心慨相偕。

〔注释〕

① 陟:登。遐:远。"登遐"为对他人故世的讳称,后世多用于帝王,亦有用于普通人之例。宋王楙《野客丛书》卷二八:"又如登遐二字,晋人臣下亦多称之,如夏侯湛曰:'我王母登遐。'孙楚《除妇服》诗曰:'神爽登遐忽一周。'又诔王骠骑曰:'奄忽登遐。'自此称登遐者不少,亦当时未避忌尔。"
② 云远:远。云,虚词,无意义。晋陶潜《杂诗十二首》其十一:"我行未云远,回顾惨风凉。"
③ 歌吟动地成哀:语出鲁迅《无题》:"万家墨面没蒿莱,敢有歌吟动地哀。"
④ 斯人幼好:语出南朝梁江淹《伤友人赋》:"余幼好于斯人,乃神交于一顾。"
⑤ 余怀:无穷的怀念。宋刘辰翁《摸鱼儿》:"相思一夜窗前白,谁识余怀渺渺。"
⑥ 菁华隐没,芳流歇绝:语出南朝宋颜延之《陶征士诔并序》:"而绵世浸远,光灵不属,至使菁华隐没,芳流歇绝,不其惜乎!"

⑦ 叔世：犹末世。宋曹勋《悲采薇》："夏禹且不让，叔世良悲辛。"
⑧ 与谁归：语出宋范仲淹《岳阳楼记》："微斯人，吾谁与归？"
⑨ 同襟：相同的胸襟、怀抱。宋葛胜仲《木兰花·与诸人泛溪作》："人生何乐似同襟，莫待骊驹声惨咽。"

道非偶物①，恨人间，闲老驽骀②。令月缺金蟾，霜凋碧树，钿委鸾钗③。欲问彼端清寂，云何④治，永夜⑤生涯。荐⑥年前书酒，惟⑦君消遣泉台⑧。

〔注释〕

① 道非偶物：思想与环境不合。语出南朝宋颜延之《陶征士诔并序》："初辞州府三命，后为彭泽令。道不偶物，弃官从好。"
② 驽骀：劣马，喻才能低劣者。宋黄庭坚《戏赠诸友》："驽骀无长涂，一月始千里。骅骝嘶清风，只在一日耳。"
③ 鸾钗：鸾形的钗子。宋陆游《风流子》："向宝镜鸾钗，临妆常晚，绣茵牙版，催舞还慵。"
④ 云何：如何。唐贯休《问岳禅师疾》："云何斯人，而有斯疾。"
⑤ 永夜：谓人亡后长埋地下，犹处长夜。晋王珣《孝武帝哀策文》："违华宇之晰晰，即永夜之悠悠。"
⑥ 荐：祭献，犹指无酒肉作贡品的素祭。
⑦ 惟：愿，希望。
⑧ 泉台：墓穴，代指阴间。宋张衡《挽陈东湖先生》："长夜泉台黑，幽林鬼火青。"

莎翁商籟

仿《古诗十九首》译莎翁商籁十九首①

# SONNET 18

Shall I compare thee to a summer's day?

怜欢②好姿容,譬夏年如花。

Thou art more lovely and more temperate:

含娇色无俦,持慎德益嘉。

Rough winds do shake the darling buds of May,

五月吐稚蕊,劲风撼琼葩。

And summer's lease hath all too short a date:

一夏如赁假,将去贷无赊。

Sometime too hot the eye of heaven shines,

甚灼天之目,时曜金乌家。

And often is his gold complexion dimmed;

泥金幽苍昊,颜色暗云霞。

And every fair from fair sometime declines,

美好难常驻,凋落复乖离。

By chance, or nature's changing course, untrimmed:

凌折或中变,枯荣从有期。

But thy eternal summer shall not fade,

然欢历永夏，芳物弥季时。

Nor lose possession of that fair thou ow'st,

青春无徂落③，容色贞以持。

Nor shall death brag thou wander'st in his shade

为歌悲蒿里④，年矢⑤不能耆⑥。

When in eternal lines to time thou grow'st:

修短无随化⑦，明姿驻永辞。

So long as men can breathe or eyes can see,

凡目但流视⑧，凡子但喙息⑨，

So long lives this, and this gives life to thee.

只教江笔⑩在，令名与仙齐。

〔注释〕

① 莎翁商籁以五步抑扬格为基本韵律格式，如中国旧诗一般，对格律也有着"诗律伤严近寡恩"的要求。译者从一位格律诗人的创作体验出发，仿风格苍凉的五言古风《古诗十九首》，偶取《子夜歌》句意，在语风、韵律上最大限度地调动中国诗歌元素，以归化审美为鹄的，试验性翻译了19首莎士比亚商籁。在本组商籁中，新译有10首（第28、29、30、44、57、60、64、71、81、109），余则取自译者的中英双语旧体诗文译文集《昔在集》，略有改动。

② 欢：古时对情人的称呼。《乐府诗集·清商曲辞·子夜歌》其三七："怜欢好情怀，移居作乡里。"

③ 徂落：凋谢，衰落。

④ 蒿里：山名，相传在泰山之南，为死者葬所，因泛指墓地、阴间。唐骆宾王《乐大夫挽词五首》其二："蒿里谁家地，松门何代丘。"
⑤ 年矢：光阴易逝，其速如流矢。《千字文》："年矢每催，曦晖朗曜。"
⑥ 耆：老，此处为使动用法，意"使其老"。
⑦ 修短无随化：语出晋王羲之《兰亭集序》："况修短随化，终期于尽。"修短，借指人的寿命。随化，随从造化。
⑧ 流视：流转顾盼。《汉书·外戚传》："燕淫衍而抚楹兮，连流视而娥扬。"
⑨ 喙息：呼吸。《淮南子·天文训》："蚑行喙息，莫贵于人。"
⑩ 江笔：南朝文士江淹之笔，喻文才。唐黄滔《喜侯舍人蜀中新命三首》其三："内人未识江淹笔，竟问当时不早求。"

# SONNET 22

My glass shall not persuade me I am old

明镜谅无讽,或怜鍪暮人。

So long as youth and thou are of one date;

为君青春好,未肯谢芳辰。

But when in thee time's furrows I behold,

我见朱颜老,流光浚作皱①。

Then look I death my days should expiate:

千金不愿寿,宁速百年身②。

For all that beauty that doth cover thee

玉貌盛明姿,还年③驻永春。

Is but the seemly raiment of my heart,

此心何所譬?倾府饰宝珍④。

Which in thy breast doth live, as thine in me;

君怀亦我抱,交好悦侣俦⑤。

How can I then be elder than thou art?

但愿合君老,厌说我岁秋。

O therefore love be of thyself so wary

弃捐勿复道⑥,珍重远离尤⑦。

As I not for myself, but for thee will,

为君方揩意,一己何庸忧。

Bearing thy heart, which I will keep so chary

眷眷置君心,殷殷意未休;

As tender nurse her babe from faring ill:

乳保呵婴孺,可喻我心柔。

  Presume not on thy heart when mine is slain;

  哀莫大心死,乞君勿践羞;

  Thou gav'st me thine not to give back again.

  君心既我予,不作璧还谋。

〔注释〕

① 浚:深。《诗·小雅·小弁》:"莫高匪山,莫浚匪泉。"皱:本指皮肤开裂,此指皱纹。

② 百年身:取"人之寿久不过百"之意。南朝宋鲍照《行药至城东桥》:"争先万里涂,各事百年身。"

③ 还年:返老还童。晋葛洪《抱朴子内篇·微旨》:"还年之士,挹其清流,子能修之,乔松可俦。"

④ 倾府饰宝珍:语出三国魏曹植《圣皇篇》:"何以为赠赐,倾府竭宝珍。"意为出其所有。

⑤ 侣俦:伴侣。唐鱼玄机《暮春即事》:"深巷穷门少侣俦,阮郎唯有梦中留。"

⑥ 弃捐勿复道：意为"不必再言"。语出《古诗十九首·行行重行行》："弃捐勿复道，努力加餐饭。"
⑦ 离尤：遭遇忧患。《离骚》："进不入以离尤兮，退将复修吾初服。"

# SONNET 28

How can I then return in happy plight
顾反①意岂娱，拙情交侵迫。
That am debarred the benefit of rest?
不许置休偃②，栖迟③失所托。
When day's oppression is not eased by night,
白昼劬且劳④，苦辛夜未赊，
But day by night and night by day oppressed,
旦暮事俇俇⑤，仍被戕与掠。
And each, though enemies to either's reign,
昼夜畛⑥如割，俨作参商⑦绝；
Do in consent shake hands to torture me,
良⑧以儺⑨我故，携手共为约。
The one by toil, the other to complain
一以煎我怀，一以讥我过，
How far I toil, still farther off from thee.
去君日已远⑩，微生苦离索⑪。

I tell the day to please him, thou art bright,

言告⑫以悦日，君德曜昭灼；

And dost him grace, when clouds do blot the heaven;

昏翳驱能散，云天净澄廓⑬；

So flatter I the swart-complexioned night,

言告以悦夜，乌锦黯银箔。

When sparkling stars twire not thou gild'st the even;

星华掩不明，君德流光铄。

But day doth daily draw my sorrows longer,

徙倚怀感伤⑭，终朝执落寞。

And night doth nightly make grief's length seem stronger.

一夕长如岁⑮，眇眇予愁著⑯。

〔注释〕

① 顾反：还家意。顾，返。反，古"返"字。顾反同义连文。语出《古诗十九首·行行重行行》："浮云蔽白日，游子不顾反。"
② 偃：卧。《诗·小雅·北山》："或息偃在床，或不已于行。"
③ 栖迟：游息，安息。《诗·陈风·衡门》："衡门之下，可以栖迟。"
④ 劬且劳：劬、劳同义。语出《诗·小雅·蓼莪》："哀哀父母，生我劬劳。"
⑤ 俛俛：勤勉，努力。晋潘岳《悼亡诗》其一："俛俛恭朝命，回心反初役。"
⑥ 畛：本指田间道路，引申为边界。《庄子·齐物论》："为是而有畛也，请言其畛。"

⑦ 参商：参星与商星，二者在星空中此出彼没，此喻昼夜隔绝不相见。三国魏曹植《与吴季重书》："面有逸景之速，别有参商之阔。"

⑧ 良：副词，甚，很。《古诗十九首·明月皎夜光》："良无盘石固，虚名复何益。"

⑨ 雠：仇怨。《诗·邶风·谷风》："不我能慉，反以我为雠。"

⑩ 去君日已远：语出《古诗十九首·行行重行行》："相去日已远，衣带日已缓。"

⑪ 离索：索居萧瑟貌。晋潘尼《赠汲郡太守李茂彦》："离索何惆怅，后会未可希。"

⑫ 言告：告诉。言，语助词，无义。《诗·周南·葛覃》："言告师氏，言告言归。"

⑬ 澄廓：清明空阔。南朝宋鲍照《舞鹤赋》："既而氛昏夜歇，景物澄廓。"廓，空。

⑭ 徙倚怀感伤：语出《古诗十九首·凛凛岁云暮》："徙倚怀感伤，垂涕沾双扉。"徙倚，流连徘徊。

⑮ 一夕长如岁：语取宋柳永《忆帝京》："毕竟不成眠，一夜长如岁。"

⑯ 眇眇予愁著：语取《楚辞·九歌·湘夫人》："帝子降兮北渚，目眇眇兮愁予。"眇眇，辽远或孤单无依貌。

# SONNET 29

When in disgrace with fortune and men's eyes

天命多反侧①，世目觑无情；

I all alone beweep my outcast state,

茕然坐幽泣，自轸②伤伶仃。

And trouble deaf heav'n with my bootless cries,

彼苍聩不闻，我歔叹挏膺。

And look upon myself, and curse my fate,

念我初无造，竟诅百罹生③。

Wishing me like to one more rich in hope,

愿言效若人，前路富光明。

Featured like him, like him with friends possessed,

仪度瞻风雅，四海尽交朋。

Desiring this man's art and that man's scope,

逸才重此子，博雅求彼卿。

With what I most enjoy contented least;

罢欢离赏心④，乐事谢不能⑤。

Yet in these thoughts myself almost despising,

若我作斯想，己身近弃予⑥。

Haply I think on thee, and then my state,

幸念君侯意，爰得我所居⑦。

Like to the lark at break of day arising,

君若云间雀，壮翼破晓初⑧。

From sullen earth sings hymns at heaven's gate;

去地抟⑨青霄，歌诗动天间。

For thy sweet love remembered such wealth brings

敢意眷私厚⑩，中怀荷幸愉。

That then I scorn to change my state with kings.

不易春王圃⑪，情吝上林⑫株。

〔注释〕

① 天命多反侧：语取《天问》："天命反侧，何罚何佑？"反侧，反复。

② 轸：痛。《楚辞·九章·哀郢》："出国门而轸怀兮。"

③ 念我初无造，竟诒百罹生：语取《诗·王风·兔爰》："我生之初，尚无为；我生之后，逢此百罹……我生之初，尚无造；我生之后，逢此百忧。"造，为。

④ 罢欢离赏心：远离欢娱。南朝齐谢朓《晚登三山还望京邑》："去矣方滞淫，怀哉罢欢宴。"南朝宋谢灵运《晚出西射堂》："含情尚劳爱，如何离赏心。"

⑤ 谢不能：谢却，不能从事。宋黄庭坚《寄黄几复》："我居北海君南海，寄雁传书谢不能。"

⑥ 弃予：语出《诗·小雅·谷风》："将安将乐，女转弃予。"
⑦ 爰得我所居：得到我的宜居之处。语取《诗·魏风·硕鼠》："乐土乐土，爰得我所。"
⑧ 君若云间雀，壮翼破晓初：与下"青霄"语，同受晋左思启发。左思《魏都赋》："云雀踶甍而矫首，壮翼摛镂于青霄。"
⑨ 抟：集聚、凭借力量，常喻鸟类借风力向高空飞翔。《庄子·逍遥游》："鹏之徙于南冥也，水击三千里，抟扶摇而上者九万里。"
⑩ 敢意眷私厚：语出宋曾巩《回人贺授史馆修撰状》："敢意眷私之厚，特迂庆问之勤。"眷私，垂爱、眷顾。
⑪ 春王圃：古苑圃名，在晋洛阳宫中。晋陆机《答张士然》："逍遥春王圃，踯躅千亩田。"
⑫ 上林：古宫苑名，秦、两汉、南朝宋皆曾营造于各自的都城，故泛指王家园囿。

# SONNET 30

When to the sessions of sweet silent thought

行行此一去，芳意幽若缄。

I summon up remembrance of things past,

中怀感故物①，情比旧遗簪②。

I sigh the lack of many a thing I sought,

去者多佚失，遗音结永言③。

And with old woes new wail my dear time's waste;

新愁与旧罹，嘉时日过骎④。

Then can I drown an eye (unused to flow)

倾泪川不流，我目涸以干。

For precious friends hid in death's dateless night,

但得起良侣，我身捐九原⑤。

And weep afresh love's long since cancelled woe,

唏嘘长流涕，亲爱萎凋残。

And moan th'expense of many a vanished sight.

非为杨朱泣⑥，实用荆钗怜。

Then can I grieve at grievances foregone,

悲怀终难遣，堕甑视仍嗔⑦。

And heavily from woe to woe tell o'er

恻为倾筐⑧诉，患大莫如身⑨。

The sad account of fore-bemoaned moan,

幽衷发悯嗟，前恨切烦襟⑩。

Which I new pay, as if not paid before;

岂吝重酬赎，斯债逋⑪如新。

    But if the while I think on thee, dear friend,

    一念及君侯，拳拳⑫意惟殷。

    All losses are restored, and sorrows end.

    生平免忧患，得失亡苦辛。

# 〔注释〕

① 故物：旧物，前人遗物。唐杜甫《水槛》："人生感故物，慷慨有余悲。"
② 遗簪：喻旧物或旧情。典出《韩诗外传》，孔子见妇人哭亡簪，问之，答以"盖不忘故也"。
③ 遗音结永言：语取晋陆机《赴洛二首》其一："抚膺解携手，永叹结遗音。"
④ 日过骎：喻时间流逝。神话传说日神之车驾以六龙。《初学记·天部》引注云："日乘车，驾以六龙，羲和御之。"
⑤ 九原：本为山名，在今山西新绛县北。相传春秋时晋国卿大夫的墓地在此，后世因称墓地为九原。

⑥ 杨朱泣：《荀子·王霸》："杨朱哭衢涂曰：'此夫过举蹞步而觉跌千里者夫！'哀哭之。"杨朱，先秦思想家。

⑦ 堕甑视仍嗔：意为放不下过去。《后汉书·郭太传》："孟敏字叔达，巨鹿杨氏人也。客居太原。荷甑堕地，不顾而去。林宗见而问其意。对曰：'甑以破矣，视之何益？'""堕甑不视"指的是对往事无执念，"堕甑视仍嗔"反用其意。

⑧ 倾筐：深情。本出《诗·召南·摽有梅》："摽有梅，顷筐塈之。求我庶士，迨其谓之。"《乐府诗集·清商曲辞·子夜歌》其二六："徒怀倾筐情，郎谁明侬心。"

⑨ 患大莫如身：语取《老子》："宠辱若惊，贵大患若身。"

⑩ 烦襟：烦闷的心怀。唐杜甫《舟中苦热遣怀奉呈阳中丞通简台省诸公》："扣寂豁烦襟，皇天照嗟叹。"

⑪ 逋：拖欠。《宋书·文帝本纪》："凡诸逋债，优量申减。"

⑫ 拳拳：爱悦貌。汉繁钦《定情诗》："何以致拳拳，绾臂双金环。"

# SONNET 44

If the dull substance of my flesh were thought,

庸此微贱躯，想恤①劳故人；

Injurious distance should not stop my way;

不复伤隔阔，一往无迁逡②。

For then, despite of space, I would be brought

即今就长路，我怀定以亲。

From limits far remote, where thou dost stay;

言念君所居，天涯若比邻。

No matter then although my foot did stand

踽踽勉立足，百年稍寄身。

Upon the farthest earth removed from thee,

跂予望宋远③，万里寄关心。

For nimble thought can jump both sea and land

海土修且阻④，微情达远津。

As soon as think the place where he would be.

君焉驻栖迟，徘徊我思存⑤。

But ah, thought kills me, that I am not thought,

无日不思君,思君断我肠。

To leap large lengths of miles when thou art gone,

里许叩高轩,欲回穆王骧⑥。

But that so much of earth and water wrought,

此躬何所铸?尘水凡易殇。

I must attend time's leisure with my moan;

无复叹咨嗟⑦,俛仰⑧从岁常。

  Receiving naughts by elements so slow

  尘水多迟豫,遗我彷且徨。

  But heavy tears, badges of either's woe.

  两两倾重泪,抚事⑨各惋伤。

〔注释〕

① 恤:忧。《诗·小雅·蓼莪》:"出则衔恤,入则靡至。"

② 迁逡:逡巡,行不进貌。《楚辞·九章·思美人》:"迁逡次而勿驱兮,聊假日以须时。"

③ 跂予望宋远:语取《诗·卫风·河广》:"谁谓河广?一苇杭之。谁谓宋远?跂予望之。"郑玄笺:"予,我也。"跂,抬起脚跟(以远望)。

④ 海土修且阻:化自《古诗十九首·行行重行行》:"道路阻且长,会面安可知?"《诗·秦风·蒹葭》:"溯洄从之,道阻且长。"

⑤ 徘徊我思存:语取《诗·郑风·出其东门》:"虽则如云,匪我思存。""思""存"同义连文,"存"亦"思"也。"匪我思存"即不是

我思念的那个人。
⑥ 穆王骧：周穆王的骏马。《穆天子传》载周穆王拥有八匹不同种类的骏马。骧，右后蹄白色的马，此泛指骏马。
⑦ 咨嗟：叹息。《乐府诗集·清商曲辞·子夜歌》其十："自从别郎来，何日不咨嗟。"
⑧ 俛仰：同"俯仰"，举止。《庄子·天运》："且子独不见夫桔槔者乎？引之则俯，舍之则仰。彼，人之所引，非引人也，故俯仰而不得罪于人。"
⑨ 抚事：追思往事。南朝宋傅亮《为宋公修张良庙教》："抚事怀人，永叹实深。"

# SONNET 49

Against that time, if ever that time come,

知岁感时适<sup>①</sup>，将身卜存休。

When I shall see thee frown on my defects;

未尝托松柏，见咎女萝<sup>②</sup>羞。

Whenas thy love hath cast his utmost sum,

挥土镪<sup>③</sup>金尽，君心并日收。

Called to that audit by advised respects;

欲将绸缪<sup>④</sup>意，绝我旧相俦。

Against that time when thou shalt strangely pass,

陌路逢君面，东西沟水流<sup>⑤</sup>；

And scarcely greet me with that sun, thine eye,

万般眹<sup>⑥</sup>明盼，不复遇我游。

When love, converted from the thing it was,

既已捐秋扇，从头论齐纨<sup>⑦</sup>。

Shall reasons find of settled gravity;

文君何惠好，寻故矫心迁。

Against that time do I ensconce me here,

譬诸东流者，我今立逝川。

Within the knowledge of mine own desert,

已明决绝意，水覆泼马前⑧。

And this my hand against myself uprear,

此诚何所寄，荑手⑨证我言。

To guard the lawful reasons on thy part:

将作千金辞，致君以周旋。

  To leave poor me, thou hast the strength of laws,

  强律用弃薄，伤嗟女之耽⑩。

  Since why to love, I can allege no cause.

  啮臂⑪难为誓，无烦上邪篇⑫。

〔注释〕

① 时适：适时。汉马融《长笛赋》："取予时适，去就有方。"
② 女萝：松萝，一种附生于松柏上的植物。女萝托松柏，喻女子托身于男子。
③ 镪：钱。晋左思《蜀都赋》："藏镪巨万。"
④ 绸缪：喻谨慎防患。语取《诗·豳风·鸱鸮》："迨天之未阴雨，彻彼桑土，绸缪牖户。"
⑤ 东西沟水流：与其后的"文君""决绝意"等语同出自汉卓文君《白头吟》："皑如山上雪，皎若云间月。闻君有两意，故来相决绝。今日斗酒会，明旦沟水头。蹀躞御沟上，沟水东西流。"
⑥ 眄：看，视。《古诗十九首·凛凛岁云暮》："眄睐以适意，引领遥相睎。"

⑦ 既已捐秋扇，从头论齐纨：语取汉班婕妤《怨歌行》："常恐秋节至，凉风夺炎热。弃捐箧笥中，恩情中道绝。"

⑧ 水覆泼马前：指旧日关系难以恢复。宋王楙《野客丛书》卷二八："姜太公妻马氏，不堪其贫而去。及太公既贵，再来。太公取一壶水倾于地，令妻收之，乃语之曰：'若言离更合，覆水定难收。'"

⑨ 荑手：柔软的手。《诗·卫风·硕人》："手如柔荑，肤如凝脂。"

⑩ 女之耽：语取《诗·卫风·氓》中著名的弃妇自叹："士之耽兮，犹可说也。女之耽兮，不可说也。"

⑪ 啮臂：咬臂出血，以示诚信和坚决。男女密约婚嫁往往称"啮臂之盟"。

⑫ 上邪篇：汉乐府鼓吹曲辞，乃男女相恋时的誓言。其诗曰："上邪！我欲与君相知，长命无绝衰。山无陵，江水为竭，冬雷震震，夏雨雪，天地合，乃敢与君绝。"

# SONNET 55

Not marble, nor the gilded monuments

人间有遗镌①，碑石载正声。

Of princes, shall outlive this powerful rhyme;

王孙纵刊刻，此章天地贞②。

But you shall shine more bright in these contents

徽音③传千古，历久曜修名④。

Than unswept stone, besmeared with sluttish time.

石上尘谁扫，岁月没峥嵘。

When wasteful war shall statues overturn

干戈动离析，云碑或碾凌。

And broils root out the work of masonry,

匠斫即有作，鼙鼓令无形。

Nor Mars his sword, nor war's quick fire, shall burn

雄剑兵炬后，不泯旧簪遗。

The living record of your memory:

丹青濡翠墨，炯炯记明姿。

'Gainst death, and all oblivious enmity,

忘昧匪能阔⑤，没存永在兹。

Shall you pace forth; your praise shall still find room

凌波步前路，身名容与栖。

Even in the eyes of all posterity

斐然昭来者，百载慕容仪。

That wear this world out to the ending doom.

桑海虽三尽⑥，季世⑦托瞻思⑧。

So till the judgement that yourself arise,

石劫⑨经末造⑩，重生再起时。

You live in this, and dwell in lovers' eyes.

人间诸有情⑪，两目为君羁。

〔注释〕

① 遗镌：古代留下的金石文字镌刻。宋王奕《和元遗山十首》其十："上下二千载，历历观遗镌。"
② 天地贞：语取《周易·系辞下》："天地之道，贞观者也。"贞，正、久。
③ 徽音：令闻美誉。《诗·大雅·思齐》："大姒嗣徽音，则百斯男。"
④ 修名：美名。《离骚》："老冉冉其将至兮，恐修名之不立。"
⑤ 阔：疏，远。《诗·邶风·击鼓》："于嗟阔兮，不我活兮。"
⑥ 桑海虽三尽：典出晋葛洪《神仙传·王远》："麻姑自说：'接待以来，已见东海三为桑田。'"
⑦ 季世：末代，末世。宋刘克庄《燕》："昔人怀故主，季世绝贫交。"

⑧ 瞻思：仰慕，缅怀。宋程公许《和江平叔游无为山诗韵》："何以慰瞻思，英词展黄绢。"
⑨ 石劫：佛教语。鸠摩罗什译《大智度论》卷五记佛以譬喻说劫义，谓有四千里石山，长寿人百岁过，持细软衣一来拂拭，令是大石山尽，劫故未尽。宋陆游《小憩长生观饭已遂行》："人间空石劫，物外自壶春。"
⑩ 末造：末世。宋赵汝谠《屈原祠》："郢都值末造，听惑贤佞讹。"
⑪ 诸有情：众生，佛教语。

# SONNET 57

Being your slave, what should I do but tend

我行复何求,情业为君隶。

Upon the hours and times of your desire?

抱命从维时,婉转承君意①。

I have no precious time at all to spend,

芳辰谢奄有②,良时付川逝,

Nor services to do, till you require;

岂不展功勤③,但得喻君旨。

Nor dare I chide the world-without-end hour

怨咽终无讥,光景驰驹隙④。

Whilst I, my sovereign, watch the clock for you,

为君守谢除⑤,寿君永千岁。

Nor think the bitterness of absence sour

契阔忍萦念,旷别恻以悴。

When you have bid your servant once adieu;

千载抚我诀⑥,一朝竟予弃。

Nor dare I question with my jealous thought

我怀郁中悁⁷，未敢叩其情。

Where you may be, or your affairs suppose,

云何所耽驻，言何事经营。

But like a sad slave stay and think of naught,

虚室劳空想，役役⁸达微诚。

Save, where you are, how happy you make those.

掷果盈车驷⁹，为悦所居停。

So true a fool is love, that in your will,

顾笑痴人意，眷在君垂青。

Though you do any thing, he thinks no ill.

讵⑩肯发怅怨，俯仰凭君行。

〔注释〕

① 抱命从维时，婉转承君意：语出《淮南子·精神训》："屈伸俯仰，抱命而婉转。"高诱注："抱天命而婉转，不离违也。"维时，斯时、当时。

② 奄有：占有，全部拥有，多指疆土。《庄子·大宗师》："傅说得之，以相武丁，奄有天下。"

③ 展功勤：语出三国魏曹植《薤露行》："愿得展功勤，输力于明君。"功勤，功劳。

④ 光景驰驹隙：语取三国魏曹植《箜篌引》："惊风飘白日，光景驰西流。"驹隙，典出《庄子·知北游》："人生天地之间，若白驹之过隙，忽然而已。"

⑤ 谢除：（时间）流逝。宋黄庭坚《送吴彦归番阳》："春夏频谢除，曾未厌来往。"

⑥ 千载抚我诀：语取晋陶潜《和郭主簿二首》其二："衔觞念幽人，千载抚尔诀。"

⑦ 恚：恨。《战国策·齐策六》："故去忿恚之心，而成终身之名。"

⑧ 役役：劳苦不息貌。《庄子·齐物论》："终身役役而不见其成功。"

⑨ 掷果盈车驷：典出南朝宋刘义庆《世说新语·容止》："潘岳妙有姿容，好神情。少时，挟弹出洛阳道，妇人遇者，莫不连手共萦之。"刘孝标注引《语林》曰："安仁（潘岳字）至美，每行，老妪以果掷之满车。"

⑩ 讵：岂。《庄子·大宗师》："庸讵知吾所谓天之非人乎？"

# SONNET 60

Like as the waves make towards the pebbled shore,

潮海泛峥嵘，长驱涌石岸。

So do our minutes hasten to their end,

短生归长逝，始昏倏已旦①。

Each changing place with that which goes before,

风光各迁捐，物事纷流转。

In sequent toil all forwards do contend.

前涛接后澜，争作劲流遣。

Nativity, once in the main of light,

苒苒出新生，海光聚汗漫②。

Crawls to maturity; wherewith being crowned

晚节催岁熟，行且冠璀璨。

Crooked eclipses 'gainst his glory fight,

日月有薄蚀③，光彩掩中断。

And time, that gave, doth now his gift confound.

彼苍翻覆手④，时岁暴且慢⑤。

Time doth transfix the flourish set on youth,

青春见殂落，韶华披刀锋。

And delves the parallels in beauty's brow;

秀眉堑沟壑，皱皱文纵横。

Feeds on the rarities of nature's truth,

雄力侵宝珍，大道餍⑥其情。

And nothing stands but for his scythe to mow.

斧钺无从避，皆未免伐征。

　　And yet to times in hope my verse shall stand,

　　情惟江笔在，万世立持擎。

　　Praising thy worth, despite his cruel hand.

　　愿教逃劲掌，修名天地贞。

〔注释〕

① 始昏倏已旦：与其下"前涛接后澜"，皆出自胡适译笔。胡适1911年在美国留学时曾译本诗前四句："人生趋其终，有如潮趣岸；前涛接后澜，始昏倏已旦。"用以哭悼他的一位朋友"乐亭"。胡适自注云："此四句译萧士璧小诗第六十章。""萧士璧"即莎士比亚。详见胡适《留学日记》。实际上这四句只是《哭乐亭诗》的开头而已。

② 汗漫：广大无边貌。《淮南子·俶真训》："至德之世，甘瞑于溷澜之域，而徙倚于汗漫之宇。"

③ 薄蚀：日月相掩食的日月蚀。《史记·天官书》："逆行所守，及他星逆行，日月薄蚀，皆以为占。"

④ 彼苍：苍天。《诗·秦风·黄鸟》："彼苍者天，歼我良人。"翻覆手：

喻变化之迅速。

⑤ 暴且慢：凶暴傲慢。《论语·泰伯》："动容貌，斯远暴慢矣。"

⑥ 餍：饱食。《孟子·离娄下》："其良人出，则必餍酒肉而后反。"

# SONNET 64

When I have seen by time's fell hand defaced
自我识流光，流光摧劲掌。
The rich proud cost of outworn buried age;
繁华历劫余，旧业隳①歌场。
When sometime lofty towers I see down razed,
起塔成千仞，籍陵寝平荡。
And brass eternal slave to mortal rage;
青铜柱坚久，归与北山②丧。
When I have seen the hungry ocean gain
瀚海观彼潮，噬天涌馁浪。
Advantage on the kingdom of the shore,
一溯长滩回，辟地建封壤。
And the firm soil win of the wat'ry main,
沧海复桑田，湮沉仍陟降③。
Increasing store with loss, and loss with store;
得失论迁递，不堪说驻往。

When I have seen such interchange of state,

苍黄见翻覆④，奄忽若飙尘⑤。

Or state itself confounded, to decay,

皆作泉下物⑥，孰寄百年身。

Ruin hath taught me thus to ruminate:

感逝长有思，在怀俱未申⑦。

That time will come and take my love away.

譬将携手好⑧，存没佚我亲。

  This thought is as a death, which cannot choose

  念作死生别，无从择路津⑨。

  But weep to have that which it fears to lose.

  涕下执古欢⑩，恐为去日沦⑪。

〔注释〕

① 隳：毁坏。汉贾谊《过秦论》："一夫作难而七庙隳，身死人手，为天下笑者，何也？"
② 北山：洛阳之北的邙山，东汉、魏、晋名公卿多葬于此，故以指代坟茔。唐李贺《铜驼悲》："桥南多马客，北山饶古人。"
③ 湮沉：此指沉没。南朝梁江淹《恨赋》："亦复含酸茹叹，销落湮沉。"陟降：上下。《诗·大雅·文王》："文王陟降，在帝左右。"
④ 苍黄见翻覆：喻世事的升降变化。语出南朝齐孔稚珪《北山移文》："岂期终始参差，苍黄翻覆。"
⑤ 奄忽若飙尘：语出《古诗十九首·今日良宴会》："人生寄一世，奄忽若飙尘。"下文"孰寄百年身"亦化此。

⑥ 皆作泉下物：语取《古诗十九首·驱车上东门》："潜寐黄泉下，千载永不寤。"泉下物，逝者。

⑦ 俱未申：（情意）皆未表达。语出《古诗十九首·今日良宴会》："齐心同所愿，含意俱未申。"

⑧ 携手好：语出《诗·邶风·北风》："惠而好我，携手同行。"又《古诗十九首·明月皎夜光》："不念携手好，弃我如遗迹。"

⑨ 路津：道路和渡口，比喻重要的位置。《古诗十九首·今日良宴会》："何不策高足，先据要路津。"

⑩ 古欢：昔日之欢爱。《古诗十九首·凛凛岁云暮》："良人惟古欢，枉驾惠前绥。"

⑪ 沦：丧，没。南朝宋鲍照《行药至城东桥》："尊贤永昭灼，孤贱长隐沦。"

# SONNET 65

Since brass, nor stone, nor earth, nor boundless sea,

铜石归槁壤①，沧海几桑田。

But sad mortality o'er-sways their power,

彭殇齐作妄②，大造③亦委捐④。

How with this rage shall beauty hold a plea,

物人皆殂谢，谁为乞朱颜？

Whose action is no stronger than a flower?

名花相媚好⑤，对此不能堪。

O how shall summer's honey breath hold out

含芳属清夏，香氛持如兰。

Against the wrackful siege of batt'ring days

何以当冬朔，雨雪雰其年⑥。

When rocks impregnable are not so stout,

固盘如石础，且与风云移。

Nor gates of steel so strong, but time decays?

铸铁成金间，晨昏例蠹夷。

O fearful meditation! Where, alack,

忧生伤此念，一感致嗟欷。

Shall time's best jewel from time's chest lie hid?

何处藏行止？千龄世所希。

Or what strong hand can hold his swift foot back,

愿得擘掌劲，淹滞流光驰。

Or who his spoil o'er beauty can forbid?

任他凋芳岁，花貌藐冥期。

O none, unless this miracle have might:

仙寿若恒昌⑦，除非遇殊奇。

That in black ink my love may still shine bright.

轻翰书子墨⑧，千载曜韶仪。

〔注释〕

① 槁壤：干土。《孟子·滕文公下》："夫蚓，上食槁壤，下饮黄泉。"
② 彭殇齐作妄：语本晋王羲之《兰亭集序》："固知一死生为虚诞，齐彭殇为妄作。"彭，彭祖，指高寿。殇，未成年而死。齐，取庄子"齐物"之意。
③ 大造：大自然。
④ 委捐：放弃，丢掉。
⑤ 名花相媚好：语取宋苏轼《王伯敭所藏赵昌花四首·芙蓉》："溪边野芙蓉，花水相媚好。"
⑥ 雨雪雰其年：语取《诗·邶风·北风》："北风其凉，雨雪其雰。"雰，雨雪下得很大的样子。

⑦ 仙寿若恒昌：取自《红楼梦》第八回中贾宝玉的通灵宝玉铭文："莫失莫忘，仙寿恒昌。"
⑧ 轻翰：指笔。三国魏曹植《娱宾赋》："文人骋其妙说兮，飞轻翰而成章。"子墨：典出汉扬雄《长杨赋》："故藉翰林以为主人，子墨为客卿以风。"后借指文章。

# SONNET 71

No longer mourn for me when I am dead
干君<sup>①</sup>身后事，万勿悼我殇。
Than you shall hear the surly sullen bell
悒悒<sup>②</sup>若闻钟，哀莫过彼长。
Give warning to the world that I am fled
诀世从大化<sup>③</sup>，驾鹤归故疆<sup>④</sup>。
From this vile world, with vilest worms to dwell:
虺蜮<sup>⑤</sup>潜浊域，逝将去此邦<sup>⑥</sup>。
Nay, if you read this line, remember not
恐君见锦字，顾瞻情内伤<sup>⑦</sup>。
The hand that writ it, for I love you so
手迹尺素中，遗爱<sup>⑧</sup>结幽肠。
That I in your sweet thoughts would be forgot,
旧欢不欲寄，亡簪宁见忘。
If thinking on me then should make you woe.
相思太苦辛，恩好捐道旁。

O if (I say) you look upon this verse,

嗟君见此书，肠随回文结⁹。

When I, perhaps, compounded am with clay,

我身既捐尘，负君怀袖挈⑩。

Do not so much as my poor name rehearse,

贱名蒙在诵，长吟字不灭。

But let your love even with my life decay;

何若委恩情，去怀任朽没。

Lest the wise world should look into your moan,

举世明察察⑪，君其收酸咽。

And mock you with me after I am gone.

我今即永路，无敢遗君说。

〔注释〕

① 干君：请求对方的一种婉辞。郁达夫《毁家诗纪》其十六："万死干君唯一语，为侬清白抚诸儿。"
② 悒悒：忧愁不安貌。唐李建勋《感故府二首》其二："悒悒复悒悒，思君安可及。"
③ 从大化：追从大自然（的规律或结局），喻指死亡。唐陈子昂《感遇三十八首》其二十五："群物从大化，孤英将奈何。"
④ 驾鹤归故疆：本《搜神后记》辽东丁令威得仙化鹤归里事。
⑤ 虺蜮：蛇与毒虫。南朝宋鲍照《芜城赋》："坛罗虺蜮，阶斗麏鼯。"
⑥ 逝将去此邦：语出《诗·魏风·硕鼠》："逝将去女，适彼乐土。"郑玄笺："逝，往也。"

⑦ 顾瞻情内伤：语取三国魏曹植《赠白马王彪》："顾瞻恋城阙，引领情内伤。"

⑧ 遗爱：留存的爱意。《左传·昭公二十年》："及子产卒，仲尼闻之出涕，曰：'古之遗爱也。'"

⑨ 肠随回文结：语出唐李白《代赠远》："织锦作短书，肠随回文结。"回文，代指书信或情书。《晋书·列女传》："窦滔妻苏氏，始平人也，名蕙，字若兰，善属文。滔，苻坚时为秦州刺史，被徙流沙，苏氏思之，织锦为回文旋图诗以赠滔。宛转循环以读之，词甚凄惋，凡八百四十字，文多不录。"

⑩ 负君怀袖挈：与下句"长吟字不灭"同化自《古诗十九首·孟冬寒气至》："置书怀袖中，三岁字不灭。"

⑪ 察察：严苛貌。《晋书·皇甫谧传》："欲温温而和畅，不欲察察而明切也。"

# SONNET 73

That time of year thou mayst in me behold,

欢既蒙知见，九秋①恰我时。

When yellow leaves, or none, or few do hang

黄叶初凋碧，何木不栖危？

Upon those boughs which shake against the cold,

淅沥成萧飒②，当寒摇素枝③。

Bare ruined choirs where late the sweet birds sang;

歌幽曾舞榭，鸟寂证桃蹊。

In me thou seest the twilight of such day

老暮如昏至，年时俱马驰④。

As after sunset fadeth in the west,

斜辉相媚晚，夕景欲沉西。

Which by and by black night doth take away,

永夜长暌违，小别最悲欢。

Death's second self that seals up all in rest;

譬若归重壤⑤，存没舍彭涓⑥。

In me thou seest the glowing of such fire

我年如燼火，不亦为光难⁷。

That on the ashes of his youth doth lie,

欢正青春好，烬骨映婵娟。

As the deathbed, whereon it must expire,

终将合岁老，从化赴长眠。

Consumed with that which it was nourished by;

三春生杨柳，相与葬南山。

This thou perceiv'st, which makes thy love more strong,

欢觑此中意，情心允益坚。

To love that well, which thou must leave ere long.

愿言多眷爱，不久动离迁。

〔注释〕

① 九秋：秋天，九十日为一季，故曰"九秋"。三国魏阮籍《咏怀》其三十二："去此若俯仰，如何似九秋？"

② 淅沥成萧飒：语出宋欧阳修《秋声赋》："初淅沥以萧飒，忽奔腾而砰湃。"

③ 素枝：无花的树枝。《楚辞·九歌·少司命》："绿叶兮素枝，芳菲菲兮袭予。"

④ 年时俱马驰：岁月像骏马一样飞驰逝去。三国诸葛亮《诫子书》："年与时驰，意与日去。"

⑤ 重壤：地下，泉下。晋潘岳《悼亡诗》其一："之子归穷泉，重壤永幽隔。"

⑥ 彭涓：彭祖和涓子的并称，二人均为传说中的长寿者。
⑦ 我年如爝火，不亦为光难：语出《庄子·逍遥游》："日月出矣，而爝火不息，其于光也，不亦难乎！"爝火，小火。

# SONNET 81

Or I shall live, your epitaph to make;

为君营碑碣，果①君先我老。

Or you survive, when I in earth am rotten;

或我成故物，同与丘山槁。

From hence your memory death cannot take,

君身从物化②，令德③长寿考④。

Although in me each part will be forgotten.

不似我猥贱，微躯忘捐蚤⑤。

Your name from hence immortal life shall have,

君名著不朽，风期⑥渊且浩⑦。

Though I, once gone, to all the world must die;

叹我一日逝，黄尘掩莱草。

The earth can yield me but a common grave,

大地生莽莽，遗我一坟小。

When you entombed in men's eyes shall lie.

君没俨世范，万目存则效。

Your monument shall be my gentle verse,

我诗幽微婉,贞作金石语。

Which eyes not yet created shall o'er-read,

托心谏来者,讽之自得谕。

And tongues to be your being shall rehearse,

德音传奕世⑧,万口诵流布。

When all the breathers of this world are dead.

人生忽如寄⑨,黄泉皆旧遇。

　　You still shall live, such virtue hath my pen,

致君寿不死,江笔乃所寓。

Where breath most breathes, even in the mouths of men.

有口凡能息,皆吐我章句。

〔注释〕

① 果:假若。《左传·宣公十二年》:"有帅而不从,临孰甚焉?此之谓矣。果遇,必败。"
② 物化:从自然界而化,指死亡。《庄子·刻意》:"圣人之生也天行,其死也物化。"又,《古诗十九首·回车驾言迈》:"奄忽随物化,荣名以为宝。"
③ 令德:美好的品德。语出《古诗十九首·今日良宴会》:"令德唱高言,识曲听其真。"
④ 长寿考:语出《古诗十九首·回车驾言迈》:"人生非金石,岂能长寿考。"考,老。
⑤ 蚤:通"早"。

⑥ 风期：风度品格。唐李白《赠崔司户文昆季》："岂伊箕山故，特以风期亲。"
⑦ 渊且浩：静深广大。《礼记·中庸》："肫肫其仁，渊渊其渊，浩浩其天。"
⑧ 奕世：累世。《国语·周语上》："奕世载德，不忝前人。"
⑨ 人生忽如寄：语出《古诗十九首·驱车上东门》："人生忽如寄，寿无金石固。"

# SONNET 98

From you have I been absent in the spring,

自从别欢后,春事负阑珊。

When proud pied April, dressed in all his trim,

四月生千卉,着衣盛若纨。

Hath put a spirit of youth in everything,

万般锡①灵秀,风物正清欢。

That heavy Saturn laughed, and leaped with him.

土曜最威重,汉回悦星翻。

Yet nor the lays of birds, nor the sweet smell

徒为莺哢②巧,枉费越香③寒。

Of different flowers in odour and in hue,

次第芳菲意④,秾纤斗姣妍。

Could make me any summer's story tell,

我怀知九夏,愿勿道其然。

Or from their proud lap pluck them where they grew;

茂苑多荣木,束观不采荃⑤。

Nor did I wonder at the lily's white,

百合托皎洁,目惯难为惊;

Nor praise the deep vermilion in the rose;

玫瑰艳琼紫,谈扬⑥懒作评。

They were but sweet, but figures of delight,

花丛既取次⑦,香色两谙形。

Drawn after you, you pattern of all those.

欢色冠群芳,百花效远诚。

Yet seemed it winter still, and, you away,

别欢伤旷久,春在似冬仍。

As with your shadow I with these did play.

花事如欢影,玩花聊慰情。

# 〔注释〕

① 锡:通"赐"。《诗·小雅·菁菁者莪》:"既见君子,锡我百朋。"
② 哢:鸟鸣。清陈维崧《辘轳金井·咏闺人汲水浣花》:"鹦哥哢巧。唤帘内、浣花须早。"
③ 越香:散发的香气,亦指产自南方的珍贵香料。战国宋玉《高唐赋》:"越香掩掩,众雀嗷嗷。"
④ 次第芳菲意:语取宋赵师侠《蝶恋花·丙辰嫣然赏海棠》:"次第芳菲,惹起情无那。"
⑤ 荃:香草,即昌蒲。多喻君主。《楚辞·离骚》:"荃不察余之中情兮。"
⑥ 谈扬:讲论宣扬。
⑦ 花丛既取次:语出唐元稹《离思诗五首》其四:"取次花丛懒回顾,半缘修道半缘君。"

# SONNET 109

O never say that I was false of heart,

幸勿道其伪，悠悠唯此心①。

Though absence seemed my flame to qualify;

在远分似疏，我情实中焚。

As easy might I from myself depart

未易抛故吾，谁堪言自畛。

As from my soul which in thy breast doth lie:

俱在君胸臆，故吾与我魂。

That is my home of love; if I have ranged,

客子飘零后，望间投君门。

Like him that travels I return again,

如何策②长足，复返情似奔。

Just to the time, not with the time exchanged,

岁月滞荏苒③，相见初若新。

So that myself bring water for my stain;

会当携净水，涤我旧污痕。

Never believe, though in my nature reigned

于君勿轻信，我性逸狂疏。

All frailties that besiege all kinds of blood,

虽谴荡子④意，值欢未纵娱。

That it could so preposterously be stained,

无乃污盛德，受尘昧惛愚⑤。

To leave for nothing all thy sum of good:

岂作赀宝⑥掷，无故黄金沮⑦。

  For nothing this wide universe I call,

  举世皆可弃，唯君未可辜。

  Save thou, my rose; in it thou art my all.

  玫瑰眷钟爱，独作府珍储。

〔注释〕

① 悠悠唯此心：取自《诗·郑风·子衿》："青青子衿，悠悠我心。"悠悠，长远貌。

② 策：驱使。

③ 荏苒：形容时光流逝。晋潘岳《悼亡诗》其一："荏苒冬春谢，寒暑忽流易。"

④ 荡子：浪游不归的男子。《古诗十九首·青青河畔草》："昔为倡家女，今为荡子妇。"

⑤ 惛愚：昏庸蒙昧。唐元结《与党评事》："加以久荒浪，惛愚性颇全。"

⑥ 赀宝：财货与宝物。《史记·仲尼弟子列传》："子贡好废举，与时转货赀。"

⑦ 沮：败，坏。《诗·小雅·小旻》："谋犹回遹，何日斯沮。"南朝宋鲍照《舞鹤赋》："燕姬色沮，巴童心耻。"

# SONNET 116

Let me not to the marriage of true minds

惟以两心一，燕好结情由。

Admit impediments; love is not love

感物成利害①，固非许白头②。

Which alters when it alteration finds,

流离从世事，飘谢任春秋。

Or bends with the remover to remove.

物迁常贰意③，路转遽旁求。

O no, it is an ever-fixed mark,

情定譬恒灯，天老沧海流。

That looks on tempests and is never shaken;

倾舍臻密雨，士德未尝游。

It is the star to every wand'ring bark,

瞻彼北辰星，属明万户帷。

Whose worth's unknown, although his height be taken.

天高寻可问，珍贵不能知。

Love's not Time's fool, though rosy lips and cheeks

岁华不关情，口朱笑两犀④。

Within his bending sickle's compass come;

斧钺摧年老，不赋御沟诗。

Love alters not with his brief hours and weeks,

情深重意气，岂与季时驰？

But bears it out even to the edge of doom.

人世空石劫，三生无转移⑤。

If this be error and upon me proved,

谓予言不信⑥，请君榷⑦参差：

I never writ, nor no man ever loved.

潮生不见尾⑧，江淹未有辞。

〔注释〕

① 感物成利害：语出《周易·系辞下》："情伪相感而利害生。"
② 固非许白头：语取宋孔平仲《呈宋思叔县丞》："固非轻许与，亦有白头新。"
③ 物迁：随物变化。南朝梁刘勰《文心雕龙·物色》："情以物迁，辞以情发。"贰意：二心。
④ 口朱：亦作"朱口"。《乐府诗集·清商曲辞·子夜歌》其四一："口朱发艳歌，玉指弄娇弦。"两犀：指上下两排牙齿。《乐府诗集·清商曲辞·子夜歌》其四二："巧笑倩两犀，美目扬双蛾。"
⑤ 三生：佛教以过去、现在、未来为三生。无转移：语出《古诗为焦仲卿妻作》："蒲苇纫如丝，磐石无转移。"

⑥ 谓予言不信：语出《诗·王风·大车》："谓予不信，有如皦日。"相当于前提句"要是说我的话不准……"。
⑦ 榷：商讨，商榷。
⑧ 潮生不见尾：典出《庄子·盗跖》："尾生与女子期于梁下，女子不来，水至不去，抱梁柱而死。"尾，指尾生。

# SONNET 151

Love is too young to know what conscience is:

良知竟何物，年少未省之。

Yet who knows not conscience is born of love?

悦情乃契义，其谁不道斯？

Then, gentle cheater, urge not my amiss,

我非无善过，欢乞勿嗟咨。

Lest guilty of my faults thy sweet self prove;

铸我六州铁①，愿欢无咎遗②。

For, thou betraying me, I do betray

欢心既有贰，我岂无迁怀？

My nobler part to my gross body's treason;

身转难从意，浊清自此乖③。

My soul doth tell my body that he may

意尝谓我身，贞好致无猜；

Triumph in love; flesh stays no further reason,

朝云翻暮雨，末事久阳台④。

But rising at thy name doth point out thee

旦暮闻欢字，意言如洞开，

As his triumphant prize, proud of this pride:

猎欢为其虏，骄志满长淮⑤。

He is contented thy poor drudge to be,

置此倾筐意，矜矜笑可哀；

To stand in thy affairs, fall by thy side.

屈折谁复道，颠仆委尘埃。

  No want of conscience hold it that I call

将欲呼欢字，我心自皎皑。

 Her 'love', for whose dear love I rise and fall.

欢名作可憎，偃仰任其裁。

〔注释〕

① 六州铁：喻大错。《资治通鉴》卷二六五《唐纪八十一》："（罗）绍威悔之，谓人曰：'合六州四十三县铁，不能为此错也。'"宋方岳《贺新凉·寄两吴尚书》："六州铁铸从头错。"

② 咎遗：错误之遗留。《老子》："富贵而骄，自遗其咎。"

③ 乖：违背，相离。三国魏曹植《七哀》："君若清路尘，妾若浊水泥。浮沉各异势，会合何时谐？"又《乐府诗集·清商曲辞·子夜歌》其十八："枯鱼就浊水，长与清流乖。"

④ 阳台：战国宋玉《高唐赋》："旦为朝云，暮为行雨。朝朝暮暮，阳台之下。"

⑤ 满长淮：语出宋戴复古《庐州界上寄丰帅》："无成携短剑，有恨满长淮。"

（原刊《中世纪与文艺复兴》第十辑，有改动）

# 祭文尺牘

## 祭文

# 祭胡真君并序

君讳真，其先上虞人也。高祖藻庭公仁燿，同治丁卯科孝廉①，与李慈铭②善，以章京傔直薇垣，遂参近局③。自兹厥后，英茂不坠。长伯祖愈之④，国老民宗，望高礼阁；次伯祖仲持⑤，象寄⑥通才，五车腹笥⑦。君承猷挺生⑧，早趋庭而学礼，好古敏求，常照薪⑨以枕书⑩。年十八就东序⑪，负箧山大中文。被服青领，接宿儒之酝藉⑫；综览黄卷⑬，饱蠹册⑭而覃精⑮。

〔注释〕

① 高祖藻庭公仁燿，同治丁卯科孝廉：中举前已为上虞县"学优行廪膳生"，同治六年丁卯即1867年，藻庭公中浙江乡试第三十五名举人。该年，浙江秋闱经题为"子曰吾自卫反鲁然后乐正雅颂各得其所"，藻庭公之文获三位主考分别批为"气沛词充""端庄流丽""博大昌明"。诗题则为"赋得故乡无此好湖山得乡字五言八韵"，其诗获"本房加批"，称"秀气成采雅韵欲流"。五言八韵不长，录如下："不作余杭守，湖山箅故乡。此游增阅历，相较转寻常。堤有虹桥胜，州连鹫岭长。半生劳梦想，两地费评量。何幸萍踪系，频将梓里商。楼台凭俯仰，宾从任疏狂。归去图应绘，年来愿始偿。蓬瀛看咫尺，振袂快翱翔。"胡真购得藻庭公的乡试朱卷，捐赠给了故

乡的敕五堂纪念馆。笔者曾在文献中见到过丁卯浙江乡试的完整录取名单，发现经学大师孙诒让的名字亦在其中。

② 李慈铭："晚清四大日记之冠"《越缦堂日记》的作者，与藻庭公为浙江同乡。李慈铭擅骈文，所作《九哀赋》，悼念了九位早逝的友人，藻庭公为其中之一。李慈铭又曾为藻庭公之母郭太宜人作八十生日寿文，文中提及，胡家至藻庭公时已是"十世庠序，儒学相继"的读书世家。

③ 儤直薇垣，遂参近局：语出李慈铭《九哀赋》原文，指在中枢机构工作，参与机密。儤直，亦作"儤值"，指官吏在官府连日值宿。薇垣，唐开元元年，中书省改称紫微省，简称微垣，即薇垣，明清时期常以此语称中枢机构，此特指军机处。藻庭公乡试中举后，未能在京试中更上层楼，后获录为军机处章京，遂不复入礼闱。藻庭公之所以这样选择，一方面是因其家境清贫，另一方面也是考虑到京试的竞争之烈，出头绝非易事。前述孙诒让自同治丁卯中举后，在21岁到47岁间，前后八举公车，皆不得中。章京位虽不彰，但如李慈铭所言，"枢曹之职，出内王言，宣达德意，宜壹以慎密勤劳，称天子旨"，其位并不易得，社会地位当然也相当高。清中叶间，章京往往非两榜不能铨举，龚自珍父祖两代皆曾以进士任之，而定庵本人在中举后、考取进士前的漫长岁月里，也曾谋考军机章京，竟落选未中。

④ 长伯祖愈之：胡真祖父胡学恕之长兄，出版家、社会活动家，早年曾主编《东方杂志》《生活周刊》，主持出版了《鲁迅全集》，曾任《光明日报》总编辑、新中国首任国家出版总署署长等，晚年当选全国人大常委会副委员长。

⑤ 次伯祖仲持：胡真祖父胡学恕之次兄，出版家、翻译家，最著名的译作为诺贝尔文学奖作家约翰·斯坦贝克（John Steinbeck）的《愤怒的葡萄》。

⑥ 象寄：翻译。《礼记·王制》："五方之民，言语不通，嗜欲不同。达其志，通其欲，东方曰寄，南方曰象，西方曰狄鞮，北方曰译。"严复《天演论·译例言》："海通以来，象寄之才，随地多有。"

⑦ 腹笥：腹中的学问。笥，书箱。

⑧ 挺生：挺拔生长，亦谓杰出。宋高宗《文宣王及其弟子赞》："惟子挺生，道德之门。佩服至论，鲤则弟昆。"

⑨ 照薪：照明。典出《太平广记》卷一七五："明年，（李琪）丁母忧，因流寓青、齐间，然糠照薪，俾夜作昼，览书数千卷。"

⑩ 枕书：枕着书，谓与书为伴，勤奋好学。宋苏轼《和陶拟古九首》其一："主人枕书卧，梦我平生友。"

⑪ 东序：相传为夏代的大学，指大学。南朝梁沈约《梁三朝雅乐歌六首·俊雅（三曲）》其二："义兼东序，事美西雍。"

⑫ 酝藉：亦作"酝籍"，宽和有涵容。宋陆游《登拟岘台》："萦回水抱中和气，平远山如酝藉人。"

⑬ 黄卷：书籍。古时为防书蠹，多用辛味、苦味之物染纸，因纸色黄，故称。宋陆游《读书》："门前车马久扫迹，老病又与黄卷疏。"

⑭ 蠹册：虫蛀坏的书，泛指旧书。胡真的读书兴趣全在古典学术，其外的领域他几乎不碰，这一点，早在大学时代就已表现得很清楚了。元仇远《过岳公故居》："木瓢挂空壁，蠹册堆破几。"

⑮ 覃精：潜心，深入钻研。唐崔日知《冬日述怀奉呈韦祭酒张左丞兰台名贤》："覃精四十载，驰骋数千言。"

时予与君具依先师桐城鲍思陶先生，及门程雪，同著录乎洛水；撒天马帐，共听讲于扶风。①慊惟季兰②羞颜，向壁未开③，遂教月户星窗，礼多椸枷④之别；朱砚银釭，语少朋簪⑤之问。已而君旋⑥南浦，予浮⑦西瀛，忽行路之仓卒⑧，暌人世之契阔，尔来未通消息者廿载矣。

〔注释〕

① 洛水：指程颐。扶风：指马融。二者皆喻师门之所出也。
② 季兰：古少女之名或字。《左传·襄公二十八年》："济泽之阿，行潦之蘋藻，置诸宗室，季兰尸之，敬也，敬可弃乎？"
③ 向壁未开：语出唐李白《长干行二首》其一："十四为君妇，羞颜未尝开。低头向暗壁，千唤不一回。"
④ 椸枷：亦作"椸架"，衣架。《礼记·曲礼上》："男女不杂坐，不同椸枷。"
⑤ 朋簪：朋辈，朋友。《周易·豫卦》："大有得，勿疑，朋盍簪。"宋苏轼《太夫人以无咎生日置酒书壁一绝》："寿樽余沥到朋簪，要与郎君夜语深。"
⑥ 旋：回，归。《古诗十九首·明月何皎皎》："客行虽云乐，不如早旋归。"
⑦ 浮：漂于水面，代指放洋。
⑧ 仓卒：亦作"仓猝"，急促匆忙的样子。宋文天祥《至扬州》："仓卒只从山半住，颓垣上有白云遮。"

甲午季秋，鸿雁来宾①，予偶校书，君因释惑。始焉困学，发五经之问难；遂为抠衣②，下重席③之礼敬。譬我知与君学，犹出涘而观海④。囿中国以宇内，微稊米于大仓⑤。君仍夙心，有弦歌以求凰；予感故意，靡昏言之卜凤⑥。日远长安⑦，逝⑧将归其未返；道阻蒹葭⑨，雅⑩欲去而中留。

〔注释〕

① 鸿雁来宾：古时常指九月。语出《礼记·月令》："（季秋之月）鸿雁来宾，爵入大水为蛤。"孙希旦集解："是月鸿雁来宾，始至中国也。曰'来宾'者，雁以北为乡，其在中国也，若来为宾客然。"同时也作"雁书"之喻，即通信之始。网络时代当然并无"鸿雁传书"，而是即时通信了。

② 抠衣：提起衣服前襟，古人迎趋时的动作，表示恭敬。宋王安石《奉酬永叔见赠》："抠衣最出诸生后，倒屣尝倾广座中。"

③ 重席：层叠的坐席。古人席地而坐，以坐席层叠的多少表示身份的高低。《左传·襄公二十三年》："季氏饮大夫酒，臧纥为客，既献，臧孙命北面重席，新樽絜之。"

④ 出涘而观海：譬见到更广大的景观。语出《庄子·秋水》："今尔出于涯涘，观于大海。"涘，水边。

⑤ 囿中国以宇内，微稊米于大仓：语出《庄子·秋水》："计中国之在海内，不似稊米之在太仓乎？"

⑥ 卜凤：典出《左传·庄公二十二年》，懿氏想把女儿嫁给陈敬仲，占卜得吉，曰"凤皇于飞，和鸣锵锵"。

⑦ 日远长安：典出南朝宋刘义庆《世说新语·夙惠》："晋明帝数岁，坐元帝膝上。有人从长安来……因问明帝：'汝意谓长安何如日

远？'答曰：'日远。不闻人从日边来，居然可知。'元帝异之。明日，集群臣宴会，告以此意，更重问之。乃答曰：'日近。'元帝失色，曰：'尔何故异昨日之言邪？'答曰：'举目见日，不见长安。'"后以"日近长安远"喻路远不得至。

⑧ 逝：古同"誓"，表决心之词。《诗·魏风·硕鼠》："逝将去女，适彼乐土。"

⑨ 道阻蒹葭：语出《诗·秦风·蒹葭》："蒹葭苍苍，白露为霜……溯洄从之，道阻且长。"

⑩ 雅：极，甚。宋陈傅良《沈守生日》："雅不欲书名上上，谩令在处岁陈陈。"

乙未孟夏，麦秋①方至，适予返国，会君初度②。辰勾③偏照，佳期夕张④，临歧锾赠，缱绻襟期⑤。我忧宋远，君谓杭之⑥，亦惟君故，丕⑦从厥志⑧。式拟⑨曩贤⑩，粹然原宪⑪。著书满家，居无一椽⑫之安；积学绝世，室阙儋石⑬之储。然则赌茗⑭意趣，不必得乎广厦⑮；赁春⑯志气，或乃成于客庑。

〔注释〕

① 麦秋：麦熟的季节，通指农历四、五月。宋杨万里《午憩二首》其二："晴边雨后麦秋时，风色轻轻日色微。"

② 初度：生日。《楚辞·离骚》："皇览揆余初度兮，肇锡余以嘉名。"

③ 辰勾：又名辰星，即水星，喻难遇之事。元黄清老《友人拟古乐府因题十绝句》："今夜中秋月，含情独上楼。辰星三两点，偏照玉帘钩。"

④ 佳期夕张：语出《楚辞·九歌·湘夫人》："登白薠兮骋望，与佳期

兮夕张。"夕张，傍晚张设帷帐。

⑤ 襟期：心期，尤指期许重逢。元王冕《梅花》："岁寒何处论襟期，坐对云山空叹息。"

⑥ 我忧宋远，君谓杭之：语本《诗·卫风·河广》："谁谓河广？一苇杭之。谁谓宋远？跂予望之。"杭，通"航"，即以船渡过。

⑦ 丕：乃，于是。《尚书·禹贡》："三危既宅，三苗丕叙。"清王引之《经传释词》："丕，乃承上之词。犹言三苗乃叙也。"

⑧ 厥志：其志，即他的意愿。厥，那个、其。

⑨ 式拟：比拟。式，虚词，无义。

⑩ 曩贤：先贤，往贤。唐张嘉贞《奉和早登太行山中言志应制》："徯后逢今圣，登台谢曩贤。"

⑪ 原宪：孔门七十二贤之一，贫士。

⑫ 一椽：一间屋子。椽，原意为放在檩上架着屋顶的木条，亦为古代房屋间数的代称。宋杨万里《阊门外登溪船五首》其一："一椽板屋才经雨，两面油窗好读书。"

⑬ 儋石：借指少量米粟。儋，石罂。儋受一石，故称儋石，用以计量谷物。唐王季友《酬李十六岐》："问我草堂有卧云，知我山储无儋石。"

⑭ 赌茗：犹赌茶。

⑮ 广夏：高大的房屋。夏，通"厦"。汉王褒《九怀·陶壅》："息阳城兮广夏，衰色罔兮中怠。"王逸注："大屋庐也。"

⑯ 赁舂：受雇为人舂米。典出《后汉书·逸民列传》中东汉隐士梁鸿为人赁舂、妻子孟光与之齐眉举案的故事。

讵谓有昊无情，哲人其萎。粤①以戊戌之年，甲子之月，丙申之日，君竟遽觏吼疾②，奄逝疁邑③，春秋四十有八。自闻凶讯，肝情凌催。行夫路人，尚为惨伤；况训亲爱，岂不哀毁。如何不淑④，彫丧⑤斯文！薄致斯酹⑥，恸百年之易斩，聊写我衷，悲六籍之失诂。其辞曰：

〔注释〕

① 粤：助词，用在句首，意近"于"，表示审慎。
② 吼疾：哮喘病。清蒲松龄《聊斋志异·霍生》："王尽力极奔，肺叶开张，以是得吼疾，数年不愈焉。"
③ 疁邑：上海嘉定的别称。
④ 不淑：吊问之词，犹言不幸。《礼记·杂记上》："寡君使某，如何不淑。"
⑤ 彫丧：丧失，丧亡。彫，通"凋"。晋陆机《门有车马客行》："亲友多零落，旧齿皆凋丧。"
⑥ 酹：酒倒在地上。唐李白《九日登山》："灵仙如仿佛，奠酹遥相知。"

伊昔①君子，典经载美。
猗与②佳士，通门依止。
平生故人，寄期志旨。
矧③以悦爱，蹇④托知己。
嗟我后来，望风如跂⑤。

〔注释〕

① 伊昔：从前。南朝宋谢灵运《答中书诗》："伊昔昆弟，敦好间里。"

② 猗与：叹词，表示赞美。三国魏嵇康《四言诗十一首》其四："猗与庄老，栖迟永年。"
③ 矧：况且，另外，更。
④ 蹇：艰阻地，不顺利地。
⑤ 跂：抬起脚后跟站着，表趋望。《诗·卫风·河广》："谁谓宋远？跂予望之。"

绝馏朝甑，鲜饛晚簠①。

仰屋②劬勤③，日无暇晷④。

丝析发解⑤，讨原⑥义理。

坟丘从横，衣鱼邻比⑦。

如斯人者，国之杞梓⑧。

〔注释〕

① 绝馏朝甑，鲜饛晚簠：两句皆谓其食口无继。馏，蒸饭。甑，古代蒸饭的一种瓦器。饛，食物盛满器皿的样子。簠，古代盛食物的器具，圆口双耳。绝馏朝甑，语出宋苏轼《祭柳子玉文》："夜衾不絮，朝甑绝馏。"

② 仰屋：卧而仰望屋梁，此处指勤奋著书。典出《梁书·太祖五王列传》："（萧）恭每从容谓人曰：'下官历观世人，多有不好欢乐，乃仰眠床上，看屋梁而著书，千秋万岁，谁传此者。'"

③ 劬勤：辛劳，劳苦。清顾有孝《和陶寄毛子晋》："所以鲁原宪，力学忘劬勤。"

④ 暇晷：空闲的时日。清孙诒让《补学斋诗钞叙》："既又遘荒歉，捐俸治赈，簿书眯目，日无暇晷，然犹不废吟咏。"

⑤ 丝析发解：像剖析头发那样地去解析义理，指对古籍文字的训诂诠释。明宋濂《汪先生墓铭》："丝析发解，日攻月较，不敢求为异，而亦不苟为同。"

⑥ 讨原：探本溯源。原，通"源"。晋陆机《文赋》："或因枝以振叶，或沿波而讨源。"

⑦ 坟丘从横，衣鱼邻比：两句皆指在古籍中徜徉。坟丘，三坟、九丘的并称，泛指古代典籍。从横，学问之渊博贯通。衣鱼，即蠹鱼，借指书籍。邻比，即比邻。

⑧ 杞梓：杞和梓，皆良材，喻优秀人才。唐白居易《酬卢秘书二十韵》："闻有蓬壶客，知怀杞梓材。"

　　降年①不永，民斯悼矣②。
　　况在私戚③，能无哀诔。
　　人亡琴寂④，不远伊迩⑤。
　　何以荐子，唯尊与鲤。
　　举我一筵⑥，诀君蒿里⑦。

〔注释〕

① 降年：上天赐予人的年龄、寿命。汉蔡邕《郭有道碑文》："降年不永，民斯悲悼。"

② 民斯悼矣：倒装句，即"民悼斯矣"。见注①引文。民，人。

③ 私戚：个人的悲哀。唐韦应物《赠别河南李功曹》："耿耿抱私戚，寥寥独掩扉。"

④ 人亡琴寂：典出南朝宋刘义庆《世说新语·伤逝》："王子猷、子敬俱病笃，而子敬先亡……子敬素好琴，便径入，坐灵床上，取子

敬琴弹，弦既不调，掷地云：'子敬，子敬，人琴俱亡！'因恸绝良久，月余亦卒。"

⑤ 伊迩：近，不远。《诗·邶风·谷风》："不远伊迩，薄送我畿。"

⑥ 举我一笾：语出宋苏轼《祭石幼安文》："永归无憾，举我一笾。"笾，古代祭祀和宴会时盛果品等的竹器。

⑦ 蒿里：泛指墓地、阴间。

# 尺牍

## 庚子戊子丙午致杜泽逊

杜公院长座右：

　　敬禀者。蒙公惠书，辱询以先师鲍思陶先生遗稿事。职本有所欲进，因驰此奉渎。

　　职艺，材非檀柘<sup>①</sup>，常惭樗栎<sup>②</sup>，幸年少从游名师，赖师不弃，彫刻朽木，今得输力大库、效明公<sup>③</sup>座下者，皆出先师当年赐也。公与先师，砚共旧窗，谊在第行，闻先师昔供坊肆<sup>④</sup>，以缀辑生涯，为人嫁作，每不趁意，公恒过往，酒阑辄劝以纂修文献之功，先师自是亦着意胜国遗老<sup>⑤</sup>，尤于《续修四库全书总目提要》一编，倾力良多。此皆襟有同怀，道有相契，大吕一击，黄钟应律<sup>⑥</sup>，传之后世，其谁不谓美谈？

〔**注释**〕

① 檀柘：良材。汉桓宽《盐铁论·殊路》："今仲由、冉求无檀柘之材。"
② 樗栎：不成材的树，用作谦词。《庄子·逍遥游》："吾有大树，人谓之樗，其大本拥肿而不中绳墨，其小枝卷曲而不中规矩，立之涂，匠者不顾。"又《庄子·人间世》："匠石之齐，至于曲辕，见栎社树……曰：'……是不材之木也，无所可用。'"唐罗隐《城西作》：

"幸自同樗栎，何妨愜所怀。"

③ 明公：对有名位者的尊称。唐皎然《赠李中丞洪一首》："明公仗忠节，一言感万夫。"

④ 坊肆：多指书坊，此指出版社。明黄道周《王文成公碑》："坊肆贸书，不过举业传注而已。"

⑤ 胜国遗老：此指清代人。清严遂成《题桃源图》："师来先生生清门，胜国遗老中丞孙。"胜国，典出《周礼·地官·媒氏》："凡男女之阴讼，听之于胜国之社。"郑玄注："胜国，亡国也。"后因以指前朝。遗老，指前朝老人或旧臣。

⑥ 大吕一击，黄钟应律：谓志同道合，意气相投。大吕、黄钟为古代十二乐律之两种。《周礼·春官·大司乐》："乃奏黄钟，歌大吕，舞《云门》，以祀天神。"

先师本出皖中旧族，审音识律，诗才先鞭①；长则学于石臞先生门下，习知家法，克绍箕裘②；比中岁仳离③，玉溪心事，多寄无题④，其伊人望慕⑤之作，即匹之隔世，相较竹垞《风怀》⑥之缠绵、郁氏《毁家》⑦之幽怨，亦不多让。此本章黄家学，迭代有传，施于训诂，则微旨清达；发为辞章，则藻情富逸。

〔注释〕

① 先鞭：先行，占先。典出《晋书·刘琨传》："吾枕戈待旦……常恐祖生先吾著鞭。"唐杜甫《重送刘十弟判官》："垂翅徒衰老，先鞭不滞留。"

② 克绍箕裘：谓能继承前人之业。《礼记·学记》："良冶之子，必学为裘；良弓之子，必学为箕。"

③ 仳离：别离，此指离异。《诗·王风·中谷有蓷》："有女仳离，慨其叹矣。"
④ 玉溪心事，多寄无题：语出钱锺书《秣陵杂诗》："中年哀乐托无题，想少情多近玉溪。"玉溪，即唐代诗人李商隐，号玉溪生，其代表作为约六十首无题诗。这些诗篇多借用象征与典故表达曲折心事，题旨隐微朦胧。鲍师的《得一斋诗钞》收录有二十八首《无题》，多言情事，语亦颇含蓄哀怨。
⑤ 望慕：思恋，仰慕。南朝梁沈约《报刘杳书》："望慕空深，何可仿佛。"
⑥ 竹垞《风怀》：清代诗人朱彝尊为其妻妹冯寿贞所作《风怀二百韵》，收入《曝书亭集》。朱彝尊十七岁入赘，娶冯家长女冯福贞为妻，而与妻妹冯寿贞情意甚笃，二人感情不为礼教所容，冯寿贞后嫁他人，于三十三岁病逝，朱彝尊作五言长诗《风怀》以纪其事，诗意含蓄婉转，用典密集隐曲，情感缠绵郁结。
⑦ 郁氏《毁家》：现代文学家、诗人郁达夫所作《毁家诗纪》组诗，共收诗十九首、词一阕，记录与其妻王映霞的失和事件，诗作毫无保留地暴露了婚变的来龙去脉。

　　先师以诗箧虽盈，青箱仍匮，未尝宽怀，恒自勉勖。逮其移绛旧苑，复为诸生弦歌，遂乃朝夕兀兀①，穷宵烛之末光②，仰屋梁而著书③。

〔注释〕

① 兀兀：勤勉貌。唐韩愈《进学解》："焚膏油以继晷，恒兀兀以穷年。"
② 穷宵烛之末光：用尽蜡烛的微光。语出南朝梁刘峻《广绝交论》：

"则有穷巷之宾,绳枢之士,冀宵烛之末光,邀润屋之微泽。"
③ 仰屋梁而著书:卧而仰望屋梁,此处指勤奋著书。典出《梁书·太祖五王列传》:"(萧)恭每从容谓人曰:'下官历观世人,多有不好欢乐,乃仰眠床上,看屋梁而著书,千秋万岁,谁传此者。'"

其作《中国古典诗歌创作论》也,于诗歌之创作技法,持其会心,发其明悟;于诸体貌状,各家源流,更相祖述。初稿简为四章,曰声律、曰技巧、曰风格、曰语言,末附《白香词谱》《诗律启蒙》等目。书未成而笃疾,心欲旧友倪公志云为缀阙文,倪公时在渝,辗转闻之,江驿山程,宵夜驰来①,先师遂于枕上属累②以补订后事。此稿职前未见,迩来得览,益叹羿之发羽,僚之弄丸,不见全牛,盖神技也③。然稿非文本,不可辑改,职前颇尝爬梳别抉,翻为文字,又倩尼山学堂女棣刘天禾君复核整饬,后知校稿已回传倪公,或可增益进度,始觉稍慰。

〔注释〕

① 江驿山程,宵夜驰来:宋陆游《莆阳饷荔子》:"江驿山程日夜驰,筠笼初拆露犹滋。"宵夜,深夜。
② 属累:托付。汉乐府《妇病行》:"属累君两三孤子,莫我儿饥且寒。"
③ 羿之发羽,僚之弄丸,不见全牛,盖神技也:清龚自珍《明良论四》:"庖丁之解牛,伯牙之操琴,羿之发羽,僚之弄丸,古之所谓神技也。"僚之弄丸,典出《庄子·徐无鬼》:"市南宜僚弄丸,而两家之难解。"不见全牛,典出《庄子·养生主》:"三年之后,未尝见全牛也。"

倪公于先师遗集《得一斋诗钞》，本已重承托付，公等旧雨五六人者皆与殊力①，明明众哲②，辑纂检校，同济一事，故该编经年即克付坊。此亦足副百里之寄命③，堪慰人琴之亡恨④者。倪公年来冗事踵继，以未补全周天角隅⑤，常抱残憾。"何其久也？必有以也"⑥。盖文院自上代学人凋零，徽音⑦之不作也久矣。《中国古典诗歌创作论》，学术撰著也，此书即成，若不得系列以倚附，倪公亦不知将寄刊何处。此亦不独先师一帙如是，文院诸先正⑧遗珍，孔皆⑨困此。王充《论衡》云："农无强夫，谷粟不登；国无强文，德暗不彰。"幸明公典职以来，继去圣之绝学，刊故老⑩之鸿编；"慨我怀慕，君子所同"⑪，于是火传旧薪，挽大雅于云亡⑫；乃有阁图⑬曩贤，存风标⑭之遥想。

〔注释〕

① 殊力：突出的功劳。《周书·侯莫陈顺传》："渭桥之战，卿有殊力。"
② 明明众哲：语出晋陆机《汉高祖功臣颂》："明明众哲，同济天网。"明明，明智、明察貌，用于褒美。
③ 寄命：以重任相委托。《论语·泰伯》："曾子曰：'可以托六尺之孤，可以寄百里之命，临大节而不可夺也——君子人与？君子人也。'"
④ 人琴之亡恨：典出南朝宋刘义庆《世说新语·伤逝》："王子猷、子敬俱病笃，而子敬先亡……子敬素好琴，便径入，坐灵床上，取子敬琴弹，弦既不调，掷地云：'子敬，子敬，人琴俱亡！'因恸绝良久，月余亦卒。"
⑤ 周天：整个天地间。角隅：角落。此指补作未完事。
⑥ 何其久也？必有以也：语出《诗·邶风·旄丘》，意为"为何这样

久？必是有原因的"。

⑦ 徽音：犹德音，指令闻美誉。《诗·大雅·思齐》："大姒嗣徽音，则百斯男。"郑玄笺："徽，美也。"

⑧ 先正：泛指前贤。《尚书·说命下》："昔先正保衡，作我先王。"孔传："正，长也。言先世长官之臣。"

⑨ 孔皆：非常普遍。《诗·周颂·丰年》："为酒为醴，烝畀祖妣，以洽百礼，降福孔皆。"

⑩ 故老：年高而见识多的旧臣，此指前贤。《诗·小雅·正月》："召彼故老，讯之占梦。"毛传："故老，元老。"

⑪ 慨我怀慕，君子所同：感叹我之所怀慕者，与君子略同。引自汉王粲《赠蔡子笃诗》。

⑫ 大雅：《诗经》的组成部分之一，后亦指雅正之诗或大才之人。云亡：消亡。宋魏了翁《挽诗·乐府君》："大雅云亡久，流风尚典刑。"此谓整理出版学院前贤的学术文集，避免了著述散失、学问中断的境况。

⑬ 阁图：画图于阁上。汉宣帝时曾画霍光等十一功臣像于麒麟阁，以表扬其功绩。2021年9月，山东大学文学院在知新楼A座8楼开放了"冯陆高萧黄"五岳主题图片展，围绕冯沅君、陆侃如、高亨、萧涤非、黄孝纾五位先生在古典文学方面做出的贡献，展示了五位先生的个人生活工作照、代表性著作、手稿书信等。

⑭ 风标：风度品格。唐韦庄《题安定张使君》："器度风标合出尘，桂宫何负一枝新。"

今公又特示此书完竣后，可分期梓于院刊，以快后学之先睹。自公复为陈请，季氏诺金①，谓将重练五色斑驳之石②，再煮凤喙麟角之胶③，庚子岁杪，可期毕功。倪公且称，补缀出于义命，本册唯著鲍氏，其书不落倪姓。职闻此语，悲喜恍惚，感激无已。所谓久要不忘平生之言④者，非倪公而其谁？然老者安之，朋友信之⑤，亦明公之谓也。

〔注释〕

① 季氏诺金：形容说话极有信用。典出《史记·季布栾布列传》："楚人谚曰：'得黄金百，不如得季布一诺。'"
② 重练五色斑驳之石：典出《淮南子·览冥训》："往古之时，四极废，九州裂，天不兼覆，地不周载……于是女娲炼五色石以补苍天。"此取缀补之意。明孙蕡《梁父吟》："世无女娲五色石，天柱欲倾何人补？"
③ 再煮凤喙麟角之胶：典出《海内十洲记》："煮凤喙及麟角，合煎作胶，名之为续弦胶，或名连金泥。此胶能续弓弩已断之弦，连刀剑断折之金。"此取接续之意。
④ 久要不忘平生之言：语出《论语·宪问》："见利思义，见危授命，久要不忘平生之言，亦可以为成人矣。"久要，旧约。
⑤ 老者安之，朋友信之：语出《论语·公冶长》："老者安之，朋友信之，少者怀之。"

今公谕职以书稿事转知先师哲嗣，职已悉达其间宛转。乃更有进者，先师独子重铮，职师门之千里驹也，旧以少年优学，举拔北大，习业数学，尝游德国弗莱堡，今也从事金融，洵为京华之颖俊，可譬阶前之玉树①。其妻李让眉女史，在德为其同窗，今亦居京隶同业。犹可嘉异者，让眉缵承家学，覃精于诗，新刻《所思不远》，解清诗词家十子，绮思风流，笔力绝佳。世原不乏注诗者，唯郑笺难得。二人于刊刻补撰事，并皆衔感②，欲职奉转谢忱；职意，来日乃翁大著授梓，可不妨倩冢媳之笔，为撰一跋，述此因缘并二公终始之德。

肃此奉复，祗请钧安。

职　晓艺　再拜言<br>庚子戊子丙午

〔注释〕

① 阶前之玉树：喻优秀的子弟。典出南朝宋刘义庆《世说新语·言语》："譬如芝兰玉树，欲使其生于阶庭耳。"
② 衔感：心怀感激。清俞樾《致毛子云》："并知去年经营书藏，深费清神，衔感无既。"

# 致张伯伟

张教授函丈著席，

敬启者。函丈机云才藻①，徐庾文章②，艺自海隅，久所钦企。自丁酉年杪归隶山大文学院，承乏③比较文学所，与高弟叶君杨曦并门联事，僚侣间既最相得，日夕谈闻，益仰函丈出处之高、学行之淳。顷自白下④，两颁诲言，过承奖许，感且惭焉；所赐鸿编，静日奉读，于南雍⑤物故，程门杰出，彬彬其盛者，情等亲炙，一何之快也。

〔注释〕

① 机云才藻：宋乐雷发《怀二萧》："机云才藻今无几，管鲍襟期说向谁。"机云，晋代文学家陆机、陆云二兄弟的合称。
② 徐庾文章：清王士禛《戏效元遗山论诗绝句三十六首》其三一："徐庾文章建安作，悔教书法掩诗名。"徐庾，南朝陈徐陵和北周庾信的并称。
③ 承乏：暂任某职的谦称。《左传·成公二年》："敢告不敏，摄官承乏。"
④ 白下：南京的别称。清王士禛《秋柳》其一："秋来何处最销魂？残照西风白下门。"
⑤ 南雍：明代称设在南京的国子监。清孔尚任《桃花扇·哄丁》："列班联，敬陪南雍释奠。"此特指南京大学。雍，辟雍，古之大学。

鄙院之"新杏坛"讲座,原以馆南北之学宗,讶①往来之纯儒者。艺数与叶君议计,愿言邀延,驻长者之白驹,絷之维之②,庶几可以进望庭下③,接闻绪言④,而我所诸生,亦可获趋瞻琴鹤之幸⑤。然比年以来,疠疫不宁,交通沉阻;隔网聆风,或仍可求,设榻候徐⑥,必不能行;"美人如花隔云端⑦",此情殆有似之。静言孔念,中心怅而⑧;其详何如,叶君后将呈询函丈。

〔注释〕

① 讶:迎。《周礼·秋官·掌讶》:"凡宾客,诸侯有卿讶,卿有大夫讶,大夫有士讶,士皆有讶。"

② 驻长者之白驹,絷之维之:典出《诗·小雅·白驹》:"皎皎白驹,食我场苗。絷之维之,以永今朝。"毛传:"宣王之末,不能用贤,贤者有乘白驹而去者。絷,绊。维,系也。"郑笺:"永,久也。愿此去者乘其白驹而来,使食我场中之苗,我则绊之系之,以永今朝,爱之欲留之。"

③ 庶几可以进望庭下:语出宋王安石《上郎侍郎书一》:"庶几进望庭下,解积年企仰之意。"

④ 绪言:已发而未尽的言论。《庄子·渔父》:"孔子曰:'曩者先生有绪言而去……'"成玄英疏:"绪言,余论也。"唐独孤及《酬梁二十宋中所赠兼留别梁少府》:"绪言未及竟,离念已复至。"

⑤ 获趋瞻琴鹤之幸:语出清许思湄《求南皮县倪写字》:"别后时作碧天云树之想,奈以作嫁故,不获趋瞻琴鹤,重整酒兵,怅结何似。"琴鹤,典出宋沈括《梦溪笔谈》:"赵阅道为成都转运使,出行部内,唯携一琴一鹤,坐则看鹤鼓琴。"后以琴鹤喻人清高廉洁,此用作对对方的美称。

⑥ 设榻候徐：东汉陈蕃为太守，在郡不接宾客，唯徐稚来时特设一榻，去则悬之，事见《后汉书·徐稚传》。后用为好客之典。唐杜甫《奉送王信州崟北归》："徐榻不知倦，颍川何以酬。"

⑦ 美人如花隔云端：引自唐李白《长相思》。

⑧ 静言孔念，中心怅而：意为安然深思，由衷地怅然。语出晋陶潜《荣木》："人生若寄，憔悴有时。静言孔念，中心怅而。"静，安。言，语助词。孔，甚。而，语助词。

  艺本师鲍思陶先生，殷石曜夫子之晚出弟子也，敏求好古，惟精惟一①；尤擅诗法，亦知亦行；壶奥旨趣，钩深覃精②。所叹者，蕙荃蚤摧③，五十云亡，身后惟传《得一斋诗钞》一编。山大文学院院长杜公泽逊，以其遗集纂蒐事属艺，今其将成，有作《后记》。文学院又领修纪传体《中华三千年文学史》，艺受命为甄举民国及当代人物。古人以没而不朽④为难，今贤名目，最难诠次。风光此树，歌舞诸家⑤，诸英志录，曾无品第⑥。艺以先师当世真赏⑦，郁为文栋⑧，决入附传，书名竹素。昔白乐天诗有云："先生馈酒食，弟子服劳止。孝敬不在他，在兹而已矣。"⑨今艺撰《鲍思陶传》，仍阙名家诠藻；窃惟王右军亦以《兰亭集序》得方《金谷诗序》为美⑩，不识函丈可为题品一二否？不拘详略，但问其诗竟如何耳。

〔注释〕

① 惟精惟一：精纯专一。语出《尚书·大禹谟》："人心惟危，道心惟微，惟精惟一，允执厥中。"

② 壶奥旨趣，钩深覃精：语出唐白居易《礼部试策五道》第三道："而

学者苟能研精钩深，优柔而求之，则壶奥旨趣，将焉廋哉？"覃精，潜心钻研。

③ 蕙荃蚤摧：语出鲁迅《且介亭杂文二集·镰田诚一墓记》："昊天难测，蕙荃早摧。"蕙荃，蕙与荃，皆为香草，喻贤淑的人。蚤，通"早"。

④ 没而不朽：指人的身体虽死，但其精神、业绩、文章永存人间。典出《左传·襄公二十四年》："穆叔如晋，范宣子逆之，问焉，曰：'古人有言曰，死而不朽，何谓也？……穆叔曰：'……豹闻之，大上有立德，其次有立功，其次有立言，虽久不废，此之谓不朽。'"没，同"殁"，死。

⑤ 风光此树，歌舞诸家：语出唐白居易《樱桃花下有感而作》："风光饶此树，歌舞胜诸家。"

⑥ 诸英志录，曾无品第：语出南朝梁钟嵘《诗品序》："诸英志录，并义在文，曾无品第。"

⑦ 真赏：值得欣赏的景物，亦可指人。唐于頔《郡斋卧疾赠昼上人》："众耳岂不聆，钟期有真赏。高洁古人操，素怀夙所仰。"

⑧ 郁为文栋：语出南朝梁钟嵘《诗品序》："平原兄弟，郁为文栋。"郁，文采盛貌。文栋，文苑栋梁。

⑨ 先生馔酒食，弟子服劳止。孝敬不在他，在兹而已矣：引自唐白居易《饮后戏示弟子》。

⑩ 王右军亦以《兰亭集序》得方《金谷诗序》为美：典出南朝宋刘义庆《世说新语·企羡》："王右军得人以《兰亭集序》方《金谷诗序》，又以已敌石崇，甚有欣色。"《金谷诗序》，晋石崇所作。

把管临风①,感不绝于余心②。谨布。肃请颐安。

后学 刘晓艺 敬叩

〔注释〕

① 把管临风:书信常用的结束语。管,指笔。《礼记·内则》:"右佩玦、捍、管。"郑玄注:"管,笔弡。"
② 感不绝于余心:谓己心之感念缠绵不绝。语出《世说新语·文学》:"桓宣武命袁彦伯作《北征赋》,既成,公与时贤共看,咸嗟叹之。时王珣在坐云:'恨少一句。得"写"字足韵,当佳。'袁即于坐揽笔益云:'感不绝于余心,溯流风而独写。'公谓王曰:'当今不得不以此事推袁。'"

# 致李飞

李飞兄足下,

　　自奉大著,诸务烦剧①;阙然久未报者,"看经只在明窗下②","青山常对卷帘时③",若非开袠④于园间暇⑤时,展卷于茗雪⑥杯前,则庶近无礼,谬乎作者矣。

〔注释〕

① 自奉大著,诸务烦剧:同事李飞(山东大学文艺美学研究中心副教授)于2022年10月以新刻《文心雕龙旧注辨证》赠予笔者。笔者因事冗,且需拜读其赠书,迟至2023年1月作复。

② 看经只在明窗下:引自元马致远杂剧《荐福碑》第三折:"看经只在明窗下,花落花开总不知。"

③ 青山常对卷帘时:引自唐刘长卿《赴南中题褚少府湖上亭子》:"绿竹散侵行径里,青山常对卷帘时。"

④ 开袠:亦作"开帙",即开卷。南朝梁江淹《杂体三十首·谢法曹赠别》:"点翰咏新赏,开帙莹所疑。"

⑤ 园间暇:与下文"庶近无礼,谬乎作者"同出晋陶潜《闲情赋并序》:"余园间多暇,复染翰为之。虽文妙不足,庶不谬作者之意乎?"

⑥ 茗雪:指茶。宋陆游《送邢刍甫入闽》:"此外但宜烹茗雪,伤生不用擘蚝山。"

及讽籀①披味②，娱志悦情；擘肌分理，剖毫析厘③，正彦和所谓"句有可削，足见其疏；字不得减，乃知其密④"者也。乃尊著立旨，鹄韵⑤自高。平章⑥众说，赏异初出嚣杂⑦；疏证锦字，拾遗⑧益见珠玉。文院诸君，能游乙部⑨，持论在章邵⑩二公间，语萧选文心，淹洽词翰⑪者，唯兄等二三子而已。如尊师序说之言，吾兄自用谦屈，深藏若虚，然兰蕙衡芷，中野散之⑫；谄伪之徒，望风进举⑬。五步之内⑭，即见辙前，惟兄慎之图之，以免来年颠覆椒桂⑮，厥事迁蹇⑯。

专此奉复，不尽一一。

刘晓艺　再拜言

〔注释〕

① 讽：诵。籀：读书。汉许慎《〈说文解字〉叙》："学僮十七已上，始试，讽籀书九千字，乃得为吏。"
② 披味：翻阅玩味。宋韩元吉《答吴倬书》："沐惠书，副以盛文，展玩披味，不能释手。"
③ 擘肌分理，剖毫析厘：形容辨析考证细致入微。语出汉张衡《西京赋》："街谈巷议，弹射臧否，剖析毫厘，擘肌分理。"南朝梁刘勰《文心雕龙·序志》："擘肌分理，唯务折衷。"
④ 句有可削，足见其疏；字不得减，乃知其密：引自南朝梁刘勰《文心雕龙·镕裁》。彦和，刘勰字。
⑤ 鹄：鹄的，即目标。韵：气韵。
⑥ 平章：辨别明晰。《尚书·尧典》："九族既睦，平章百姓。"

⑦ 赏异初出嚣杂：意为才卓识高，能辨纷繁旧说，独出己见。语出唐孟郊《南阳公请东樱桃亭子春燕》："赏异出嚣杂，折芳积欢忻。"

⑧ 拾遗：此谓注疏辨证能补前人缺漏。

⑨ 乙部：史部。西晋荀勖《晋中经簿》将书籍分为甲、乙、丙、丁四部，对应经、子、史、集。东晋李充重编《晋元帝书目》，将史书升到第二位乙部，自此四部的格局基本确定，即如今的经、史、子、集，故"乙部"往往指史部。

⑩ 章邵：清代史学家章学诚、邵晋涵。

⑪ 淹洽词翰：精通于辞章之学。

⑫ 兰蕙衡芷，中野散之：言怀芬芳之德者不被重用。语出汉刘向《九叹·逢纷》："怀兰蕙与衡芷兮，行中野而散之。"

⑬ 谄伪之徒，望风进举：语出《后汉书·李固传》："虽外托谦默，不干州郡，而谄伪之徒，望风进举。"

⑭ 五步之内：形容极近。《史记·廉颇蔺相如列传》："相如曰：'五步之内，相如请得以颈血溅大王矣！'"

⑮ 颠覆椒桂：喻正直之人反遭忧患。语出汉刘向《九叹·逢纷》："椒桂罗以颠覆兮，有竭信而归诚。"王逸注："颠，顿也。覆，仆也。"

⑯ 迁蹇：辗转不顺。语出汉刘向《九叹·逢纷》："肠愤悁而含怒兮，志迁蹇而左倾。"

# 致张玉法

张先生函丈<sup>①</sup>尊鉴，

先生著述，玉缀珠编，于清季民国，其叙闳而洽，其论简而法，艺昔在美，颇尝披读，良深伫迟<sup>②</sup>。高轩<sup>③</sup>驾临，叨陶、鲍二师与先生旧谊，惠能降喻，详味谆款，何顾恤厚而风谊重也<sup>④</sup>！

〔注释〕

① 函丈：对前辈学者或老师的敬称。《礼记·曲礼上》："若非饮食之客，则布席，席间函丈。"郑玄注："谓讲问之客也。函，犹容也，讲问宜相对容丈，足以指画也。"原谓讲学者与听讲者座席之间相距一丈，后用以指讲学的座席。
② 良深伫迟：语出《隋书·文学列传》："未获披觌，良深伫迟。"伫迟，企望、等待。
③ 高轩：为贵显者所乘的轩车，此表尊敬。唐韦庄《愁》："借问高轩客，何乡是醉乡？"
④ 详味谆款，何顾恤厚而风谊重也：语出宋宋祁《淮南知府龙图书》同句。谆款，诚恳真挚。

先生断吴国桢事，将其与孙立人并置，谓一文一武，皆美国之提休人物，故其文者鼓"政治民主化"，其武者倡"军队国家化"，而皆触人主之忌——此尤允见明识，至所钦敬。所谓习知古事，一辨而明者，今艺始信有焉。

师祖希圣公，操心已在精微域，落笔皆成典诰词①；蒙誉拙文《西安事变》，原始资料，实出希圣公②薇垣秘珍，盖自陈布雷捉笔《西安半月记》代蒋氏秘祝移过后，蒋之朕躬自罪，唯此一片耳。

先生何日税驾③于鲁？区区之情，愿重问行止④，敬迓远道，复为伫聆。

后学　刘晓艺　敬拜

〔注释〕

① 操心已在精微域，落笔皆成典诰词：语取唐方干《献王大夫》："操心已在精微域，落笔皆成典诰词。"

② 希圣公：业师陶晋生之父陶希圣。1956年，陶希圣为写作《苏俄在中国》，收藏了若干原始资料，其中有一份蒋介石本人对西安事变的亲笔记录，内含他对该事件的回忆、反思与评论，共8页。

③ 税驾：解驾，停车，谓休息或归宿。税，通"脱"。唐刘复《游仙》："税驾倚扶桑，逍遥望九州。"

④ 行止：行动，行踪。宋张耒《次韵君复七兄见赠》："老知山林等朝市，扁舟谁能问行止。"

# 序跋古文

# 《名家文献版刻书迹辑存》序

余为采薇阁《名家文献版刻书迹辑存》辑杜甫、苏轼、朱熹、王守仁四家文献,集成,因序焉。

余惟①子美,生长开天②,待制集贤③,使④时赓⑤承平,谁谓不得排金门、上玉堂,名颁贾马间者⑥?然其遭逢丧乱,转死沟壑⑦,方且肠热黎元⑧,心忧主上。文悲宋玉⑨,枉许身以稷契⑩;身误儒冠⑪,犹眷怀乎终南⑫。元微之⑬谓:"诗人以来,未有如子美者。"余准斯论,而欲更进宋陈善⑭语:"老杜诗当是诗中六经,他人诗乃诸子之流也。"盖诗之有杜陵,犹文之有六经也,《述怀》《北征》诸篇,经纬密勿⑮,上嘉吕尚傅说⑯故事,下申收京平胡⑰志意,至于闺房儿女细碎,笔力穷极⑱,无有涯涘⑲。怀仁之士,其言蔼如⑳。温敦㉑风旨,存老杜诗矣。

〔注释〕

① 惟:思考。
② 开天:唐代年号开元和天宝的合称,也是杜甫生活的主要时代。
③ 集贤:集贤殿书院的省称,古代收藏、校理典籍的官署。《新唐书·文艺列传》:"甫奏赋三篇。帝奇之,使待制集贤院,命宰相试文章,擢河西尉,不拜,改右卫率府胄曹参军。"

④ 使：假若，假如。
⑤ 赓：赓续，继续。
⑥ 排金门、上玉堂，名颁贾马间者：语出杜甫《进雕赋表》："今贾马之徒，得排金门、上玉堂者甚众矣。"金门，汉代宫门名。玉堂，汉代宫殿名。二者皆比喻高官显爵。贾马，汉代文学家贾谊与司马相如的并称，二人都以赋见长。
⑦ 转死沟壑：谓弃尸于山沟水渠。语出杜甫《进雕赋表》："惟臣衣不盖体，常寄食于人，奔走不暇，只恐转死沟壑，安敢望仕进乎？"
⑧ 肠热黎元：化自杜甫《自京赴奉先县咏怀五百字》："穷年忧黎元，叹息肠内热。"黎元，百姓。
⑨ 宋玉：战国时楚国人，辞赋家。杜甫《咏怀古迹五首》其二："摇落深知宋玉悲，风流儒雅亦吾师。"
⑩ 枉许身以稷契：语出杜甫《自京赴奉先县咏怀五百字》："许身一何愚，窃比稷与契。"许身，自期、自许。稷契，稷和契的并称，唐虞时代的贤臣。
⑪ 身误儒冠：语出杜甫《奉赠韦左丞丈二十二韵》："纨绔不饿死，儒冠多误身。"儒冠，儒生戴的帽子，代称儒生。
⑫ 犹眷怀乎终南：犹言欲去又迟迟不忍。语出杜甫《奉赠韦左丞丈二十二韵》："尚怜终南山，回首清渭滨。"终南山和渭水皆在长安。
⑬ 元微之：唐代大臣、文学家元稹，字微之。
⑭ 陈善：宋代学者，字子兼，一字敬甫，号秋塘，罗源人。《四库全书总目》著录其作《扪虱新话》十五卷。
⑮ 经纬密勿：语出杜甫《北征》："君诚中兴主，经纬固密勿。"经纬，古代织布机上的纵线称为经，横线称为纬，在《北征》中指对国家大事的计划及举措。密勿，黾勉、勤谨。
⑯ 吕尚：商末周初政治家，周朝开国元勋姜子牙。传说：殷商时期卓

越的政治家、军事家，辅佐武丁开创了史上有名的"武丁中兴"局面。唐杜甫《昔游》："吕尚封国邑，傅说已盐梅。"

⑰ 收京：安史之乱，两京陷落，杜甫曾作《收京三首》。平胡：指平定安史叛军，因安禄山有突厥血统，其部下又有大量奚族和契丹族人，故称为胡。唐杜甫《北征》："东胡反未已，臣甫愤所切。"

⑱ 笔力穷极：宋叶梦得在《石林诗话》中评价杜甫："至老杜《述怀》《北征》诸篇，穷极笔力，如太史公纪传，此固古今绝唱。"

⑲ 涯涘：穷尽。宋王得臣（王彦辅）评价杜甫："逮至子美之诗，周情孔思，千汇万状，茹古涵今，无有端涯。"

⑳ 蔼如：和气可亲貌。唐韩愈《答李翊书》："仁义之人，其言蔼如也。"

㉑ 温敦：温柔敦厚。儒家认为这是《诗经》的基本精神和教育意义所在。《礼记·经解》："温柔敦厚，《诗》教也。"

余惟子瞻，有明允①为之父，有子由②为之弟，贻厥③孔怀④，一门奇征⑤。有宋以来，人传元祐⑥之学，家有眉山之书。其诗于曹、刘、陶、谢、李、杜、韩、白⑦无所不学，其文则驱驾时贤，雄视百代，如万斛泉源，不择地而出者⑧。东坡全无心音律，间作倚声⑨，意近不屑，以诗为词⑩，别成一宗。其书用宣城诸葛齐锋笔⑪，疏密缓急，妍媚百出⑫。辞富学厚，天才宏放⑬，洗万古凡马气象⑭，宜与日月争辉也⑮。

〔注释〕

① 明允：苏轼之父苏洵，字明允。
② 子由：苏轼之弟苏辙，字子由。

③ 贻厥：又作"诒厥"。贻，遗留。厥，其。《诗·大雅·文王有声》："诒厥孙谋，以燕翼子。"后便摘取"诒厥"指子孙。宋王楙《野客丛书》卷二十："世谓兄弟为友于，谓子孙为诒厥，歇后语也。"

④ 孔怀：《诗·小雅·常棣》："死丧之威，兄弟孔怀。"本为极其思念的意思，后指兄弟。

⑤ 奇征：奇才。

⑥ 元祐：宋哲宗赵煦的年号。元祐年间，反对王安石变法的旧党当政，因此"元祐"也被用来指称旧党及其成员，元祐之学以司马光之学、苏轼之学、程氏之学为主体，是批判王安石"新法""新学"的理论形态。

⑦ 曹、刘、陶、谢、李、杜、韩、白：分别指曹植、刘桢、陶渊明、谢灵运、李白、杜甫、韩愈、白居易。

⑧ 如万斛泉源，不择地而出者：苏轼在《文说》中自评其文："吾文如万斛泉源，不择地皆可出，在平地滔滔汩汩，虽一日千里无难。及其与山石曲折，随物赋形而不可知也。"

⑨ 倚声：词。本义指根据词牌的音乐特性和格律来填词。

⑩ 以诗为词：宋陈师道《后山诗话》："退之以文为诗，子瞻以诗为词，如教坊雷大使之舞，虽极天下之工，要非本色。"陈师道站在尊体的立场，以非本色否定苏词，却恰恰道出了苏词的贡献：把诗的表现手法移植到词中，突破了音乐对词体的制约和束缚，把词从音乐的附属品变为一种独立的抒情诗体。

⑪ 宣城诸葛齐锋笔：宋宣州诸葛高善制笔，诸葛高所制之笔，一笔可抵他笔数支，为时人所贵重，也称散卓笔或诸葛笔。据说苏轼喜用诸葛笔。宋黄庭坚《跋东坡论笔》云："东坡平生喜用宣城诸葛家笔，以为诸葛之下者，犹胜他处工者。"

⑫ 疏密缓急，妍媚百出：语出宋黄庭坚《跋东坡书帖后》："苏翰林用宣城诸葛齐锋笔作字，疏疏密密，随意缓急，而字间妍媚百出。"

⑬ 天才宏放：语出宋蔡绦《西清诗话》："东坡公诗天才宏放，宜与日月争光。"

⑭ 洗万古凡马气象：金元好问《新轩乐府引》："唐歌词多宫体，又皆极力为之。自东坡一出，情性之外不知有文字，真有'一洗万古凡马空'气象。"唐杜甫《丹青引（赠曹将军霸）》："斯须九重真龙出，一洗万古凡马空。"

⑮ 宜与日月争辉也：元时高丽王朝大臣、文学家李齐贤曾评价苏家兄弟："联翩共入金门下，四海不敢言文章。迩来悠悠二百载，名与日月争辉光。"


　　余惟朱子，优入圣域①，致广大，尽精微②，传心两贤③，综辑六经。《集传》注《陈风》，言衡门浅陋，可以游息；泌水不饱，可以忘饥④。其小词有"紫萸黄菊，堪插满头归⑤"句，固知有以自乐其天者也。朱子卒，稼轩⑥为文往哭之曰："所不朽者，垂万世名。孰谓公死，凛凛犹生！"放翁⑦祭之曰："某有捐百身⑧起九原之心，有倾长河决东海之泪⑨。"盖三代以下，儒贤叠出，中古厥后⑩，斯人而已。晦翁⑪命毫⑫，书近钟太傅⑬法，御大字如大将，写小诗则明净无滓，味自理窟流出⑭。

〔注释〕

① 优入圣域：语出《汉书·贾捐之传》："臣闻尧舜，圣之盛也，禹入圣域而不优。"优，裕。圣域，圣人的境界。

② 致广大，尽精微：清全祖望在《宋元学案》中评价朱熹的《四书集注》："致广大，尽精微，综罗百代矣。"

③ 两贤：指程颢和程颐。朱熹继承并发展二程的学说，世称"程朱理学"。
④ 《集传》注《陈风》，言衡门浅陋，可以游息；泌水不饱，可以忘饥：出朱熹《诗集传》评《诗·陈风·衡门》之语："此隐居自乐而无求者之辞。言衡门虽浅陋，然亦可以游息；泌水虽不可饱，然亦可以玩乐而忘饥也。"衡，"横"的假借，毛传："横木为门，言浅陋也。"泌，本义为泉水急流之貌。
⑤ 紫萸黄菊，堪插满头归：语出宋朱熹《水调歌头·隐括杜牧之齐山诗》："尘世难逢一笑，况有紫萸黄菊，堪插满头归。"
⑥ 稼轩：宋词人辛弃疾，号稼轩。
⑦ 放翁：宋诗人陆游，号放翁。
⑧ 百身：一身死百次。语出《诗·秦风·黄鸟》："如可赎兮，人百其身。"
⑨ 倾长河决东海之泪：语出南朝宋刘义庆《世说新语·言语》记顾恺之哭桓温墓："声如震雷破山，泪如倾河注海。"
⑩ 中古厥后：唐宋之后。中古，今一般以魏晋南北朝至唐宋之间为中古。厥，其、那。
⑪ 晦翁：朱熹号晦庵，晚称晦翁。
⑫ 命毫：命笔，用笔，执笔作诗文或书画。明屠隆《与邹彦吉督学》："衔杯削牍，挥麈命毫。"
⑬ 钟太傅：指三国魏书法家钟繇，明帝时进太傅，封定陵侯。语出明董其昌《书品》："（朱晦翁书）大都近钟太傅法，亦复有分隶意。"
⑭ 味自理窟流出：语出元王恽《跋朱文公手书》："公何尝以书学名家，只以道义精华之气混混灏灏，自理窟中流出。"朱熹作为学者型书家，其书法的突出特点是具有浓厚的书卷气。理窟，义理渊薮。

余惟守仁，提书生三尺之剑，任疆事，制强藩①，勋业气节，见诸施行；匪独开封建壤②，事功可称，其德其言，亦足不朽③；终明之世，文臣无逾。尝以罪谪龙场④，古夷蔡之外地也；囿于丛棘之右，就石穴而居，起轩而名之曰"何陋"⑤。阳明⑥之学，主致良知；直指心性，揭示本来；文成之术，取同知行⑦。其书虬劲冲逸，翩翩凤翥⑧，又富法度，可资临池⑨模范。

余端诵是编，商之楮墨⑩，美其承华，赞其有述。盖记端末⑪，聊裨涓埃⑫，得附风雅，是所幸焉。

〔注释〕

① 强藩：强大的藩王。王守仁于正德十四年平定宁王朱宸濠在南昌发动的叛乱。

② 开封建壤：指裂土封侯。王守仁因平定宸濠之乱等军功而封爵新建伯，隆庆时追赠侯爵。

③ 事功可称，其德其言，亦足不朽：语出清王士禛《池北偶谈》："王文成公为明第一流人物，立德、立功、立言皆踞绝顶。""三不朽"即立德、立功、立言，出《左传·襄公二十四年》："大上有立德，其次有立功，其次有立言，虽久不废，此之谓不朽。"

④ 龙场：明武宗正德元年，王守仁因反对宦官刘瑾，被廷杖四十，贬贵州龙场。在此地，王守仁结合历年来的遭遇，苦思而获顿悟，认为心是感应万事万物的根本。这就是历史上著名的"龙场悟道"。

⑤ 囿于丛棘之右，就石穴而居，起轩而名之曰"何陋"：语出王守仁《何陋轩记》："迁于东峰，就石穴而居之，又阴以湿。……予尝囿于丛棘之右，民谓予之乐之也，相与伐木阁之材，就其地为轩以居

予。"圃，筑园圃。
⑥ 阳明：王守仁的字号。
⑦ 文成之术，取同知行：王守仁谥"文成"，"知行合一"为其核心哲学。
⑧ 翥：高飞。晋陆机《浮云赋》："鸾翔凤翥，鸿惊鹤奋。"
⑨ 临池：学习书法，或代称书法。唐杜甫《殿中杨监见示张旭草书图》："有练实先书，临池真尽墨。"
⑩ 楮墨：纸与墨，借指诗文。明屠隆《哭柴仲初一首》："虽然废履杖，犹能弄楮墨。"
⑪ 端末：始末，从开始到结束的经过。《韩非子·南面》："言无端末，辩无所验者，此言之责也。"
⑫ 裨：助益。涓埃：细小的水流和尘土，比喻特别小或特别少，微乎其微。宋黄庭坚《次韵张昌言给事喜雨》："圣功惠我丰年食，未有涓埃可报君。"

## 附

## 《名家文献版刻书迹辑存》出版说明

本集刊收录了杜甫、苏轼、朱熹、王阳明四位古代名家的文献版刻书迹。

杜甫传世诗歌约有1500首。有杜诗以来五百年间，注者已达二三百数。杜诗研究之形成"千家注杜"的奇观，宋末元初学者刘辰翁与有力焉。盖注杜之风，本已大兴于北宋，刘氏首倡评点鉴赏一路，大得后世人心。评点派摆脱繁琐的饾饤之学，凸显评家的主体意识，注重对诗风、诗艺的探讨，颇与20世纪初俄国的形式主义文学批评隔世神通。刘辰翁千家本无疑有着主观性方面的缺陷，"然宋以来注杜诸家，鲜有专本传世，遗文绪论，颇赖此书以存，其筚路蓝缕之功，亦未可尽废也"。题曰千家，所采其实尚不满百家，"盖务夸摭拾之富"（《四库全书总目》）。本集刊收录有关杜甫诗文的注、解、通、评、集注、钞述、演义、镜诠共52种，元刻本仅三，其中刘辰翁本二，一为至大元年的云衢会文堂刻本，一为虞集、赵汸批注的《须溪批点选注杜工部诗》，梓年不详；《黄氏补千家注纪年杜工部诗史》，元至元二十四年詹光祖月崖书堂刻本，为宋黄希、黄鹤父子所作。余皆为明清刻本，其中万历本尤富。

"自古以来，语文章之妙，广备众体，出奇无穷者，唯东坡一人。"（陈鹄《耆旧续闻》）眉山苏轼，横放杰出，不仅擅美文、诗、词等文学体类，又兼能书、画、曲等艺术品目。王世贞评泊苏轼诸体，谓"子瞻书胜词，词胜画，画胜文，文胜诗"（《艺苑卮言》），虽不免臆断，然也一定程度上反映了苏轼文学艺术成就的多面性。职是之故，本集刊在择选文献时，注意兼覆东坡的多种创作类型，收全集、诗集、乐府、文钞、小品、表、策论等共31种，除两部宋刻本、一部元刻本、一部清刻本及一部朝鲜刻本外，余皆为明刻本。

中国中古时期最具系统性的政治哲学，创自朱熹，盖其能绍述濂洛关三家之说，在周、张、二程的基础上，建立了一个在当时最称博洽的理论体系。朱熹一生著述极勤，传世部头达七八十种之多，仅收入《四库全书》者就有40部。本集刊收朱子文献共92种，覆盖文集、家礼、语类、书集、蒙引、言行录、传心录、年谱等多种类别，不仅朱子所注疏之经、传等历历存焉，就连后世理学家的杂著、文集如崔铣《崔氏洹词》者，虽主题不必与朱子关涉，亦颇见取择。明本为主，富见万历版；清本为辅；亦间有朝鲜刻本、日本刻本。

明代思想家、军事家王守仁世称"阳明先生"，其心学思想在晚明流布之广，间接地刺激了商品经济的发展，改变了明朝的走势与国运。不仅如此，阳明哲学亦成为东亚文化的重要元素，尤对三百余年后日本的明治维新起到了重大作用。本集刊收录王阳明文献共12种，涉文录、年谱、言行要录、武经、集要等类；以明嘉靖、隆庆间刻本为主，一定程度上折射了阳明学在中晚明的风靡，又有清刻本及日本刻本各一。

我们编辑这套《名家文献版刻书迹辑存》，有将文献、版刻、书迹三域打通、汇为一体之意。文献指的是有关这四位名家的典籍，版刻为木版雕刻，书迹则为书法作品。三者不可切分，实为你中有我、我中有你的关系。本集刊的选目，原则上仅收杜甫、苏轼、朱熹、王阳明作品及相关研究，然因朱子学的博综，时亦放宽条件，综取若干理学家之著述。

凡旁蒐远绍之辑，往往卷帙繁多，篇章杂沓。质文交加，疏谬难免。其谁匡之？请俟来哲。

# 《中国古典诗歌创作论》[①] 序

先师桐城鲍思陶先生，山东大学文学院故教授也。弱好辞章，长实吟骨[②]；言准玉谿，赋拟相如。比秋闱重开，国庠[③]优贡孝廉；宿儒著录[④]，青衿[⑤]绝重文学[⑥]。拜殷石臞先生门下，易缉韦编[⑦]，书观谟典[⑧]。结志区外[⑨]，人物羲皇以上[⑩]；摛藻[⑪]锦中[⑫]，文名沈谢[⑬]之间。造妙诗法，上异西河之夏；开阐微言，中非北海之玄[⑭]。以编蒲[⑮]之覃思[⑯]，为垂竹[⑰]之载述。天不假年，中道殂背[⑱]；易箦[⑲]之际，遗篆[⑳]在念。

〔注释〕

① 《中国古典诗歌创作论》：先师鲍思陶先生的未完稿，2006年捐馆前嘱托给老友倪志云先生，2021年底，倪公完成补作，2023年由齐鲁书社出版，同时收入《鲍思陶文集》第三卷。倪公请责编贺伟先生为撰序一，请笔者为撰序二。
② 吟骨：诗人的精神、骨骼。宋徐集孙《月夜泛湖》："一襟风露清吟骨，四望湖山见道情。"
③ 国庠：国家开设的学校。唐刘得仁《赠敬晊助教二首》其二："禁掖人知连状荐，国庠官满一家贫。"
④ 著录：指列名于著名经师门下。《东观汉记·牟长传》："牟长字君高，少笃学，治《欧阳尚书》，诸子著录前后万人。"

⑤ 青衿：青色的衣领，代指学子。典出《诗·郑风·子衿》："青青子衿，悠悠我心。"毛传："青衿，青领也，学子之所服。"

⑥ 文学：与前句之"孝廉"，皆为汉代察举制下的贡举科目，此指1977年恢复高考后，国家抡才取士或高校著名学者招收弟子的标准。

⑦ 缉：续。韦编：古书用竹简书写，用牛皮绳编缀，故称"韦编"。《史记·孔子世家》："孔子晚而喜《易》……读《易》，韦编三绝。"故此言"易缉韦编"。唐权德舆《郊居岁暮因书所怀》："就学缉韦编，铭心对欹器。"

⑧ 谟典：《尚书》中的两种文体，代指《尚书》。南朝梁刘勰《文心雕龙·史传》："言经则《尚书》，事经则《春秋》。唐虞流于典谟，商夏被于诰誓。"

⑨ 结志区外：语出南朝宋颜延之《陶征士诔序》："遂乃解体世纷，结志区外。"结志，犹立志。区外，远方、域外。

⑩ 人物羲皇以上：典出晋陶潜《与子俨等疏》："常言五六月中，北窗下卧，遇凉风暂至，自谓是羲皇上人。"羲皇，伏羲氏。古人想象羲皇之世其民皆恬静闲适，故隐逸之士自称"羲皇上人"。此句与下文"文名沈谢之间"同出宋张孝祥《南歌子·赠吴伯承》："人物羲皇上，诗名沈谢间。"

⑪ 摛藻：铺陈词藻，施展文才。唐皇甫冉《寄江东李判官》："时贤几龃龉，摛藻继风流。"

⑫ 锦中：华美的文辞。宋蔡伸《青玉案·和贺方回韵》："来时约略春将暮，幽恨空余锦中句。"

⑬ 沈谢：指南朝文学家沈约、谢朓。

⑭ 北海之玄：指遍注群经的东汉大儒郑玄。郑玄字康成，北海高密人。

⑮ 编蒲：编联蒲叶以供书写。典出《汉书·路温舒传》："使温舒牧羊，温舒取泽中蒲，截以为牒，编用写书。"后以"编蒲"为苦学的典故。唐刘禹锡《南海马大夫见惠著述三通勒成四帙上自邃古达于

国朝采其菁华至简而富钦受嘉贶诗以谢之》："编蒲曾苦思,垂竹愧无名。"

⑯ 覃思:深思。唐冯伉《和权载之离合诗》:"覃思各纵横,早擅希代名。"

⑰ 垂竹:名垂竹帛的省称,指声名长久流传。宋王安石《文元贾公挽辞二首》:"名垂竹帛书勋在,神寄丹青审象同。"

⑱ 殂背:去世。晋谢玄《疾笃上疏》:"上延亡叔臣安、亡兄臣靖,数月之间,相遂殂背。"

⑲ 易箦:更换床席,指人将死。典出《礼记·檀弓上》:"曾子寝疾,病……曰:'华而睆,大夫之箦与?'曾子曰:'然,斯季孙之赐也,我未之能易也。元,起易箦。'"唐李商隐《哭遂州萧侍郎二十四韵》:"遗音和蜀魄,易箦对巴猿。"

⑳ 遗篆:本指古籍,此指鲍师未完成的书稿。南朝宋孝武帝《伤宣贵妃拟汉武帝李夫人赋》:"巡灵周之残册,略鸿汉之遗篆。"

倪公志云者,先师山大之旧僚也,因联事以相友,共咏言而契谊。自荷属请,酬志弦胶①。夫五色练石,金针度彩,搜残补阙,斯事重难②。始闻长嗟移晷③,坐虚牖而听寒柝④;乃报久废窥园⑤,完遗编以告青山,历一十五年,续成《中国古典诗歌创作论》。文气赓继,就成省旷⑥;诗心裁采,袭作芊绵⑦。

〔注释〕

① 弦胶:此谓缀补接续之意。典出汉东方朔《海内十洲记》:"煮凤喙及麟角,合煎作胶,名之为续弦胶,或名连金泥。此胶能续弓弩已断之弦、刀剑断折之金。"唐杜甫《病后遇王倚饮赠歌》:"麟角凤

觜世莫识，煎胶续弦奇自见。"
② 重难：繁重而艰难。宋范仲淹《奏杜曾张沔》："钱谷重难，实所谙练。"
③ 长嗟移晷：语出唐孟简《惜分阴》："对景嗟移晷，窥园讵改阴。"移晷，日影移动，喻时间流逝。
④ 坐虚牖而听寒柝：语出唐欧阳詹《除夜长安客舍》："虚牖传寒柝，孤灯照绝编。"虚牖，空寂之窗。寒柝，寒夜打更的木梆声。
⑤ 久废窥园：典出《汉书·董仲舒传》："（仲舒）下帷讲诵，弟子传以久次相授业，或莫见其面。盖三年不窥园，其精如此。"
⑥ 就成省旷：语出南朝宋颜延之《陶征士诔序》："心好异书，性乐酒德；简弃烦促，就成省旷。"省旷，简约安闲。
⑦ 芊绵：又作"芊眠""千眠"，草盛貌，亦指文采富丽。晋陆机《文赋》："或藻思绮合，清丽千眠。"

夫申胥①完节，鲍牙②全义，史有往哲，今存若人。竹林贤众，中散琴音仍绝③；关门吏微，老聃之书能传④。嗟予后学，愧恧⑤先师，感衷盈襟，无所扬表。勉为是序，用达此情，赞其续志，美其执信⑥。寄命足托百里⑦，念恩无负信陵⑧。睿音永矣⑨，倪公之德。

后学　刘晓艺

癸卯甲寅甲午　谨序

〔注释〕

① 申胥：指春秋时吴国大夫伍子胥，因被封于申地，故称申胥。汉刘向《九叹·远游》："济杨舟于会稽兮，就申胥于五湖。"

② 鲍牙：指春秋时齐国大夫鲍叔牙，以知人并笃于友谊称于世。清郑敦允《拟古》："微管无鲍牙，三北谁见知。"

③ 中散：指三国魏嵇康，"竹林七贤"之一，曾任中散大夫。琴音仍绝：《三国志·魏书·王粲传》裴松之注引《魏氏春秋》："康临刑自若，援琴而鼓，既而叹曰：'雅音于是绝矣！'"

④ 关门吏微，老聃之书能传：语出《史记·老子韩非列传》："居周久之，见周之衰，乃遂去。至关，关令尹喜曰：'子将隐矣，强为我著书。'于是老子乃著书上下篇，言道德之意五千余言而去，莫知其所终。"

⑤ 愧恧：惭愧。清姚鼐《谢蕴山诗集序》："与名其间，其为可感叹而愧恧者又何如也！"

⑥ 执信：秉持信义。语出《左传·襄公二十二年》："君人执信，臣人执共，忠信笃敬，上下同之。"

⑦ 寄命足托百里：语出《论语·泰伯》："曾子曰：'可以托六尺之孤，

可以寄百里之命，临大节而不可夺也，君子人与？君子人也。'"

⑧ 念恩无负信陵：唐王昌龄《答武陵田太守》："曾为大梁客，不负信陵恩。"信陵，即战国时魏公子无忌，号信陵君，以礼贤下士著称。

⑨ 睿音永矣：语出南朝宋颜延之《陶征士诔》："睿音永矣，谁箴余阙？"永，远。

## 迎新献辞为成都某公司新年团建作

壬寅①之岁,虎首为辰②。凤集陈留,露降未央③。蚕熟吴地,谷溢江东。推桃换符④,复一元之更始;布新除旧,兴万家之气象。夫泽雨无偏,方殖万畴之生;北辰有正,乃得众星之共⑤。为国譬造城郭,唯干桢⑥之所立;营业如疏井渠,仰巨斧之能郚。吾司者,坐蜀锦成章之郡,传杜陵作客之诗,菁英萃选,人物风华。

〔注释〕

① 壬寅:干支之一,壬寅年为农历一甲子中的一个。2022年为壬寅年。
② 虎首为辰:2022年是虎年,虎值太岁,有"虎首值岁头"之说。
③ 凤集陈留,露降未央:史载汉宣帝一朝,祥瑞甚多,实多出自谶纬家言。《汉书·宣帝纪》:"(元康元年)三月,诏曰:'乃者凤皇集泰山、陈留,甘露降未央宫。'"
④ 推桃换符:语出宋王安石《元日》:"千门万户曈曈日,总把新桃换旧符。"桃符是一种绘有神像、挂在门上避邪的桃木板。每年元旦取下旧桃符,换上新桃符,有除旧布新之意。
⑤ 北辰有正,乃得众星之共:语出《论语·为政》:"子曰:'为政以德,譬如北辰,居其所而众星共之。'"
⑥ 干桢:筑墙所用的主柱,竖在两旁的叫"干",竖在两端的叫

"桢",引申为支柱、支撑。汉扬雄《法言·五百》:"经营然后知干、桢之克立也。"

追远思源,乃知旧统。吾司风尚,不务竞胜。上者执信,下者执共①,忠信笃敬,上下同之。今适南亩,或耘或耔②,雨我公田,遂及我私③。偕作偕行④,哲夫慕成城之志⑤;同舟同济,僚侣效一心之德。夫今国疫未已,生民失路,况乃世事仍艰,万邦克难。吾司诸君,兴灭相依,一体两分,异叶连枝⑥,虽匪鹡原兄弟⑦,亦属金兰⑧侪好。

〔注释〕

① 上者执信,下者执共:语出《左传·襄公二十二年》:"君人执信,臣人执共,忠信笃敬,上下同之。"
② 今适南亩,或耘或耔:语出《诗·小雅·甫田》。南亩,向阳的农田。耘,除草。耔,给植物根部培土。
③ 雨我公田,遂及我私:语出《诗·小雅·大田》。我私,指私田。
④ 偕作偕行:语出《诗·秦风·无衣》:"王于兴师,修我矛戟,与子偕作……王于兴师,修我甲兵,与子偕行。"
⑤ 哲夫慕成城之志:语出《诗·大雅·瞻卬》:"哲夫成城,哲妇倾城。"郑玄笺:"哲,谓多谋虑也。"
⑥ 异叶连枝:喻情同兄弟。语出北魏杨衒之《洛阳伽蓝记》:"兄弟非远,连枝分叶,兴灭相依。"
⑦ 鹡原兄弟:语出《诗·小雅·常棣》:"脊令在原,兄弟急难。""脊令"即鹡鸰,水鸟名。郑玄笺:"而今在原,失其常处,则飞则鸣求其类,天性也,犹兄弟之于急难。"

⑧ 金兰：代指结拜兄弟姐妹。语出《周易·系辞上》："二人同心，其利断金；同心之言，其臭如兰。"南朝宋刘义庆《世说新语·贤媛》："山公与嵇、阮一面，契若金兰。"

改元命始，国之典章①，值此新正，布祝嘉禧：家国承平，人和年丰；父母老健，寿于南山②；秦晋匹好③，宜尔室家④；芝兰玉树⑤，丽于门庭。仰观天纬，俯察人序⑥，见寒暑之亟周，忽奄及而徂岁⑦。时怀风以感旧⑧，每望月而思君。因迁乔出幽谷，聊驰诗告友生⑨；历遍冰霜，江柳再逢驿梅⑩；老去交游，高山竟讶流水。惟玉衡之迅驾⑪，用金罍之姑酌⑫。新知旧雨，励之勉之！

〔注释〕

① 改元命始，国之典章：此二句与后文"见寒暑之亟周，忽奄及而徂岁"同出《周书·武帝纪》："寒暑亟周，奄及徂岁，改元命始，国之典章。"
② 寿于南山：语出《诗·小雅·天保》："如南山之寿，不骞不崩。"
③ 秦晋匹好：语出《左传·僖公二十三年》："秦晋匹也，何以卑我？"春秋时，秦、晋两国世代联姻，后以"秦晋之好"喻婚姻美满。
④ 宜尔室家：语出《诗·周南·桃夭》："之子于归，宜其室家。"
⑤ 芝兰玉树：喻优秀的子弟。典出南朝宋刘义庆《世说新语·言语》："譬如芝兰玉树，欲使其生于阶庭耳。"
⑥ 仰观天纬，俯察人序：语出南朝齐丘巨源《与尚书令袁粲书》："仰观天纬，则右将而左相；俯察人序，则西武而东文。"
⑦ 奄及：突然到达。徂岁：岁末。
⑧ 时怀风以感旧：语取南朝宋谢灵运《答谢谘议》："怀风感迁，思

我良畴。"

⑨ 因迁乔出幽谷，聊驰诗告友生：语取《诗·小雅·伐木》："出自幽谷，迁于乔木。嘤其鸣矣，求其友声。相彼鸟矣，犹求友声。矧伊人矣，不求友生。"友生，朋友。

⑩ 江柳再逢驿梅：意为久别之人重逢。江柳，与其后"驿梅"皆为古时离别相赠之物。宋田锡《叠嶂楼赋》："驿梅江柳，动游宦之芳怀。"

⑪ 惟玉衡之迅驾：形容时光飞逝。语出南朝宋谢灵运《答谢谘议》："玉衡迅驾，四节如飞。"玉衡，北斗七星第五星，此代指北斗。

⑫ 用金罍之姑酌：语出《诗·周南·卷耳》："我姑酌彼金罍，维以不永怀。"金罍，古时诸侯所用的一种酒器。

# 怀人散文

## 记胡真与王冠华老师的交往

　　王冠华先生为康涅狄格大学历史系的终身教授。2010年，他因目疾严重、近于失明而提前退休。我在美读博时，以偶然的学术因缘远程结识王老师，虽未谋面，但他本科原出山东大学历史系七八级，对我这位八八级的小校友，他在电话中觉得聊天投缘，遂给予了许多学业和非学业上的指导。我毕业工作后，我们也一直保持着联系。凡他认为有趣的书，他都会推荐给我读，后来他索性将自己的Kindle书库跟我设了一个共享，任我随意取读。Kindle书库里都是使用者从亚马逊花钱买到的正版电子书，共享是完全合法的，但因Kindle账户关联着用户的信用卡，一般人仅会在家庭成员之间设置共享。因为看了那个书库，我得以了解王老师平时都读什么书、以什么速度在读；又因看到他在书中的画线和批注，我了解到他的兴趣与关注之所在。人文类书籍外，他的书库里有相当多的社会科学著作，他同时还跟进最新的生物科学著作，老实讲，后者我是既没有时间也没精力去追的。

　　王老师因他特殊的经历，在治学的盛年离开了美国的学术体制，那反而使他获得了终极的精神自由。他始终保持着旺盛的求知欲及学习能力。他自学掌握了日语，常去日本访问、客座，有时一待半年；他保持着目疾发作前的阅读速度，就靠Kindle播放合成语音，或向图书馆借阅有声书，他平均三到十天即能"听读"完一部英文原著。在山大历史学者的圈子中，王老师被认为是七七届以来毕业生中功力最厚、志向最醇者。他因目疾而未能走到学术的宝塔结尖处，被历史学界同仁视为陈寅恪式的悲剧。他对后辈的指导，不讲求目的性，也不针对一章一节的论文写作，但只泛泛地听他讲论某个主题，听者即能生发出无穷的灵感。我们真正见面是在国内，也是在相识的五六年之后了，我曾照顾他在山大开过一个讲座。他用电脑准备PPT，眼睛几乎紧贴在屏幕上，又必须使用盲障人的特殊大字号；见他调来调去，如此费事，我急忙接过课件来帮他打字。

2016年初秋，王老师回国，在上海大学做讲座。我适在沪，知他出行需人照顾，遂与胡真趋而侍奉。王老师祖居在江苏常熟，其父母虽已去世，长姊、姊夫仍住老家，他欲往探亲；计常熟与胡真所居的上海嘉定不远，我们遂将他先接至嘉定，次日驱车送他回常熟。

距嘉定文庙不远，我帮王老师在一处明清园林风格的酒店订了一个房间。胡真车技一般，为出行需要，两年前才购置了一辆二手车，座位硬，开起来也颠顿，胜在体积迷你，泊车倒是容易。在上海大学接到王老师，战战兢兢走了一个多小时高速才到嘉定。有一次，路上有大货车超行，摇摇晃晃贴着我们的车蹭过，首先预警"小心！"的倒是后座的王老师。胡真很惊讶他仍有那样敏锐的感知。他解释道："我是所谓'法律定义上的失明'，legally blind，实际上是能看到一些模糊影像的，眼睛也仍有光感，视野比正常人小得多，但侧视野比主视野反而好些，可以捕捉到动态影像。"

到了酒店，先投宿，置下行李，接着带他去一家烤鱼店吃午饭。我多年来得王老师赐教，完全以中式师道礼之，抱着"有酒食，先生馔"的想法，他既难得回国，我希望他享受一下美国吃不到的美食，然我发现，他对饮食的态度，有如《富兰克林自传》中的传者之父，对于餐桌上的食物很少留意或完全不注意，不管菜肴烹调的优劣，当令或落令，滋味的好坏，以及与同类中其他菜肴的比较。他唯一的要求是不要点超过能消费的份额，若是食物剩下，他虽已吃饱，仍会强自再塞一点。他对其他的物质享受亦一概索然，酒店的漂亮套间，园里的茂林幽竹，皆视若无睹——这样说当然是不妥的，因为本来就几等于"无睹"。

下午又去文庙走了走。嘉定文庙号称吴中第一，"规制崇宏，甲于他邑"，如今是一所科举博物馆了。所有时间里，王老师的兴趣唯在于与胡真谈天。看不清景物是一方面，另则，他是真的对智力活动以外的事情不感兴趣。文庙四处都是曲折的回廊与上下的台阶，王老师带有一只手杖，但他更习于美国医生教他的做法：有导引者时，不用手杖，也不让导引者搀自己的手臂，而是自己去握住导引者的手臂，这样可使步履更牢靠。我提着些零散东西，跟在他们两人后面，耳畔不时飘来他们聊天的星言只语。我没有与他们并排走，亦没有加入他们的对谈。

胡真去买矿泉水，王老师与我在大殿的阴凉处休憩。他向我赞胡真聪明，旋又改口道："说聪明不确切，甚至说学问好也不确切，是……有种旧家子弟风格。"他问起我们是怎样相识的。

我答道:"原是大学同班同学。不过上大学时并不熟,几乎没讲过几句话的那种。都偏科古典文学,分别与一位治古籍的鲍老师有很多互动,彼此竟也不知。毕业20周年聚会,他那时刚离婚,房子归了前妻和儿子,他必须要搬家,没能赶回济南,但跟大部队算接上头了。我们的纪念册是他校对的。有个女生,是我室友,为人豪爽直气,多年来一直与胡真有问候,知道我们俩都单身了,专业又做同一行,硬要我们互加QQ聊一聊。"

其实还不止此。我们有个大学群,胡真不参与,我与舍友都是活跃的。她有个外号叫隋凤凰——因为住上铺,有次晚上点蜡烛看书,烧了帘子,差点被涅槃,故云。群里大家回忆起大学假期互相写信的旧事,隋凤凰说她大二寒假里曾收到过胡真的信,"打开一看,原来是问刘小七地址的。"我在宿舍排行第七,他们都这样称我。隋凤凰老是起哄说"肥水不流外人田!"如同一切的大学同学群,我们那个群也充满了各种欢乐闲扯,捏造暗恋当然也是个长年不断的戏码。我们甚至有个梗,某男若辩论不过某女,可以声称"厉害啊!不愧我当年暗恋过你!"——顺便就坡下驴。隋凤凰的话,我那时不过一笑了之,但后来胡真跟我确认有此事。

"后来呢?"王老师问。他本人娶了同班女生,自然最理解同窗之间的可能性。王太太我在山大见过一面,背着双肩包,头上包块绸缎bandana头巾,清瘦飒爽,听说深度热爱户外运动,热爱蓝天白云、有机食品,不喜与人交际。难得回国一次,王老师一人去出席同学会,她去爬千佛山。

"他就加了我。我那时每年带学生短期回国——不过在虹桥落地就转车走,并没有见过面。起初第一年,没寒暄过几句,除了年节时候互贺一下。后来因为校对一本书,求教他几个古籍方面的问题,发现他无不能答。有时请他找一则文献,几十秒内就能返回过来……老实说,相当震撼。"

"你后来选择回国,也多半是因为他吧?"

"有部分原因。我家里的情况,您也是知道的:我妹全家移民了,母亲上了年纪,老继父去世后,我们两个中势必得有一个应该回来,而毕竟我是一个人,简单些……"

胡真买了水回来,三人聊了一会儿鲍老师——他是中文七八级的,但王老师并不认识。他却认识我与胡真共同的辅导员,一位也是中文七八级出身的冯老师,说是早年曾一起踢球,两人又算是北京老乡。我们素知冯老师是在十四五岁随父出京的,其父是个背了政治问题的学者,后来落到泰安一家小学校里待了后半生。王老师说,他出京时,年岁与冯一样,同样是因为父亲戴了政治帽子,只不过他父亲是军职,一撸到底,连同老小,都打发回老家常熟支塘镇种地。

冯和王皆讲一口带京音的普通话,口齿清楚,字正腔圆。他们各自在小小年纪,从京城一下沦落至下州末县,那不变的京音,想必是他们抵对命运改变的一种负隅自持。京音中自有一等说不出的优越,外省人亦不妨理解为傲慢,若从事人文学科,则天然可以在课堂上转换为老天爷赏饭的势能。大学时冯老师教我们语用学,他生动地摹肖山东各地方言,结合情境解说方言的社会文化作用,我从中实实在在感受到上京雅言与下县方言在社会心理上可能制造出的强烈势差。心理不足够强大的下州末县之人，若再加上学历和社会地位的差别，完全有可能被这种势差打垮。但胡真完全没有这个问题。他的语言天赋更优于他们二人。他不仅考过普通话一级，且为持证的上海普通话考级员。他的音质又不似播音员般传递一种"正统"的宣教风格，而是磁性蔼然的，因其择词雅正，当他有机会深入去谈一个文史话题时，用《世说新语》上形容殷浩的话，那就是"既有佳致，兼辞条丰蔚，甚足以动心骇听"。

但那也仅为我个人的体验，我并没有机会外求以验证。我每去上海只是小住，我们在沪社交有限，仅与当地业余爱好书法的几个老头往来过；人老了话多，三五人在桌上嘈嘈切切抢着讲嘉定话——多半也是有我这个远来女客的缘故。其实我一句都听不懂，换作上海话或者还能破解一二。胡真多是微笑着，偶以嘉定话应两句。我在众人中连看他都觉陌生起来。此外就是胡真的发小老田，他是古籍社的编辑，与胡真有着密切的工作交流。但是往长宁区跑一趟，一天就过去了，所以除了交接书稿，我们也很少跑。我们三人是同年、同届，老田毕业于复旦大学中文系，他的同学里有我的中学同学；他大学时又曾跑来山大与胡真一起住过一段时间，认得我班所有男生，他与胡真最好的舍友陈明亦"友吾友以及人之友"了。陈明从商，做文化产业，他与老田有些业务上的往来，常跑上海。无论在济在沪，见老田抑或见陈明，都是老同学聚会的氛围，聊正事少而吃吃喝喝多。

王老师的研究领域在西方史学理论及近代史，山大之外，他还有一个美国外交史的硕士学位，是在南大拿的。虽然他在过去的三十年间几乎完全读洋书,虽然他对中国典籍甚少涉猎,理念上更难认同,但他对胡真所精专的中式体系表现出了很强的求知意愿;他向对方所提的问题,也都切问而近思。他们谈的第一个话题是庞朴《中庸评议》里的三分法。胡真向他解释中庸的四种形态——A而B,A而不A,亦A亦B,不A不B。我在一旁,与其说是享受听这一老一少的问答,不如说是感激王老师给了胡真这样一个可以展示自己的机会。多年来,胡真在体制外著述,他的古籍整理工作渐已得到同侪的认可,他的成果在第一等的古籍出版社付梓,获得过国家级奖项,但他学术社交的地平线仍然窄仄。与王老师这般无形迹的交往,我看他确实很开心。

"他有个愿望,希望到哪间大学里去——也不一定是特别好的985之类,随便与学生们聊聊天,人数不要多,就十个人左右,自愿来,再小也可,他不要职衔,不要报酬,也不要学校把这个计算成一种学分课,因为他也不想批作业给分数——这思路我跟某某说了,某某说他'天真'。"晚上告辞王老师回去后,我告诉胡真。"某某"是我们共同认识的一位山大老师。

"怎么就天真了?"

"现在都是绩效制的运作,进来,就看你能带多少资金、项目,签约期间贡献多少C刊,申到多少课题;就学生来说,本来已经是连轴转的状态,能不能保研、保到哪个级别的研,样样都在量化考核中。你让10个学生跟你不拿学分地聊大天,谁干?当然,他的身份是有吸引力的,也说不定。——某某说的,我仅仅是转述。"

"他其实不妨到嘉定来,比如,一年来三个月那种,上海大学在嘉定有分校。"

"他太太已经不习惯国内，不会跟来的。谁照顾他的生活，你？"

"我怎么就不行？"

我几乎要像某某一样奉赠他以"天真"二字。胡真的生活能力很差。而我，在海外漂泊近廿载，搬家十几次，是再怎么也摔打出来了。工作后置业，像多数住在大学城的华人，迫于昂贵的人工，庭院、房子、家务，样样都是自己动手来。对于王老师的问题，有一个答案我隐去了，认为他会懂：回国，还有一个原因是不必再过分操心生活本身了，不想做饭可以叫外卖，家政可以分担掉很大一部分清洁工作。自己不再需要撸起袖子给马桶水箱换部件——其实换部件不难，难的是在一眼望不到边的 Home Depot 货架上把这个部件找到、买到。艰苦的生活、顽强的中国胃，逼得我甚至连新疆手抓羊肉都学会做了。

次日一早我们去酒店接上王老师，即驱车北去常熟方向。来前他已说好，要邀我们去常熟玩两天，因为"我大姐家房子非常宽敞，再多来两个人也住得开"。我猜想是农家院之类。故此我们也带上了两天的换洗衣物。

沿着G204开，路的右边是绵延不断的盐铁塘。那是一条不太宽的内河，流经张家港、太仓、常熟和嘉定等地，因古代运盐、铁得名。九月底的吴地风光，正是舟逐清溪弯复弯，垂杨开处见青山。王老师不免说起他与这条河的旧日瓜葛。

"在老家那些年，除下田外，也常在这盐铁塘里罱河泥，有时候坐夜航船去嘉定挑垃圾，都是非常重的体力活，非壮劳力、年轻人干不得。女人能上船的，除非是'铁姑娘'。""罱河泥"是江南特殊的耕作旧俗，就是用由两根长竹竿和竹片密网兜做成的"摘头"将河底的淤泥挖出，杂以碎草，储于池塘，发酵后作肥田之用。说到"铁姑娘"，我又不免想到在"翻译研究"课上教过的许渊冲名译：毛主席咏女民兵的"不爱红装爱武装"，许老处理为"To face the powder and not to powder the face"。神奇的年代，女人崇枪炮而非脂粉。两者皆可译作powder。

中国的社会学者中，王老师最推崇费孝通，大抵因其对江南水乡的深刻认识与他息息感通。早先在美时，我曾对王老师抱怨说读《江村经济》找不到特别的感觉，他又荐我读费孝通的《生育制度》，我读后仍觉都是些老生之论。那段时间，想必王老师会觉得我非常"朽木不可雕"吧。他传来一篇自己写作的未刊文《好婆王包氏》，我读后，倒立即对"文革"时期的江南乡村经济形态有了点立体认识。"好婆"是苏南一带对"外婆"的称呼。王包氏是王老师母亲的养母，并非他的血亲外婆。在王家从北京下放支塘公社五大队第三生产队的漫长岁月里，他们三间茅草房里住了七口人，除了王老师，还有他的父、母、大姐、妹妹、嫡亲祖母、好婆。这还是在他大哥和二姐已经去了外乡的情况下。因为住处太过逼仄，兄姐回来探亲时，他这唯一能外宿者常跑到生产队去，跟小伙伴们挤草棚睡。不难想见，两亲家母共在一个屋檐下生活，其中一个还与这个家并无血缘，平日里会置多少闲气。两老太斗争的常见方式是一个比一个起得早，一旦占领灶台，就不许亲家母染指。但"罱河泥"的累，使得能上船的男丁在家中的地位比老爷还高，尤其是双抢季节。王老师回忆,有时两老太剑拔弩张,但只要他点头对好婆示意要吃饭,她就像接到最高指示似的,马上舒展眉头跑回灶台,胜利地向那一位宣告"啊要烧饭了",从而抢下阵地。文中也写道:"在吴侬软语的苏南,阶级斗争——乃至所有人间的勾心斗角——多是阴湿的,像黄梅天的阴雨而不是北方夏日的暴风骤雨。'文革'中暴力和死人当然难免,但民风终是懦弱和工于心计。"

但这"非暴力不合作"仅限本乡本土。苏南的常熟人跑去上海嘉定抢生活,必然会与地头蛇呛火,王老师又讲了一两个他年轻时跟夜船跑嘉定、与当地人打架的故事,结论是"嘉定人坏,非常之坏!"

司机与我都哈哈大笑。司机为免责故,只好交代了一下自己的生平:本贯浙江上虞,跟嘉定原无任何瓜葛,只因父母单位——中科院应用物理研究所——坐落于嘉定,他才在是乡落籍。十岁之前,他原随外祖父母一家在沈阳生活。

上虞敕五堂胡氏,以胡氏先祖、宋朝大儒胡安国五辞敕封而得名,有清以来为名族,祖居现设为胡愈之纪念馆。胡愈之、胡仲持分别为胡真的长伯祖和次伯祖。他自己的祖父胡学恕为胡家五兄弟中的幼弟,祖母范玉仙则为胡仲持夫人范玉蕴的亲妹。胡仲持的外孙女胡舒立从母姓,如今是著名的新闻出版人。胡学恕由两位兄长带出家乡读书,毕业于上海大同大学化学系,后成为一名化学工程师;胡真的外祖父母则为建国前老沪江大学的毕业生,亦习化学。两家皆在支援东北建设时去了沈阳,为一家大制药厂的同事,故他的父母原是青梅竹马。他父亲学物理,毕业于西安交大，研究生读中科院应用物理所，毕业后遂留所工作；母亲是沈阳农科大毕业，后调动来同所。胡真为独子，他在一个纯理科知识分子家庭中长大，少年时数理成绩皆上佳，十一二岁即学编程；但他的家族基因毕竟更优为文史，这热爱终于压倒了我们中学时代盛行的"学好数理化，走遍天下都不怕"主义，使他选择了文科；且在报志愿时，他亦完全不考虑复旦大学中文系，因为"大学在家门口读多没意思"。

胡家与近代文坛、政坛紧密相连的家族史，我们就没跟王老师提了，倒是王老师说起他的叔祖王淦昌，因为车子已经开到支塘镇王淦昌中学。在细雨蒙蒙中找了一家面馆打尖并吃了一顿美味的兰州拉面后，我们去学校跟着王老师"访旧"。恰逢十一假期将至，学校进入放假状态，一个人都见不到。王淦昌中学严格意义上说并不是王老师的母校，因为他自15岁回乡以来的8年间完全是失学的，只不过在考学前的半年，曾在这所当时叫"支塘中学"的补习班里临时抱过佛脚。1978年高考的残酷，有很多当届生写过回忆文章。王老师记得那年的暑期酷热，多地高温爆表，高考完回到家，他高烧不退，躺在草席上长达一周。他的家人都已经返京，好婆搬到了另外一个村子独自居住。毕竟年轻，硬撑了过来。直到通知书拿到手上，才确信命运的转折已经到来。选择考山大，也有致敬叔祖王淦昌之意，因其曾在山大任教。多年后他作为留学生回国，方才在北京第一次见到那位导弹元勋。

"您为何考历史系？为什么不像王淦昌先生一样，选择学物理呢？"我问。

"你这个问题，简直就叫'何不食肉糜！'"王老师摸着被雨打湿的鬓边，叹道："我整整8年没有摸过书边儿啊！我有其他选择吗？我父亲也是这样抱怨。一半是被政治整怕了，他觉得学文科等于跳火坑；一半是我哥从小数理拔尖，是'文革'前北航的老大学生，我父亲想当然认为我应该走我哥的老路。他对我的专业是一百个不痛快。"

我读《好婆王包氏》，知道王老师的父亲在"文革"结束后官复原职，回到了北京军区——他被打落下来之前已经是师级文职——并且带走了王老师的母亲和妹妹。他几乎半辈子沉默、苦闷、察言观色，在部队时，大到如副统帅出逃前的微妙局势，小到如不同兵种之间的军头斗狠等，都曾影响到他的命运，导致了他的终极跌落。当年他所遭受的处分是"开除党籍、军籍，撤销党内外一切职务"，作为"阶级异己分子"遣送原籍。在老家当光杆农民，他益发谨小慎微，只有到了1975年，他敏锐地感觉到风云变化，才跑到北京上访，赖在他原属兵种的司令部招待所里不走，吃住都打借条，以盛年的精力写申诉书，上万言上万言地写。终于摘掉了帽子。——我其实能够理解这样一个人对儿子又将走上文职道路的发自内心底里的恐惧。

校门口题有"桃李芬芳"四字的宣传栏处，陈列有王老师的照片，与首届校友、原中国人民解放军副总参谋长吴铨叙的置在一处，当然还有些其他人，比如王老师的外甥，一位新加坡理工大学毕业的自动控制专业的博士，也就是我们即将去做客的王老师大姐家的独子。大姐嫁给了本村的生产队长，是以未随家庭返京。我不意她的儿子如此优秀。王老师解释道，部分也是因为计划生育政策在苏南施行得力，家庭只有一子，自然倾力培养。

从王淦昌中学出来，我们开往GPS早已导好的地址。行至一处高档社区，门卫放行后，往里开去，发现是一所高档的低密纯墅区，一栋栋红黄砖石材外立面的联排别墅，家家带小院，掩映在碧藤绿树间。苏南的富裕，我久闻之，但确实不料此般奢华格调。这与我原预期的农家院出入太大了。王老师说，房子其实是外甥买了孝敬他父母的，买时还在底价，不过一万一平，如今已涨了三倍；外甥收入高，是因他毕业后加入了上市互联网公司，现在在上海和美国两头跑，两头都买房安了家。

大姐夫妇比我和胡真的父母略年轻些，我们毫无违和地称叔叔、阿姨，将带来的礼物呈上。两位老人皆慈祥和蔼，招呼我们吃饭，我们忙说刚吃过了，于是又搬茶上水果。我们进门前，阿姨正在电脑上设置一个炒股账户，不成功，王老师指着我笑道："这个她灵光，你让她给你弄弄。"果然我三下五除二就给她设好了。她手机上有一些老照片不知如何导入电脑，我也帮她导好了。别墅上下两层，附带一层地下室，阿姨理家甚勤，家中窗明几净，叔叔不被允许在室内吸烟，正好天降胡真这个烟友，两人立刻结伴去露台上过瘾。大队书记出身的叔叔眉宇疏朗，紫棠面色，身材完全无发福，一看就是惯于劳作的。他们每次去露台，都长于一支烟的时间，看来确实有得聊。

吃过晚饭，阿姨去楼上安排卧室，趁两烟友在外，王老师低声与我确认："给你们安排在一间……没问题吧？家里面，客房是尽有的……"我笑道："没问题。"他也笑道："那就好，保险起见，还是应问问。"沉了一晌，他又说："很多人中年后再次选择，婚姻质量会比第一次为高，因为知道自己要什么。"我说："我也许还不知道自己要什么，但我确实知道自己不要什么。我不要所谓'世俗幸福'：不断地购买、打扫，在微信朋友圈中展示清洁的家、漂亮的衣服、挣钱的老公和多才艺的孩子。再年轻些的时候，那些，我曾一度接近拥有过。"

王老师点头，斟酌着字句道："胡真，是个现代社会的异类。其人其才是难得的，不过，你们大学毕业以后，经历的路径截然不同，一定有需要磨合的地方。"

"主要是脾气都很犟。"我笑道，"但怎么办呢？唯有乡愿才好脾气，而乡愿，德之贼也。"

"那就要靠核心价值观的一致，将生活习惯上的问题磨合到位。"

"我是不要所谓'生活'的，王老师，因此也不要附加在'生活'上的种种形式主义，比如那张纸。我若是一个人过，自会有办法把生活的具体事项无限缩减，使麻烦趋近于零。但是两个人，如果有问题，就不会是小问题、小磨合。"

王老师说的部分是对的。在某些方面，胡真与我的价值观出奇得一致。我们有一些共同崇敬的人物，远的如阮元，如郝懿行、王照圆夫妇，近的如余嘉锡、王利器，再近的如我们共同的老师鲍思陶先生，皆为古籍学者。那是我与他交切的幅面。我另外的幅面他不了解、不关心，我也不要求他了解、关心。我们皆惜时，唯愿多花时间在读书上，故此不看电影、不旅行、不逛街，购物仅限必需品，不设任何节日生日之仪式感。生活习惯上，并不都是些小问题，而是有相当多的不协调，不免也愤怒争吵。能够撑得住，靠的还是一种双向的机制：在他，是因对我的情愫起于少年时期，那毕竟比较美好；在我，是因多年后的"重新发现"，使我对他有尊重。

　　王老师说的生活上的磨合到位，并不符合我们的形态。我们在一起的时间还不够久，条件也未达到能够长聚。所谓磨合，是一方真肯押上脾气去调教，而另一方真肯让步；然后两个人的顺序要反过来，再走一遍调教与让步。这需要两人都铁了心去"过日子"，而我在理念上就反对"过日子"。我见到过长辈女性清晨六点就起床做饭，忙到晚上九点还停不住脚，而其厨房、饭桌和头发永远是油腻腻的。我发现我不是被那种生活吓到，而是被那种"过日子嘛，总得柴米油盐、一日三餐……"的理所当然吓到。我做饭其实不赖，暇时也肯钻研菜谱，厨房里有做西餐的各种瓶瓶罐罐。许是自幼读富兰克林，我总以为在吃上付出过多时间是种罪恶。我的厨房保持着美国主妇标准的清洁光亮，那不仅是因几天才开一次火，且因各种清扫工具及化学洁剂我都使用，必要时也肯蹲跪在地板上擦拭角落。但是表现美国五十年代"快乐的家庭主妇"的"We Have Kitchens"系列画报，我看了也是直摇头。既然能做到一天只吃一顿饭，也能够接受长期外食或外卖，我想不出厨房能带给我什么特别的快乐。

　　胡真没有良好的生活秩序，他的住处不整洁，我第一次见到就叫了家政保洁。凡是能技术性解决的都可技术性解决。但我做不到像在自己家一样擦地板，因为原本就不是我弄脏的。厨房再次乱成原样，我拒绝进去做饭，他也不争议，接手洗切炒。我做顿饭大约要20分钟，他要1个小时，而且水平不怎么样，但我也不挑剔。手机里有美团，觉得没吃好就点外卖。他渐渐看到我的要求，吃力去做一些他原本不会或不屑的事，改变环境，维持整洁。

与不接地气的人恋爱是折磨人的，我有一定的思想准备，但我们的标准仍然差别很大。我点到而言的，王老师全懂。他说过"我是我们家不需要操心报税的那个人"，也说过"不可能总是一个人负重前行"。他提起中年时期在康涅狄格大学拼长聘的那些年头，每个周六和周日，他都需要在办公室待着，看资料，写文章。太太没有抱怨过。多年后他退休了，太太喜欢户外运动——漂流、远足、登山，他尽管视力不行了，也尽力陪伴，若不能陪伴，则由她尽情去玩，尽管那些项目耗时、耗钱，有时还危险。

我其实并不介意与王老师谈及私事。读殷海光忆金岳霖的文字，我对王老师也有类似殷对金的感觉。他是真正的通达、理性。最慈爱、通人情的中国长者也多少会予人以一种垂怜你的尴尬感。谢安不欲侄儿谢玄佩紫罗香囊，"患之而不欲伤其意"，戏赌赢之，得即烧之。即使那般的包容与慈爱，那诲人的智慧，也不免为一种假谲，令后辈在发觉的时刻顿感赫然。但王老师对人情的理解，是自理性的千锤百炼而来，对人欲，对每个人包括他自己最细微曲折的诉求，他不但不否定，反而总是探研何为最趋利避害的路径。因他的出发点首先是肯定人欲，也肯定人欲的多态，其后再图设立边界，使之不为人己之患。与他谈天，最大的感触是，他有着文科学者的思维及知识构造难以企及的一面。在患眼疾之后，出于对自身病痛的困惑，他将阅读的视域大幅转向医学和自然科学，多年来他频繁出入医院，对医学词汇了如指掌。我想，我起初与他的投缘，也部分有这个原因。我因父母皆是西医，又兼曾连续追过五季的ER（《急诊室的故事》），并不陌生于医学术语，故王老师自己的医诊事宜也多肯与我探讨。此番行前，他正困于前列腺炎，问我可知有什么办法，我说有种矮棕榈萃取，美国药店OTC可购到，此前我家老继父用了曾觉得管用，恰好我还带了两瓶在手边，本拟在上海用作随手礼送人。王老师听罢连声呼道："不要送别人了！赶快给我！"第一天在嘉定文庙，胡真曾照顾他去卫生间方便，亲见他为斯疾所苦，所以我赶快奉上。

两烟友回来后，我们在客厅吃着阿姨准备的水果，继续谈天。王老师喜欢的话题之一是中西医之论。他对中医的批评是恒定输入不能得到恒定输出。我凭自己与家人就医的经验，并不一味否认中医，当然，我仍认为它的成功案例有侥幸性。胡真则是执拗地将中医西医一概斥之，认为"人应该正视疾病与自己的共存，将疾病视为自体的一部分，一病去则他病复来，不必强求根除"，他反对去看西医或中医中的任何一种，故此连保险都不买。论着论着，渐渐地，我与王老师联合起来，胡真力孤，渐倒向对中医的维护，两方都有了点火气。具体争了些什么忘记了，总之我们三人在一起，争论起来很容易出现一个局面，那就是我与王老师会维护我们多年来所出入的西学系统，胡真会维护他多年来所出入的中学系统。那晚也不是第一次了，路上已经有过。后来阿姨叫我上楼去看客房，我遂离开了，也没有再回到楼下。洗完澡，我发现胡真上来了，有点诧异他们结束之早。

"咦，不聊了吗？"

"聊完了啊。"

"没吵起来？"

"怎么会呢？"

"刚才我上来前火力很猛的啊，怎么突然结束了呢？"

"我说你是不是缺心眼啊？你上楼了，王老师好意思霸着我继续侃吗？"

客房贴着浅粉色暗花壁布，水晶壁灯，荡漾着一种欧式春闺的气息，也不知是否为外甥夫妇回家时所居。客房里面还带一个小套间，有梳妆台和书架。上床熄了灯，床很软，稍稍一动即发出声响。我们掩口而笑，尽量躺平不动，各反枕着双手，在黑暗中悄悄讲话。

"你知道王老爷子以前是什么兵种吗？"

"不知道，他那篇文章里没提到。你知道？"

"嗯，是——工程兵。"

"又怎么呢？"

"有家传。"

"唔？"

"王老师……使我想起绛侯周勃。喂，小七，那篇世家你读过吗？"

"读过，意思记得，具体字句忘了。"

"绛侯佐汉，质厚敦笃。始击砀东，亦围尸北。所攻必取，所讨咸克。"

"所攻必取，所讨咸克——"我像复读机一般跟读。

"工程兵的特质。"

"So？"

"知子莫若父。王老爷子并没有指错方向，他也不全是出于对现实政治的恐惧。王老师如果学理科，成就会比他今日更大。"

"你？不是在说反话？"我睁大眼睛，扭过头去，在黑暗中瞪着他。

"当然不是。以他的用功，以他的天分，若是做理工科，不敢说到诺贝尔，分支学科里的世界级奖项，第一二等的，他能拿到，不在话下。"

"说得稀松！"

"他的思维方式，完全是问题克服式的。你看不到吗？这更对应理科啊，哪里有障碍，即推进、消灭之——"

"这又有什么不对吗？"

"人文世界里，不全是二元对抗。"

"那就是庞朴说的三元？"

"不是那么个切分法。事物和事物之间不是截然，而是你中有我，我中有你。你无法与自身对立。"

"天啊，又来了。"这是我们吵过无数次的题目了。我当然不见得认为事物非黑即白，但我坚持以为，即使在人文领域，也应有一种清明的、理性的方法论，针对什么问题，以什么方法解决，大致都应是有规律可循的。胡真则压根就不同意用"解决"来看待"问题",他认为凡"进步式的""现代性的"解决根本就不是什么"解决"。他甚至学会了用progressive这个词,气起来时会发狠说:"你这种progressive的说法能把庄子从坟里气活!"

胡真早先做过一本《列子》的注释,并非学术性的,而是有点应市场需要的那种半演义,但他因此而把老、庄都读得很熟,也曾动手做过部分训注。他在《易》上的功夫更好,老田跟我说,古籍社谁都校不动的《易》书稿,往往都是交给胡真的。他自己也出过一部大部头的《易林汇校集注》,分上中下三册。反正在我认识的活人里,没有人比他讲老、庄、《易》更出色的了。即使我在大型学术会议上接闻的那些著名学者,至少在三书的通贯上都不及他。由于了解他的思想绪脉,他的发飙我能谅解,且觉得颇可爱。然而他不能动摇我的观点。

"所以,也无怪你服膺他。你才是他的学生。你们都是进步论者。"

"咦,你这个论调,与昨日很不同啊。"

"唉,我算老几,他又怎么会视我为可教之材。"胡真忽然间情绪低落。他以前也不是没有牢骚过,你们圈子里,都带着什么什么头衔,隶属于哪个哪个高校,博士帽是起步价。

"人家又岂敢教你?你没算过?从你们见面,差不多三分之二的时间,都是你在讲,他在听。"

"我不该这么表现,"他懊恼道,"该多听听他的观点。"

或许是我读古书读迂了,我更叹赞晋人那种人物品藻。他们是那般率性夷荣辱，对于值得的人物，是真肯优礼。许玄度停都一月，刘尹（真长）无日不往，并一切政事都不裁理，自笑许玄度再不走，自己将成为"轻薄京尹"。即以九品中正制下的严格士庶分野，仍不妨有寒士完全以言语容止而崛起。张凭举孝廉，负气出都，谓必参时彦，还是那位刘真长，起先处之下坐，唯通寒暑。其后张答众客问，言约旨远，满座皆惊。及返回船上，同侣问何处宿，张笑而不答。须臾，真长遣人觅张孝廉船，在小伙伴们"惋愕"的目光中，载之远去，便诣抚军司马昱，即后来的简文帝，旋用为太常博士。

人生哪来那么多谦揖低头？岂不见李贺云："我有辞乡剑，玉锋堪截云。襄阳走马客，意气自生春。"我虽不指望胡真如何在众人前扬名，我但愿他有堪配他才华的剑锋意气。我在意，我当然在意，同行对他是否优礼。

"以后有的是机会，但这一次不必，"我握住他的手，"你可以，或者说应该，让他震惊。你放心，他有足够的胸襟接受异体系。"胡真在黑暗中默默揽住我的肩。

次日侵早即起，饭后往兴福寺喝茶。王老师打电话约了两位老友，一位姓陈，是常年跑缅甸的红檀木商人，一位姓葛，是工程师。葛工住苏州，回复说要中午方能开车到。于是就只有我们三人加上陈先生先喝茶。

兴福寺坐落在虞山北麓，开车倒是不远。晨雾渐渐迷成细雨，凉风渐渐中，杨柳草木一脉皆笼疏烟。寺里没有什么人，向当家的和尚点了四杯茶，向廊檐下一只石桌处坐了，透过杯子里竖立起来的碧荧荧的茶叶梗，闲闲看着疏旷的庭院，听陈先生讲些跑江湖的掌故、真假黄梨木的区别云云。半个早上就这么懒洋洋地过去了。中午时分葛工赶了来，请我们吃了个饭，下午接着去了昆承湖边的言子堤，继续叫了一壶茶、几样果品，对着横波清篸的东湖水，盘桓消磨着。

葛工比陈先生健谈得多，知识面也广；他性亲文史，又吸烟，与胡真一见如故。如果说王老师与胡真之间的问答像两个对手在势均力敌地打球，则葛工对胡真的提问像是发和平球，球虽发得低，但胡真接起时，每每旋得精彩，又不妨回传给王老师。整个下午，葛工似被磁石吸着般，他的藤椅离胡真的椅子愈来愈近，因他需密切注意着胡真的烟，吸完一支马上给续上一支新的，亲自点火，规格实在是够高。看他俩抽个不停，我后来不得不发话干预。

大学聚会的那年暑期里，胡真曾发作过一次哮喘，差点没了命，从此一直没离开过哮喘喷剂。彼时离我们重新交往还远，他哮喘的发作我只知有这则缘起，至于机理，他说他是过敏体质。他走到哪里都带着这两样东西——烟、哮喘喷剂，十分的黑色幽默。他实在是不应吸烟的。然我私下的箴谏也不过是被当耳旁风。中国男人在外场一般不喜欢被女人管头管脚，胡真倒没有这种面子工程，但我并不太愿意当着外人"确权"。王老师只介绍说我是某校老师，胡真是他的朋友，葛工都未必想到其他。我说了以后，他们还是照旧，不过频率放缓了些。

话题基本还是围绕老、庄、《易》展开，葛工犹感兴趣的是灵异世界。王老师全场叹服倾听，不时插言问几个有分量的问题，完全没有被抢了风头之不快。唯有陈先生比较落寞，于是我陪他聊了一会儿明代拔步床。临别依依，葛工盛邀众人再去苏州与他相聚。

晚上回去，我给胡真题撰了几句以总结当日，谓他本尊是"若斯人，可与论天人之际矣"，谓葛工是"可怜夜半虚前席，不问苍生问鬼神"，谓王老师是"当今不得不以此事推袁"，谓陈先生是"乃竟未知理源所归"。他问我如何评自己，我想了想道："裴逸民亦近在此，君可往问。"胡真深为莞尔。

次日一早，我们告辞回去。王老师在大姐家盘桓约一周，复又返回上海，他要从上海乘高铁去北京，再自京返美。他外甥家居沪上，本也可以去住，但他还是更愿意来找我俩玩，故此要我们给一个定位，他自己订了酒店，复又回嘉定住了两日。像上次一样，我们白天有时间就过去陪他，无时间他就自己带上手杖在外闲逛一番。他对吃、玩、住皆不讲究，眼见魔都如此丰富多彩的享乐文化，他都要片叶不沾身了，我请胡真带他去做了一次足疗。第二天他见到我大赞，"天啊，从来没有那么解乏过，晚上倒头就睡，从来没有睡得那么好过！"我们将他送至虹桥，高铁站有专门给残障人士的候车室，直到临开车前将人与行李皆托付给工作人员才折回。

2017年秋，王老师夫妇在美出了一个车祸，他的伤轻，很快恢复了，太太伤重，断了两根肋骨，做了个手术。出院后，他在家日夜照顾。祸不单行，他大哥查出了小细胞肺癌，从所在地包头转京治疗——王家的两个姐妹皆定居北京。王老师稍稍安顿了家里，飞回国见他兄长最后一面。大哥从查出到去世不过一个月时间。他处理完后事即返美了，其后他给我来过一个电话，主旨是要我叮嘱胡真戒烟。他大哥是长期烟民，肺癌一发现，已经在晚期了。小细胞肺癌无明显痛状，因此也不易被发现，往好里想是，好在没遭太多罪。

"如果……不戒的话，那未来，不过是个概率的问题。他烟龄有多少年了？"

"从大学一年级起。"我沉默了一会儿，"其实我自己也曾吸过几年，在美国读博期间，写不出论文来，压力最大的时候……我其实特别理解思考、聊天或无聊时，那种想找支烟的感觉。"

出乎意外地，王老师道："我也一样，多年前在国内时，山大、南大……也有过不少年头。出国就断了。穷。"他只用了一个字解释。但我秒懂。老留学生那一代比我们更艰苦，他还有妻子孩子要养。

"我们都是说戒就戒了……瘾不大是一方面，另一方面，还是因为理性导向。"

"他为何戒不掉？"

"他离不开。工作那么多，从早上干到深夜，一天要出几千字。不光烟，每天还要喝大量黑咖啡。他的生态与体制内还不一样。大学老师发不了论文，无非是评不上职称；他不写，是要断炊的。"

"他当时为什么要离开体制？"

"也许您不相信——他是真心热爱古籍这一行。他是不以为苦的。"

胡真大学毕业后，按照当年回原籍的分配原则，分回上海。他本有机会进上海博物馆，结果不知哪步弄错了，又仿佛在过程中得罪了哪位分管者，遂被发往沪北、非常接近江苏的一家地方中学去当了老师。他娶了同校一位女同事为妻，生有一子，逐渐考了几个证，出了两本书，被调入一家大专院校。他的写作能力逐渐受到上头看重，又被兼职调入区教育局，编一种教育期刊。中间他有过一次机会进古籍社，但那时候他还带着一个高中班，不能撒手任一班孩子自生自灭，遂放弃了。他最后离开的单位是区教育局——上海为直辖市，区的概念大抵相当于外省的一个市。有关离职前的状态，他的原话是"颇有点小权力，也有人巴着"。至于为何离开，他给我的解释是"宁曳尾涂中"，后来又加了一句："再晚，我怕就没有勇气了。"那是2003年的事。这些前情，王老师部分也是知道的。

"为何不考研究生？"

"他不愿意考政治，还有外语。他觉得这两样与他弄的领域全不相干。"我叹气道，"他是会考试的——他当年的高考分数足够上复旦，他要是肯做通自己的思想工作，只要过了政治和外语，想考随时可以考出来。老田起码有一打古典文献方向的导师可以推荐给他报，山大也有跟他合作的教授，怎么会不双手欢迎。但只要有本值得的古籍校着，他就非常心满意足了。至于别的东西，他认为去劳神就是荒废生命。他的价值体系差不多完全逆着当道而行。"

我未尝对王老师说，在知识界最清苦的时期，他曾接过一个活儿，相当于对余嘉锡《四库提要辨证》的辨正，也就是说，把

《四库提要辨证》重新走一遍,再捋一遍余嘉锡有什么辨正错了的。花了整整一年多时间做完了,但不知为何,出版社后来又不用那个选题了,也没有赔补。但他说:"这辈子最不后悔就是接了那个活儿,等于跟着余先生读了一遍四库。"经部、史部、子部的强人,我皆在不同学术平台上见识过。但胡真在集部上的功力特别强,非常偏门的集部书目,不用查网络,直接说得出来四库馆臣的提要大致——就是那个项目磨出来的。那当然是难中之难,因为从概念上说,经、史、子是限项集合,而集部是不限项集合。在那没有收入的一年里,幸而他住的房子出了个什么墙体问题,开发商必须返修,整楼搬空,开发商每月打钱给住户到外面租房,住得简陋点也可以生活。

那又是高校教师最清苦的年代。鲍老师因为唯出版社能解决住房而离开了高校,冯老师开过书店,接过阿拉伯联合酋长国的商业代理。

挂了王老师的电话,我给老田发微信,转述了他的警告,我说,你、陈明、胡真,都是烟枪,你们三人,应该共勉着少抽,而不该共勉着多抽。胡真吸烟最厉害,我劝不动,你作为发小要帮我劝住。老田当然是答应着。不久他来济南公干,我请他与陈明吃饭,席间我再次抱怨胡真的犟和不吃劝。

两人异口同声地说:"知足吧你!对你,他已经是最让步的了。"

"什么叫'最'?"我们对于彼此的过去都是"交代"的。我自然知道得比他们多,但仍不妨装作好奇的样子戏谑一问。

"总归是才子嘛,身边一直会有崇拜他的……呃……人。"他们竟也知道替他掩饰，但又掩不住要剧透。

"我不奇怪，"我笑，"你们可以算上我。我是之一。"

他们说起他那毫无幸福可言的婚姻。他并不是全无过错的。他的前妻及前妻一家，他们都见过，也都认为还过得去。结婚之初，他在那沪北小镇上与岳家住在一起，女方的祖父尚还健在。婚姻质量虽不怎么样，至少前妻祖父、父母都十分尊重他，小镇的风气尊师重教，而他是个颇得学生爱重的教书先生。孩子由丈母娘一手带大。直到他父母出钱在城里置了房子，小家庭才搬出来。过起二人世界，关系反而恶化了，因为需要料理油盐，两人皆不会，也再没有长辈的温情在中间摒挡。老田与陈明皆对我说，你是个奇迹，能跟这么位非主流的主儿过下去。没有女人能做得到。

其实还是因为没有"过"。所谓生活是不存在的，可以选择性忽略的即忽略。至于其他实在不能忍的点，我用过简单粗暴的规训。比如他几乎没有什么合穿的衣服，又拒绝买新的——倒还真不是因为钱，他就是单纯地反感逛街，反感得要命；而在淘宝上买，他又不看尺码、样式、材质等，买回来往往是错的。如此他益发抵制穿新衣。我强行丢掉过他的旧衣服，迫使他不得不穿我买的新衣。最严重的一次冲突，我不是丢，而是直接剪了他的旧衣。胡真却从未将自己的标准强加于我，这点我自愧弗如。有次我们约好去长宁见老田，但我晚上失眠，早上不能起，他便自己去了，跟老田解释说"睡疵了"。他没有抬出他的面子、他友的面子或我的面子来责难我，一切只觉得像五分钟一班的地铁一样正常。

我同王老师说，胡真是个真正的自由主义者。我说"自由主义者",这个词完全是中性的,既无褒义,也无贬义。"自由",对他来说,就是只遵循自己内心的原则,不接受任何不符合其内心原则的社会规范;与此同时,他也不以所谓规范来要求任何人。在追求自由这件事上,他绝无双标。

但此事的关键在于,你如何判断他"内心的原则"是合理的、不过分的?我同王老师谈起我的困惑。他是最有可能了解我困惑的人。他与我在求学和工作上的经历高度相似,仅有早晚之分:我们都经历了中外高等教育的一系列考试和规范的漫长捶打;对那一系列捶打带来的精神异化,我们都有自警;我们在各自的高校体系中,从来都不是所谓"混得好""吃得开"之人,也从来都没有行政职务;我们共同鄙夷一种窄巴的学问,那种学问的特色是材料堆积、无阐释、跳大神阐释或趋时阐释。

我必须承认,我对阐释的坚定如宗教般的信仰,正是王老师授予我的。我的另外一重信仰是文字的优美,那得自我与胡真共同的本科老师鲍先生。回溯我们的开始,正是对这精神之源的认定,使我们走近。我们几乎无时无刻不在探讨文字,每一个虚词,每一个状语。胡真对他所掌握的知识,不仅仅是记诵之功,他的阐释,是一个真正弄通了这个知识点的前后、上下、左右的人的阐释,而且他永远结合着语言阐释。这是我最钦佩、欣赏的地方。与此同时,我又看到,他在古籍上的强功,是以他在其他知识类项上的空白为代价的,此外还有生活知识上的空白。同他谈话,有时你会感到他像是穿越来的。

我问王老师,胡真的做法都是正确的吗?他不仅仅是逃避了政治和英语的考试啊，也许后来他确实不需要再去考研了，因为他已经调入大专院校了。可他还是离开了。他人生所做的每一个重大选择，都不能用理性解释。

王老师说，有关现代性和理性的荒谬，我们是从书本上学到的，或者是吃了亏以后才明白的。他自承，他的眼疾最初并没有那么糟糕，发展到近乎失明，与他在美国多家医院间辗转问疾、与被错误诊疗有关。西式的工具理性，他既是掌握者、信奉者，也是受害者。对此，他有痛彻的反思。

王老师说，胡真天然看到现代性的荒谬，也看到现代学术的宰制性。这个体系，至少在入门阶段，并不把学者当作个体，仅当作数字。故此，他的逃离是聪明的，省却了无数的消耗。这里面有非常高的智慧。

我补充说，胡真并不是完全的"逃离"。他虽离开了体制，但对合于他内心原则的事项，他会不计一切地投入和参与。多年来，他为嘉定当地的古文化事业做了很多事——查资料、撰碑文、辨拓片、编期刊、校古籍、授诗词，委托方有大老板也有不名一文的穷朋友。他从不问报酬几何。

王老师说，胡真看到金钱为一种羁累。他放下物质要求，使任何规范都奈何不了他。他足够勤奋，他的专长也足够小众，他有资本仅为内心的价值工作——但这仅是理想形态，实际上是打了折扣的，对吗？为了生存，他也写了大量不想写的东西，校了大量不想校的稿子，是吗？

我说是的。

王老师说，即使打了折扣，他也已获得了极大的精神自由。这是经过思考的人生，是绝大多数人没有勇气去过的人生。不过，他认为胡真对现代生活的抵制，部分是意气的、没必要的，可徐徐劝之。也许他不是抵制，只是没有人教过他。他有温暖的天性，只是照顾人的能力差了些。至于他的学术，只要他能做到系统自洽，就没有大问题。他认为胡真有独学无友的倾向，而我在体系内，输出的信息，可以对他形成有益的补足。

时间久了，我的困惑消失，我终于想明白，胡真想要的，确实合理、不过分。他其实与我一样，希望过一种专注的、不被外界消耗的人生。我只不过比他幸运而已——出道的平台高，更有条件或借口，为自己从生活的琐碎中赎身。至于他的知识构成为何会出现盲区，原因也很简单：在同样的水量条件下，你不能要求一口井同时具有一个湖的幅面。

对于他生活上的低能，我也渐渐有了一种辩证的认识，以为那是与他的低门槛自足相关的。我曾经门槛很高，但我也在不断地降低门槛。没有什么是不能改变的。既然你讨厌从晨6点到晚9点的厨房油烟，你就得接受人家也讨厌必须不停扫净桌面上拂落的烟灰。况且只要我拿起笤帚，他也会在一旁默默捡起拖布。

我有这边的工作，我们更常见的状态是异地着，网上打字聊着稿子和书，同时开着视频。能够撑下来，还是因为他看我的目光中有星星吧。

2018年秋，王老师再次回国，从北京到济南来逗留了两天，即应葛工之约南下去苏州，同时葛工亦约胡真一起前去。我因为有课走不开，只请王老师给他捎带了一件面包服过去。在苏州，他们三人再次相聚，喝茶数次。胡真发来聚会的照片，似乎在某个院子的天井里，光线有点暗，也可能是背后有竹子的关系。那两天里，王老师与胡真皆在一家旅馆同吃同住，胡真还是像往常一样，照顾他出入，最后将他送上去常熟的大巴车才乘高铁返沪。

早期他们之间的沟通经我中转，2018年之后，在去苏州之前，他们两人之间已经有了很多的交流。因王老师不方便打字，他多是微信语音留言，胡真也同样地回复。有时也打电话聊，一聊就颇长，如我在美时与王老师一般。语音不方便转发，我只知道他们聊的题目千变万化，早已不是最初的形态。胡真再没有对我说起过"你才是他的学生"那样的话。随着交往的增多，他亦不再汲汲于是否"震"到对方。他愿意向对方学习，他承认他的世界里清明理性的好处。有段时间，王老师加入了西雅图当地的一个经济学讨论组，他们聊了很多经济学话题，虽然胡真多半不懂，但他认真听了很多，还专门借了书来看。王老师的某些劝告他也听进去了。从苏州回来后，他恢复了已经停掉的保险，换掉了不合适的眼镜，并且同意去看医生。

然而一切都已太迟了。12月30日下午，胡真在家工作时突发严重哮喘，他儿子赶来，紧急呼叫了110，但因近元旦放假，嘉定城区街道拥堵，救护车完全开不动，足足开了二十多分钟，抵达时人已不行了。当晚从老田处得知消息，如被天雷打蒙，一时天旋地转，即刻向学院领导请假、联系陈明、赶买火车票、准备行装。一夜泪不能止。次日一早与陈明乘高铁赴沪，赶到嘉定，见了二老，一起去了人去楼空的租屋，只见工作桌上放着积了厚厚烟头的烟灰缸，堆着正在查用的书籍和正在校对的稿件，床边、桌上，皆散乱丢着喷剂。我拿起其中一瓶，在手上反复掂看，困惑不已。他父亲告诉我，他过去一向使用的哮喘喷剂，因含有某种禁用成分而被停产下架了，他不再能买到原货，遂新换了一种中药成分的喷雾制剂，起初觉得比原来的好用，甚至还夸过药效着实不错。事实证明……

还是元旦的缘故，政府机关都不上班，相关的证明不能开出，也就无法办理火化和丧事。询问了期限，告知最早也要一周以后，我与陈明当晚又踏上了回家的列车。

我在一个不眠的晚上拨通了王老师的微信，西雅图时间是早上，他刚起床，像是在洗漱或洗刷什么。我说我有要紧事跟您说。他停下手里的活计。我说了消息。电话那边传来摔了东西的声音，以及一连串的"什么!？啊?！啊呀！啊呀呀——！"像一支坚矛，寸寸推进，刺破了东八区中国的深夜。我不复记得其他的谈话内容了，只记得那一声声的惊号。

一周后，我与陈明再次在一个天色尚黑的酷寒凌晨出发，赴沪参加了胡真的葬礼。冯老师正在国外，隋凤凰及我们的另外一位辅导员唐老师同车去了。老田做了最后的致辞。他的父母、儿子、父母两边的亲戚们、当地和外地的一些朋友，都赶来送了他一程。

陈独秀有哭亡兄诗："所丧在远道，孤苦益酸辛。秋风衰劲草，天地何不仁。"所丧在远道，真真是人世的大苦。行前多冗事，去后多伤神，两番往返，悲泪尽洒在济沪间的列车上。其后的一年，我尤不能开车时听救护车的鸣叫，老远地听到，心脏惶惶然升压直跳，我会立即减速、换道、闪避。以前常倚枕抱着IPAD，打开《庄子》，磨他逐句为我讲解，如今艰难地复又翻开这书，满页的回忆外，那上哲的智慧，亦告诉我"生也死之徒，死也生之始"。那智慧，我知道，曾经流淌过他的头脑和心灵，或因那智慧之故，他走的时候并非充满痛苦。想到此，我有点宽慰，但并不能真正释情。圣人忘情，最下不及情，我本中拙，或正宜为其所苦。

"早出向朝市，暮已归下泉。形质及寿命，危脆若浮烟……我无不死药，兀兀随化迁。所未定知者，修短迟速间。"

我仍存在，我有感知；我欲逝者知道，他的存在，不曾被世界忘记。不仅仅是没有被我忘记，也没有被他的亲人、朋友、读者忘记。在那些常缘之外，世上还有一个与他在师友间的人，我能肯定，他也不会忘记。

# 《得一斋诗钞》与《所思不远》
# 集外的两世诗缘

  日前偶读钱塘吴锡麒氏《有正味斋集》骈文二则，中心感焉。锡麒为乾隆四十年进士，自翰林院庶吉士擢编修，两度充会试同考官，入直上书房，转侍讲侍读，升国庠祭酒。我感兴趣的倒不是他如何一路清途华辙，历荐寺台，而是他曾为其师二子所作的两篇序。

  吴锡麒的座师冯浩，浙江嘉兴人，乾隆十三年进士，著《玉溪生诗笺注》；冯浩长子冯应榴，乾隆二十六年进士，著《苏文忠公诗合注》；次子冯集梧，乾隆四十六年进士，著《樊川诗集注》。与吴氏一样，冯家父子三人亦皆曾出任典试。吴锡麒《有正味斋集》所序者，乃冯应榴之苏轼、冯集梧之杜牧二诗笺也。

  嘉兴桐乡冯氏世代簪缨的现象，在明清江南本不少见，但如本杰明·艾尔曼所定义的"学术共同体"的窄义概念——由血缘姻亲构成的纯学者家族——那种，具例就比较少了，海盐涉园张氏世家、嘉定钱（大昕）王（鸣盛）郎舅或可当之。

  我特记吴锡麒序二冯事，因这种推及两代的师弟、父子师缘在历史上十分罕见。锡麒谓苏门三公"海宇硕望，家门奇征"，苏轼本人则"有明允为之父,有子由为之弟""夜月一舟,弹琴亦侍;秋雨万树,对床有思",他所序的注家、为这位苏文忠公作笺的冯应榴本尊,可不正是一位"志勤于贻厥之余,情洽于孔怀之素"的清代"苏文忠公"吗?无怪锡麒叹赞"求之当世,惟君其人"。

前时我自师弟鲍重铮处获赠其妻李让眉的《所思不远》集,通读一过,深为推服。《所思不远》是一部评述清代诗词家的集子,其选目涉朱彝尊、陈维崧、纳兰容若、王昙、金礼嬴、黄仲则、龚自珍、谭嗣同、吴保初、李叔同,从清初到清末凡十子,依其诗作,述其本事,驰骋间既见读书人出经入典的赅洽,又见小女子解诗独有的清慧。

重铮为先师鲍思陶先生的独子,我念大学时,他方在幼龄,聪明顽皮,我师视为掌珠。谁想到他如今成家立业,本人虽习理科,却娶了一位能够续接乃翁香火的才女。我喜不能禁,逢人口角啧斯之余,亦援笔为《所思不远》作书评一则,虽不敢比冯、吴师弟父子故事,但同样是两世诗缘了。

鲍师出生于安徽省枞阳县。枞阳清代旧属桐城县治,是"人人方姚"的古文派基地。正如启蒙与救亡绞缠不清,中国的文学史也与政治史胶葛太过,书写中充满着粗线条的记忆。桐城派因以"道统自任",至清末已现颓圮,五四时期被疑古玄同詈为"谬种",其"阐道翼教"的"义理"遭人喊打,轰然倒塌;它本质的宋学气息又使其"考据"的旗帜立而不张,而况本来此宋就非彼宋,有清一代朴学巨轮岂是数人之力可撼动者?故《汉学商兑》等官司有时竟会被后世解为"关公战秦琼"式的构建与想象;其唯存的"辞章"——它真正独步天下的内功——又以白话文之废止而绝弦。

鲍师原名鲍时祥，他因景慕晋陶渊明而改名鲍思陶，属文作序，总以"桐城鲍思陶"落款。今士无人比鲍师更堪配"桐城"二字，他的旧体诗文，真正是继承和发扬了桐城派的辞章内功。

鲍家世代书香，鲍师生为长孙，自幼深受祖父正海公钟爱。五龄始，祖父正海公即为其亲授诗书。但鲍家至清末已凋零。我曾闻说，鲍师的高祖旧在姚鼐家坐馆，故鲍、姚两家世代通好。若这个传说不谬，则一方面说明高祖其人功名坎坷——大约在秀才以上、举人以下，否则他不会就东塾以谋馆谷；另一方面也说明他的学问出众——想来桐城三祖之一的惜抱先生，肯定不会聘用一个庸儒去教授自家子侄的吧。正海公嗣承家学，饱读诗书，但在一个"日日新，又日新"的新时代里，他的学问似乎没什么用场。

因叔父家有女无子，鲍师幼年即出嗣叔家。这嗣子的身份并未使他获得双份的资源，却使他成年后背负上了供养两个原生家庭的重担。钱锺书先生童年有过类似的出嗣经历，但同样是读书世家，二十世纪前十年与二十世纪五六十年代的历史语境不可同日而语。鲍师少时，不仅家境没落，且正规的读书环境已然不复。他刚及十龄即遭逢"文革"，祖父去世后等同失学，在初一中断教育之后至1978年考入山东大学中文系之前的漫漫十几年间，他几乎完全依靠自修获得了相当程度的古典学养，幸赖家中有劫火未烬的旧籍供这位天生的读书种子阅读。

鲍师本科时就学的情形，有其辅导员张存金先生的一篇回忆文章，记叙得甚为详实：他除了读书外，没有什么特殊的爱好；日常总是规律地三点一线，早晨为避校园的嘈杂，他会跑到周边的阡陌间静读，周末则会跑去纬四路那家古旧书店淘书。他相貌清秀，性格谦逊，见人总是带着略显羞涩的笑容，是每位老师和同学都会喜欢的类型。

在那"文革"后的七十年代末八十年代初，真真是国家右文，世风向学。师长们都喜他是个真正的读书种子，就连不治古典文学的老师也都重视他。两年前我曾写过一篇纪念鲍师的文章，时年八旬多的老系主任吴开晋先生在京读到，托七八级一位学长转告我，来年开春他从北京回济，要特来山大见见我，因为要"谢谢她为我的好弟子思陶写了一篇好文章"。吴开晋先生是治现代诗歌的。遗憾的是，其后不久他老人家就谢世了。

鲍师于1982年本科毕业，直接考取殷孟伦先生的研究生。殷孟伦、殷焕先二长者，年纪仅差一岁，在山大传统中分称"老殷先生"和"小殷先生"。外界有传鲍师是老殷先生的关门弟子，这是不确的，我起初也有过这样的误会，蒙一位同为殷门出身的师长相告，老殷先生在1982年后仍然收过研究生。不过，若说鲍师在旧诗文写作上最得老殷先生赏识，这大体是不错的。师伯刘晓东先生跟南京"学礼堂"做了个访谈，他回忆殷孟伦先生道："老殷先生是章黄的传统，涉猎面广，他对古典文学相当相当熟悉……对诗词歌赋样样精通。"老殷先生上课风格随意，闲聊与谈学术相结合，有时候聊着聊着会忘记下课。

我去拜望周广璜教授，也得到同样的印象。周先生早年任老殷先生的学术秘书。顺便说一句，山大似乎有将年轻学者指给老学者当助手的传统，鲍师本人也曾任关德栋先生的学术助手。20世纪80年代初热播日本连续剧《血疑》，万人空巷，老殷先生总是在开播前就招呼上周先生与鲍师到他家看电视，桌上摆好瓜子水果，等着两个小伙子来吃。他们的师生、同门关系延及生活的方方面面。20世纪90年代大学教师普遍清苦，这些师兄弟们谁在出版社接了什么活儿，都会分分大家一起做，于经济不无小补。前段时间我整理抽屉理出一张旧稿费单，签字人是周先生，大约是他接洽的出版社。项目是鲍师主持的，给一部名胜诗联著作作注，刘晓东师伯领了一部分。鲍师也邀请了我加入。那时我方念大三，书出来则已在大四了。注了有60多条，稿费得了700多元，在1992年很是一笔巨款了。

老殷先生爱玩、爱热闹，有空总喜欢拖着年轻人外出旅行，谓"读万卷书也要行万里路"；他藏书极富，"文革"前已达五六万册，四川老家的部分基本都被抄走，"文革"后还剩有约四分之一，在山东这边存着，年轻人来借阅，他亦并不吝惜，许多好书、珍本就这样随便散佚了，他并不以为憾。他并不是那种成日将自己钉在书桌前孜孜著述的老先生。1935年，因黄侃去世，老殷先生骤失所依，遂决定前往日本东京帝国大学师事盐谷温，行前只有一点日语基础，然而没两年时间，他已能将铃木虎雄的《赋史大要》译为中文。周先生语我，老殷先生天资极高，故他能够在极短的时间内弄通一种东西且出成果。但他阅读既博，兴趣点很快随之转移，有些年轻时已钻到相当程度的领域，后来就丢掉了。

老殷先生诗词、尺牍都写得精美，晚年有些应酬性八行书及序文即由鲍师代笔，这事很多人都知道，老殷先生本人亦不讳言，或者毋宁说有弟子为其代笔根本就是他的得意事，因为前波后浪，三日辞归，老派学者的代际传承本就规矩如此。

钱锺书中学毕业前已代乃父写尺牍、墓志铭，在徐彦宽、钱基博的《念劬庐丛刻初编》中颇见收录；在清华读大一时，他代父为钱穆的《国学概论》作序，指出后者叙清学之始而漏谈毛奇龄，"未为周匝"，述清学之终又不提及陈澧，"未为具尽"；在皮里阳秋暗讽这位本家有抄袭梁启超之嫌外，他更肖乃翁口气谓，"宾四论学与余合者固多，而大端违异。其勇于献疑发难，耳后生风，鼻头出火，直是伯才"，其绵里藏针、明褒暗讽之火候，又胜笃诚老儒钱基博多矣。无怪钱穆再版《国学概论》时将是序删去，内中原因，恐非全出他已知是代笔之故。

老殷先生为章黄弟子，故外界有传他的诗词也是从黄侃学的。这也是误会。老殷先生明确说过，他的旧诗学自同光诗人、其中学老师林山腴；在南京中央大学，他从王伯沆先生习骈散及杜诗，从汪旭初、吴梅、王晓湘诸先生学词。汪辟疆、胡小石、陈仲子诸师也教他诗歌，但多半是从研究的角度。南雍的古典教学一直将旧诗研究与旧诗创作拢得很紧，即今之程门高弟仍然秉承着这个传统。希望他们能一直将其传下去。

鲍师的发轫也类其师。他的旧诗写作并非老殷先生所教。从《得一斋诗钞》来看，他少年时已掌握了基础的格律，在入大学前已有了相当的创作实践。多数篇章是在"中年哀乐托无题"的时段写就。集中有词但不多，七律七绝为主体，情诗占比相当大。

《得一斋诗钞》刊于鲍师身后，他的几位治古代文学或文献的老同事——杜泽逊先生及夫人程远芬、倪志云、郑训佐、周广璜、贺伟诸先生——都参与了校订。

有位对鲍师有点了解但又不真正了解的朋友半开玩笑问：一位章黄嫡派传人、一位著书满家的训诂学者，居然还同时是个格律版的仓央嘉措吗？对于这种问题，不正经的回答是：仓央嘉措还同时是个佛爷呢！正经的回答是：情诗情词，本就是章黄的传统。

章太炎一辈子忙革命忙学问忙发疯，对男女情事基本不着意，但他所承自的德清俞氏，自俞樾至俞平伯四世皆笃于燕尔之情，而其中的三代——俞樾、俞陛云、俞平伯——皆曾丧偶，都留下过缠绵悱恻的悼亡诗。

黄侃风流，情史多到不能胜数。他又尤擅小词，随便举一阕《天仙子》："只有闲愁销未尽。春来屡寄天涯信。垂杨绿遍不归来，空有恨。谁相问。花开又是清明近。"每首词的背后都有个似有意若无情的冤家，那真正的负心人却是他本尊。

《得一斋诗钞》里有大量的亲子诗，这在旧诗的体类中倒是很罕见的。"怜子如何不丈夫"其实是一种现代观念，儒家提倡的是抑制亲子之情的表达。《礼记·曲礼》中的"抱孙不抱子"本为一种技术性术语，无非谓孙可以为王父尸而子不可为父尸，若孙太小则可以被抱着；然而这句话被过度诠释了，于是传统父子关系中没有身体亲密，也就缺乏情感亲密。古代文学中最典型的父亲形象是那位总霜着脸的贾老政，很少能看见他在宝玉前不"断喝"或不"冷笑"的。他当然也曾因儿子题了好句而"点头微笑""拈髯不语"——那是他的人性从面具中强挣出来的稀有时刻。

鲍师是完全走到了贾政的反面。他有亲子宣言谓"平生不改誉儿癖,凭他利口覆家邦"。我的理解是,鲍师天性中带有一种情热,简单说就是对爱及被爱的渴望,这与他所接受的套装式古典教育所夹带的孔教理念本来颇相抵触,但偏巧他的老师、师祖和太师祖(太炎先生将他的情热转接到另外一些使他犯痴的地方了,但原理相同)也都是与他相类的情热之人,故此他在有意无意间受到鼓励,遂以符合古典形式的方案激扬发抒着内心。既然爱情不能明确写出,那么亲子之情总可以大写特写吧?重铮每年生日,鲍师都会为他写诗,从出生起,《得一斋诗钞》中逐年有录,清晰的年轮印证着从婴儿到儿童到少年的成长。

北大毕业后,重铮去了德国留学。2010年,他在那里结识了他未来的妻子李让眉。让眉生长于北京,幼承庭训,酷爱古典文学。她的古典修为同样是套装式的:通格律,擅琵琶,解素绘,甚至会写武侠小说。尚在国内读研时,她已出任高手云集的光明顶诗词论坛的版主。该论坛现在已经有些式微了,但在2010年前,它几乎是国内最活跃的格律诗词论坛。诗向会家吟,那也是鲍师生前常造访、发帖的一家网站。鲍师于2006年归道山,让眉在2007年才进论坛,两人没有直接的交集。但鲍师生前诸多未曾谋面的诗友,后来都成为让眉在真实世界中的忘年交。她道:"我没缘见过公公,但奇异的是,我平生诸多因循爱好却多避不开他的余荫气息。"

最大的余荫就是姻缘的红线。鲍师曾托子名在网上发过一首五律，让眉读后甚觉惊艳，以为是同校的重铮所作，问及前缘，方才渐渐有了来往。两人在异乡相知相恋，学成后一起回国，均在京从事金融业，安顿好事业后遂成了家。鲍师挚友郑训佐先生专程赴京为他们证婚。如今他们的独子德勒已经三岁了，牙牙稚童，正在跟他母亲学诗。德勒生日，重铮在微信里贴了他的照片，小童扬着鼓鼓的、满是胶原蛋白的苹果脸，眼睛大而有神，正似鲍师。我百般端详，留言心得："像爷爷！"事后细一琢磨，不免摇头自笑：我这表现，在宝妈看来，是否像那种眼里只认自家血脉的可恶男家姻亲呢？

让眉是如何在高强度的白领全职工作与年轻母亲的尿片奶粉生涯中挤出时间写作的，对我来说真如谜般。当年我在美国读博时，也曾不知死活地逃逸出学术轨道，跑到旧金山一家财富五百强公司当了一名金融从业者。每天清晨乘BART通勤西去旧金山岛，晚上披着星星回到东湾的公寓，吃饭洗漱后，只剩躺床上倒着气儿看点电视颐养天年的劲儿了。工业界的气场与学术实在是扞格，至今我一听彭博新闻播报道纳二指往上跳还是往下跳仍会莫名烦躁，表征为看不下书去，不过A股和深市对我没有这个效应，看来还是在美坐下的病根儿。

《所思不远》所涉的清十子虽皆诗词作手，但又各有各的生平清奇处。朱彝尊、陈维崧历经国变，崎岖宦幕，朱获窃香偷姨之讥，陈有断袖分桃之事。纳兰容若为贵介通侯，出入扈从，日接天恩，三十一岁上以寒疾奄然而逝，令人生疑。王昙、金礼嬴为夫妇，王好游侠，善弓矢，因尚武之名导致科场蹭蹬，金擅画，淡柔情于俗内，伉俪二人"前船宾客后琵琶"，有过一段潇洒浪漫的日子，终不免在金礼嬴病亡后别鹤离鸾。黄仲则少年时长身伉爽，读书击剑，愿效太白，但性格决定命运，绮语焚难尽，随着中年贫病相侵，他诗中的元气磨尽，剑气箫心一例消。龚自珍家世高华，父系世代名宦，其母段驯乃大儒段玉裁女，兼具停机德与咏絮才；外祖父寄愿他"努力为名儒，为名臣，勿愿为名士"，然而龚自珍因书体不佳，每战辄北，老大不小在科场强栖一枝后已是意兴阑珊，他还是活成了一位名士，在风月事件中担当主角，也留下了今人说不尽的《己亥杂诗》。贵公子谭嗣同全身都是矛盾：勇猛精进，灵魂的撑点却在禅理；笃孝父母，身心却满盛来自家庭的创伤；决意冲破君权，却为营救光绪而死义。吴保初，清末四公子中较少为人知的一位，其父吴长庆为袁世凯发迹的总源头，他官止六品，诗名也远不及陈三立，在清末民初的变乱时局里，这位军二代一方面不免仰仗父荫品花走马，另一方面却又奇迹般地保持着为人的忠淳、正直，甚至，大量的天真。李叔同诗学摩诘，词法五代，同时是以西人乐理作中曲的先驱者，这位后来的弘一法师的慧根，在他谱出"一瓢浊酒尽余欢"的那刻，已经透机微显。

　　上列清诗词家十子，或久专盛名于国史，或未达人听于市朝，但我可以肯定地说，除非是专治清诗清词的研究者，恐怕不会有读者，包括文史专长者在内，全面地阅读过他们的作品，全面地解析过他们的生平。因这十位人物的生平跨越整个清朝，而他们的驷马交游既广，"憧憧往来，朋从尔思"，读者在理清他们的社交脉络的同时，也就获得了一张清代文坛点将谱。此十子的诗词未必都代表着清诗词的上九之品,但凡作者拈出、特加笺语的,皆有关人物的品格、成长或命运。更为难得的是,此书在以诗词串连人物生平的同时,并没有止步于评述人物。作者继承了中国古代既有的优秀诗话传统,对所引诗词的枢要部分进行了品正,涉面广及诗体、诗法、诗道、诗趣、诗韵等。严羽谓诗之法有五:曰体制,曰格力,曰气象,曰兴趣,曰音节,大致正对应上述五个方面。

如陈寅恪《读哀江南赋》所云,"其所感较深者,其所通解亦必较多"。解诗的工作,对解诗者的素养与慧悟客观要求极高。欲达"通解"境,先至"所感"域,然这"所感",并非积累一定的文史知识即可通关。诗有别材,非关书也;诗有别趣,非关理也。陈永正先生曾悲叹无诗心的"诗盲"强作解人、盘踞诗歌研究领域的学界状况:

> 古来不少专家学者,极其聪明,读书也多,自身所具的条件似乎甚好,但偏偏就缺乏"诗心",缺乏审美能力,对诗歌不敏感,无法领悟独特的诗性语言,无法判断其文辞的优劣美恶,可称之为"诗盲",而这些缺乏想象力的饱学之士偏偏又去研究、注释诗歌,强作解人,其效果可想而知矣。这真是既无奈又难以说得清楚的问题,可为知者道,难为外人言。

让眉是如何解《所思不远》中的清十子的呢?举个龚自珍的例子。龚诗有"以文为诗"的特征,在诗法上,这当然是有争议的。然而《己亥杂诗》的成就,正在于它甩脱了诗歌的某些束缚,从而

取得了"文"的"瑰丽奇肆"。诗歌的束缚在何处?"以文为诗"的优势在哪里?让眉是这样解的:

> 音乐性是诗的来处,也是诗的拘束。文之一道,以其不著脚镣,在表达的丰富性上是比诗有优势的,是以龚以文相诗,也就比之大多云山雾罩秀形容词的诗话说得更加清楚明白。

以让眉观之,善文者会有一些技法层面的欲望难以掩抑,但龚自珍做到了以手写心,这与他的本相关联颇大。龚自珍的本相又在何处?第一,让眉拈出龚氏的"庄骚两灵鬼,盘踞肝肠深"二句,谓庄、屈都是厌伪贵真的。第二,龚氏宗刘逢禄,"出常州公羊学派。此派好引古喻今,以经义言政事,倒与他与生俱来,至死未销的勃勃内热颇为契合"。第三,"受教于外公,龚自珍立学是站在汉学肩膀上的,而因其性真,立世问欲之间也未必不受宋学之侵许。但究竟以他的心气和眼界目之,龚自珍比汉宋两个学派都远要更贴近这个世界"。寥寥数语,从所崇、受业、天性、家世几个方面,解读出了诗人关切时代的真诚,"他的心脏接连着这个时代、这个土地的毛细,每一下跳动,都似乎在和人间交换着他的温热"。

谁无痼疾难相笑?各有风流两不如。先师并非世俗意义上的成功者,他过去不是,在其身后,在人们的话语评价体系中,似乎仍然不是。《得一斋诗钞》并未成为一部洛阳纸贵的集子,他的名字,也还未达到业内人耳熟能详的程度。他的儿媳李让眉并非文史专业出身,她的作品多刊于知乎、豆瓣等网络,颇具拥趸而较为小众,《所思不远》新近由浙江古籍出版社推出,尚不见知于学界。《得一斋诗钞》与《所思不远》两部集子构制不同,一作诗,一解诗,然明见允识之辈应会同意,二集于旧诗一体,皆为知言。如此这般,它们串起我师门的两代诗缘。我独何幸,为此缘证见。

## 《鲍思陶文集》整理后记

庚子岁杪，文学院同事李振聚研究员在微信上跟我说，承杜泽逊院长命，建了一个鲍思陶先生遗著整理群。我即时知会了鲍师的儿媳李让眉，邀请她和我师弟鲍重铮二人入群。这是一个我们三人期盼已久的消息。

整理鲍师遗集事，早在2019年6月即有酝酿。时芝加哥大学顾立雅讲座教授夏含夷（Edward L. Shaughnessy）来访山大，做了一场讲座。他是由儒学院、《文史哲》国际版、文学院等几处联合接待的。我在亚利桑那大学硕士时期的老师夏德安（Donald Harper）从亚大迁席芝大，后成为夏含夷的系主任；两个美国夏同时耕耘着千里无鸡鸣的中国上古史，这在海外汉学科系建制里是很难碰到的，也就是芝大的盘子容得下吧。因为夏德安师的关系，我对夏含夷不算完全陌生。《文史哲》国际版约他为杜泽逊教授团队新梓的《尚书注疏汇校》写篇书评，我虽隶属于文学院，也在《文史哲》国际版承乏书评编校，为方便两方交流，国际版主编在学人宾馆安排了一次简单的工作餐。学人宾馆离"校经处"所在的老晶体所南楼不过几步之遥，餐后便跟着杜老师一起去参观校经处。夏教授次日有紧张的行程，提前告辞了。我第一次进入古籍界闻名遐迩的校经处，只见一间大教室大小的房间，三面墙都是到顶的书架，联排长条大桌上摊满了书籍和稿子，十几个学生在紧张有序地工作，房间里唯传来键盘打字、翻动书页和小声讨论的声音。和蔼的程远芬老师也在，杜、程伉俪向我介绍校经处的环境和工作程序，我遂坐下来与他们聊了一会儿天。

我一直没有机会向程老师专事道谢——早已闻知她对鲍师身后的诗集《得一斋诗钞》有着特殊的贡献。鲍师于2006年捐馆，仅隔一年，他这部集子就在齐鲁书社付梓了。此书印刷、排版皆精美，印数不多，梓后很快脱销。我多年来在国外，无从购获，国内的友人给我拍了点图片看，我马上会意到，付梓此集必是一项不容易的工程，因为从内容判断，其原稿绝非一般文史编辑所能校得动的，它的背后应有一支强大的编校团队。2015年回国，终于购得一部。倪志云先生《编订后记》里长长的"共襄此书出版之事"的名单，印证了我的猜测——果然山东古籍界的多位风云人物都参与了这本诗集的编校。倪公无疑与力最著，其他人有多有少。名单里也有《文史哲》副主编周广璜的名字。

周广璜先生是鲍师生前的挚友，他们订交在二十多岁上，一个是殷孟伦先生的学术秘书，一个是殷门小弟子。《文史哲》的同事告诉我，鲍师去后，周先生常自叹息："时祥（鲍师本名）走了，我再没有能说话的人了！"老殷先生是个"少者怀之"的蔼然夫子，他的特点是喜欢跟有朝气的年轻人一起玩，出行、吃东西、看电视，无论做什么，他愿意有人陪着热闹。年龄稍大的弟子多已经成家，时间没那么方便，周、鲍是在日常生活中陪伴他老人家最多的。我想象当年的殷门，必是沐在一种风乎舞雩、咏而归的气氛里。殷门出息了很多古典学人才，公认的弟子三杰为刘晓东、鲍思陶、朱正义。朱正义先生走得早——他是20世纪90年代初在山大游泳池不慎溺亡的。

周广璜先生谈起《得一斋诗钞》的整理过程，他告诉我："看稿子，程远芬看得最多，前前后后看了三四遍！比其他人都多！"周先生与杜老师夫妇在山大五宿舍是上下楼邻居，周先生领了稿子来，请他们参与，他们即责无旁贷应承起来。周先生可谓找到了最合适、最肯尽心的人选。

程老师在古籍界被称为今之王照圆，实不无原因——王照圆并不独以郝懿行夫人名世，她的学术贡献本自成一家。整理张元济先生的《百衲本二十四史校勘记》，程远芬一个人就校了《三国志》《宋书》《南齐书》《隋书》《新唐书》五种，占全部手稿的三分之一。退休后的她更成为"十三经注疏汇校工程"的定心针，论守在校经处的时间，她比公务、教学繁忙的杜老师还要多。

杜老师与鲍师的交谊更为久远密切。他们的本科年级本来只差三级，又因古籍所的机缘，他们曾共同受教于蒋维崧、董治安诸先生。古籍所的刘晓东先生，杜老师称"我的学术靠山"。多年来，在许多学术计划上，杜老师都请刘先生出山为其规划，鲍师是刘先生于同门中最推重的一位，有时，他也会邀请这位小师弟一起帮忙推敲细节。刘著《匡谬正俗平议》，只请了鲍、杜两人为其作序。多年的学术交往，嘤鸣求友声，杜老师与鲍师自然也相知甚深。

1995年，鲍师迁职齐鲁书社，以后的七年间，他离开教坛，成为一名古籍文献编辑。对于这个职业转型，他心里其实是不称意的。20世纪90年代的中国高校教师,收入菲薄,待遇实在太低,愈是人口众多的重点院校,分房、晋升和提工资愈没有指望。更令文科学者难堪的是,在经济大潮的冲击下,好的本科生源都不再考虑读研究生,纷纷流向当时更有吸引力的新闻、出版单位,更有魄力的干脆去闯深圳、入外企。鲍师的出走山大,多是经济的原因——他幼年出嗣叔父,在安徽故乡有两个原生家庭需要供养;儿子幼小,岳母过来照看,需要宽敞点的住处。齐鲁书社看重他的才华与能力,许以一套房子,将他作为高级人才"挖"了过去,但鲍师天性热爱教学,他与乃师老殷先生一样,喜欢与有朝气的年轻人往还,寂坐于高斋之内为人作嫁,并不是他的志向。他在转职后写给我的尺牍里叹道:"舍鳣堂而就坊肆,私衷愧恧,夫复何言!"而那时的我,正是流向新闻单位的万千中文系毕业生中的一员;在滔滔时风的作用下,本科毕业前我竟未尝考虑过报考研究生。——我又何尝不"私衷愧恧"呢?

  八八级同学皆知鲍师对我的加意培植。周先生语我,他记得在鲍师家遇到我,也记得鲍师如何在我去后欣慰地向他提及"好苗子":"因为殷门有承继自章黄旧诗文写作的传统。时祥对此是非常看重的。这个香火不能断了。至少在这一线上,他是将你当作灯传来培养的。"回想鲍师对我的教诲,并不重其本业训诂,但于诗法、尺牍两项,他确实给予我很多点拨,包括类书的使用、格律的禁忌、尺牍的格式等。他鼓励我放胆去写,写好了就交他修改。他告诉我,早时在殷门初试手笔,他每作文成,老殷先生皆亲为笔削,蔼然诲曰:"为文譬如琢玉,破璞则新。"多年后读鲍师序其同门吴庆峰的《音韵训诂研究》文，至"昌黎论师，以传道为首。是道也，师门心法之谓也"处，我终能理解他传法明心、亲示路径的一番微意。

杜老师说，1995年后，他每去齐鲁书社公干，总会找鲍师聚聚，喝点酒，聊聊近况。他见鲍师在出版社心情寂落，乃劝其振作，找个项目做做。1992年1月，杜老师在北京王府井偶然购到巾箱本《四库全书附存目录》，从此走上了治《四库全书存目》的道路。1993年，他被征调参加季羡林先生主编的国务院古籍整理规划项目《四库全书存目丛书》，长驻北大，历五年而功成。凭着对四库学的熟悉认知，杜老师觉得《续修四库全书总目提要》是个好题目——此集是中国近代史上一个由庚款产生的重量级学术成果，比纪昀他们当时写出的体量多三倍。《续修四库全书总目提要》的纸本存于中国科学院图书馆，杜老师且激励鲍师说：你做这个项目有天然的优势，别人无法比，你的七八级同学罗琳不就在中国科学院图书馆做古文献工作吗？在杜老师的促成下，齐鲁书社与科图很快达成协议，《续修四库全书总目提要》也成为鲍、罗二人共同推动出版的一项重大古籍整理项目。

2002年，鲍师复调动回山大中文系，四年后，他罹癌病逝。

如晨风习习的早课教室、灯火通明的晚自习室，校经处的空气里也有一种体肤可感的知识的生长。学生们工作的动静，汇如春蚕吞叶般的沙沙声。校经处的底盘由尼山学堂不断变动中的三期学子构成，杜老师自己的硕士生、博士生也有参与。我注意到，女学生的数量不少，她们多半就扎个简单的马尾，额角光洁，握笔握尺，认真的神情如一幅画。我偶然提起《王荆公年谱考略》，一时忘记那位清朴学家的名字，正在沉吟"蔡……"，即有学生在旁补阙，小声插语道："上翔。"哈，原来他们也不是如我想象般的专注，也在倾耳捕捉老师们的聊天呢——那情境直令人莞尔。

久闻这个三年制的古典学术精英班为杜老师一手带出，"无湘不成军"，他主持的多个古籍整理项目都由这班优秀的子弟兵鼎力完成。尼山学堂的建制，是从完成大一课程的全山大学生中招生，理科生也可以跨科来考。这保证了生源对专业意向的稳定性。招考的主要衡量标准是断识古文，培养体系则全方位尊重国学规律，主打经学与小学。2019年秋季学期，杜老师聘我去尼山学堂开一门诗词写作课，接的是华东师大古籍所刘永翔先生的班——刘先生因腿脚不便无法再从沪上往来齐鲁间。我虽自度才薄力菲，且自己的科研教学任务也如五指山压顶，仍是勉力承之，实因爱重这班少年的"嶷嶷珊瑚琏器，阴阴桃李蹊"。去授课之前，我原也私下接触过几位尼山学堂学子，他们的学力之强实，都令我嗟叹爱惜。2015级女生刘天禾君与我往还最多，她的自由写作、理论、英文皆上佳，后来去了复旦大学古籍所。我曾与天禾说，尼山学堂正似我的某种road untaken（未曾走的路），倘时光倒流，我也会愿意去尼山学堂就学。

在那校经处的一角，听杜、程伉俪讲了许多鲍师的旧事，一晃，一个多小时过去了。尤其是鲍师在齐鲁书社的经历，实在多赖杜老师相告，不然我真也无从了解——他的山大故人多不太清楚这一段。

"他终是热爱教学，所以还是选择回到山大。"杜老师说。这个答案，多少释解了我有关"鲍师为何要回山大"的心头问号。并不是所有人都赞同他走这一步的。周广璜先生就曾痛心地说："时祥，他就不该从齐鲁书社回来！他就是上课太认真，备课累死的！"

老实说，周先生的话，我当时乍听之下，有过非常大的震动。不知是否为一种记忆偏差，我印象中的鲍师，在课堂上挥洒词翰，侃侃如也，从不需要照本宣科看讲稿。我甚至怀疑他从未有过讲稿。

在学术的盛年回归旧苑，重开绛帐，难道他还需要那般竭尽心力备课吗？——我问杜老师。

"他是那种老派学者的作风，讲课时貌似不看稿，实则备课非常尽心。每一门课程，都会留下精审周详的讲稿——理一理就可以出书的那种。"

从这个话题，我们导向为鲍师整理出版遗集的可能。2000年前后，网络和电脑已被普遍使用，我们猜测，他或有相当部分的稿件已为电子稿。手稿保存得好的话，取用也是没有问题的。

除《得一斋诗钞》外，鲍师还留下一份《中国诗歌语言研究》讲稿，听说，去世前已完成了诗歌体式、声律论和诗歌意境三章。此书，有希望出吗？——我询问道。

杜老师说，此书稿他很了解，"鲍老师后来改了书名，欲命之为《中国古典诗歌创作论》。在省中医院，他给我讲过未完成部分的马蹄韵……"他怅然道。我知那是他去探病时的事，不忍再问下去。"马蹄韵"三个字也似它的性质，袅袅漂浮成为一段未完成句。

杜老师告诉我，倪公梓出《得一斋诗钞》后，《中国古典诗歌创作论》这份稿子迁延了下来，原因有很多。第一，此稿是个打印版，没有转换为文本；第二，倪公未届退休之年，在四川美院尚承担着全职的教学和行政任务；第三，若整理出来，此稿应有一部单著的体量，如今出版学术书需要不菲的费用，将从何处申请出版补贴、跟属哪个学术序列？这些都是补稿者的顾虑。

我们也议道，若出全集，其他的手稿、清样稿、已刊稿、流散在外的尺牍、唱和诗文等，应到何处去搜集？还有，出版的时候，同样会有经费的问题。

杜老师答应说，这些，他会一一想办法解决。

己亥穷腊，疫情骤起，山大取消学生返校，整整一个春季学期，授课改为线上，院系的一切活动陷入停顿。挨到庚子初夏，风声渐缓，入秋后终于如常开学了。在这期间，杜老师为文学院建设了《山东大学中文专刊》丛书，除为在职学者服务外，也开放资助出版已故学者的文集。2017年故去的王小舒教授的文集既已排入这个序列。

2020年6月，师弟鲍重铮之妻李让眉点评清代诗词家的《所思不远》文集由浙江古籍出版社出版，我为之作了一篇书评。鲍师有冢媳缵承家学，是一重意外的惊喜。让眉的才学，我自郑训佐师处久闻之。鲍师的很多故人都关心着他的后人，尤其是他的七八级同窗。我的本科老师、已移民新加坡的罗福腾先生是其中之一。我偶在网络上读到让眉的片文，都会转发给罗老师，请其贴到七八级群里。因《所思不远》之缘，我与让眉开始有了很多微信聊天。据说傅斯年月旦国民政府的五院院长，诠至孙科，乃道："吾君之子也。"让眉的清慧解语，也得我赞叹一句："吾师之媳也。"

让眉与重铮结缘在德国留学时，起因是鲍师曾托子名在网上发过一首律诗，让眉误以为是同校的重铮所作，两人方慢慢有了交往。让眉跟我说："我是2007年开始在一些诗词论坛，如菊斋、光明顶、诗三百等，进行诗词交流的，公公故去于2006年，但他此前也在这些地方发诗词。刚刚整理到他的文件夹，还看到他此前收藏过的很多诗友的集子——作者跟我关系都很好。"就算再唯物，我不能不相信这里面有着某种天意。重铮自幼是一名理科学霸，中学毕业后，他以优异成绩考入北大数学系——他的择科已注定他会远离古典文学。但这冥冥中的姻缘，兜兜转转，又把第三代送回到幼承诗教的道路上来。

我同让眉说起，杜老师要推动《中国古典诗歌创作论》的出版。让眉回复说完全赞同，但她担心体量不足，凑不出一本书来。没几日，重铮传来一份PDF稿，是打印清样的那个未完成版，末附《白香词谱》等目。我收到文件，即开始用软件OCR还原，因效果不理想，又想办法使用了Google Doc的部分功能，但仅得前80页，后面的就无法进行，不得已，80页之后的内容，我一页一页翻出。整合成一个文本，进行了初步校对与排版，又请刘天禾帮忙校了一遍，遂回传给杜老师，请其发给倪公。

与此同时，杜老师联系《山东大学中文论丛》，预约将倪公整理完成的三章先行梓出。倪公回复说，整理稿将只署鲍师一人名字，绝不落倪字。这实在风义可感。倪公正式退休在八月间，虽获四川美院延聘，但其繁重的行政事务，学校已允至期可歇肩，故倪公预期2020年末可以毕功。

落实了这件大事，就有了"鲍思陶先生遗著整理"的建群。杜老师亲撰《编辑〈鲍思陶文集〉启事》，邀请了鲍师的同事、同学、弟子、生前交游凡19人入群。积稿如积赀，我们一点点收集起鲍师生前所作的尺牍、序跋、考释、杂感杂说、语言学要籍解题等单篇文字。成部头的书稿皆由重铮提供，或为扫描的手稿，或为清样打印稿，电子版一纸传来，倒也真称便捷。遗憾的是，这些隋珠和玉的书稿，总体量虽大得惊人，却并无一部完璧。里面特别有分量的《文化语言学》，计10万字，使用的是印有"山东大学教师备课本"字样的稿纸，署的时间是2004年，也就是鲍师归道山的两年之前。另外一部大部头《中国古典文献学》，计7万字，没有标注时间，用的是印有"山东大学中文系"字样的稿纸，想必同样成于同一时间段。其他短幅的篇章更是无算。联想到周先生所说的"备课累死"云云的激愤语，我渐渐想明白了一些前因后果。

1935年，黄侃在南京做四十九晋五十生日，其师章太炎赠给他一副寿联："韦编三绝今知命，黄绢初裁好著书。"不到一年，黄侃竟在五十岁上身故。黄侃之所以有"五十岁前不著述"的提法，乃因他信奉颜之推的"观天下书未遍，不得妄下雌黄"及江永的"年五十后岁为一书，大可效法"。黄侃尝言："初学之病有四。一曰急于求解，一曰急于著书，一曰不能阙疑，一曰不能服善。"20世纪30年代初，老殷先生问字白下，黄侃教之以"前修未密，后出转精,多闻阙疑,慎言其余"。这种对学问、对著述负责的信念,极大地影响了老殷先生。加之赶上多年政治运动,除一部《子云乡人类稿》及未刊的《子云乡人诗稿》外,老殷先生身后也没有传下太多著述。五十年后,老殷先生复诲鲍师:"为学譬若远征,须择正途,无贪小利而走快捷方式。大道以多歧亡羊,所谓欲速不达,反致贻误。"及其卒业之日,老殷先生手书黄氏治学格言付之,曰:"持此,悬诸座右。"

鲍师一方面深味师门价值观,对真正要藏之名山的作品慎重下笔;另一方面,他负累重,高校那些年一直处于低薪期,他不能不接些外面的课题以补贴家用。1987年到1993年,他集中地出了些名篇鉴赏、精华文库等著作,多为主编性质;也有对典籍的白话翻译,如山东友谊书社的《论语》英译即以他的白话本为底本。即使在这些杂编和白话翻译的写作中,他的序跋、注释写作也处处闪耀着一个有功力的学者的真知,但毕竟过于零散了。《中国语言学要籍解题》是他的本行,可惜只有2万字;他为《实用中国语言学词典》的"语言学家"部分贡献了3万字,为《中国文学名篇鉴赏辞典》贡献了3万字,但这些都不算单著。

鲍师在出版社的七年,主要的工作是策划和编辑图书,在这方面,他确实成绩斐然:策划大型图书4种,承担古籍整理项目3种,点校了齐鲁书社版《二十五别史》中的5种,编著成果共四五种,还有两部不知什么原因没有出来。他甚至与人合作翻译过两本外文书。这期间,他出过《起名指南》和《风水与环境选择》两本单著,都不算厚,但都是原创,尤其是后者,反映的是他的堪舆学心得。从鲍师的作品名称能看出来，他的知识框架是相当广收博蓄的，偏门旁学不少；在材料观点上，他并不自囿。虽治中国典籍，但他非常注意吸收最新的西方汉学研究成果。在没有网络搜索之前，学术写作中引用了什么，就意味着作者真正扎扎实实读了什么。

鲍师开阔的治学框架，很可能与他本科时的生活经历有关。同出于七八级的罗福腾老师也在遗著整理群里，他帮我们收集到不少鲍师的彩照，非常珍贵。罗老师告诉我："当时彩照很少，是因为他们宿舍有欧洲留学生同住，才有真切的记录。"20世纪80年代住宿条件艰苦，外国学生多是住留学生公寓的，但罗老师说，七八级那俩留学生，是跟大家一锅吃一屋睡的。如今有个时髦的语言教学法叫"沉浸式学习"，没想到国门甫开，两名欧洲有志青年已经做到了。我问："他们后来都成为著名汉学家了吗？"罗老师答："一个成为瑞典驻中国大使，另外一个当了英国间谍，后来在烟台机场被捕，被驱逐出境了。"我叹息道："可以进山大版《世说新语》了。"

2002年，鲍师移绛回到山大，那时已多少兴起量化评比之风。他已获有正高职称，学术成果总体量过人，本是绝无必要再给自己施加任何压力的。他的授课更是行走的口碑。鲍师与郑训佐师，一向以立得住本科课堂知名。本科生多还是小孩子心性，要占住他们的眼睛和心，教师光是"有货"不够，还要幽默，会互动，无说教味。那些2000级后的本科生，因为喜欢鲍、郑，竟给他俩起了一组外号，分别叫"陶陶"和"佐佐"，以示昵爱。

我听闻后，不由摇头表示了九斤老太的郁闷——这后浪辞令咋变这样了？我们那时候，喜爱某老师就将他硬性升格为"老"，比如鲍老、郑老，不管他实际年龄的三七二十一。

无论如何，重返教坛后，鲍师的心情是愉悦的。因为任课之故，他又开始兢兢业业备课了，虽然课程的内容是他十年前就讲过的。我猜想，正是从那时起，他开始有了从讲稿中出书的想法，而且不是一部，是多部并举。望崦嵫而勿迫，恐鹈鴂之先鸣，他即将迈向他师祖黄侃所定义的天命门槛了。这一次，他不再要他的著作关联任何的热点题目、整理规划，他不再碰为人作嫁的活计或轻飘飘的冷门小课题，他不再主编、策划、集成、训诂或翻译。他要写出真正代表他毕生功力的原创著作，而他的功力，最集中地反映在格律诗词写作、文化语言学和古典文献学这三个方面，这就是《中国古典诗歌创作论》《文化语言学》《古典文献学》这三个大部头的起源。

自庚子年末建群收集遗稿，先汇至李振聚研究员处。振聚将其分作文稿与书稿两大类，编成《鲍思陶文集目录》初稿，至2021年5月中旬移交与我。其时我即将参加一个民国史学术会议，因论文发现了新史料，整整一章需推翻重写，期限孔迫；幸而会议就在山大开，无需跋涉，我将大会发言的任务辞掉，只将论文夤夜改好了交上，剩余时间抓紧理出了《遗集分类整理思路》。我将稿子分为代访、已出版、手稿、WORD文本和扫描PDF数种，在目录上标注颜色。按照自愿、有酬、时间及次数限定的原则，邀请学生们参与整理，我的八名博硕士研究生，包括一名刚刚完成硕士录取还未正式入学的本科生，皆表愿意。我隶属于比较文学与世界文学所，所里的生源多是外国文学、翻译或英语背景，他们的古典学术储备有的稍好些，但总体不能与专业方向的研究生比。这是我的一个顾虑。

推进果然并不顺利。这还是在已经充分准备的前提下。"工欲善其事，必先利其器"，第一次组会前，我将所有文件分目，置于随时可以同步的云文件夹下；云文件夹链接群发，俾每人都可取用；学生分为四组，每组都给一名学生在云文件夹中建立写入权限，俾随时可以存写改订稿。第一次组会，先花半个小时与学生交流录音转文字、OCR转文字、生僻字查询等技巧，包括软件、资源、方法，接下来，四组学生分别到安静的教室进行诵读录入和打字录入。

返回的结果不尽如人意。只有一篇接近语体文的稿子进展较快，某组完成20页。《古典文献学》等手稿，因其本身的性质，带有太多佶屈聱牙的僻字，表述高古雅正，非听读或阅读打字可录入。实在地说，最艰涩的部分，即使本业的进阶学者也未必轻易能读通。

我于是向杜老师去求助，如实地说明了困难：《文化语言学》《古典文献学》等专业性强的专著，需找专业力量完成；我的学生仍可继续完成由单篇文稿构成的《得一斋文钞》。杜老师同意这个分为三块的方案，将前两种分派给了两组尼山学堂的学生，仍请我视尼山学堂两组，接洽人为何丽媛。我需要做的，是不断地对文稿进行整合、归类、编目、汰重。每当原始稿件出现断裂，皆要找寻头绪繁琐的多个扫描件，通过比对、找出各章各节的头尾，拼上。

　　分组明确、各司其职后，仍然碰到困难。《古典文献学》发现缺页，起初以为只是一页，后来发现是多页，且在中间部分，不补上就没有了连贯性，只得请让眉他们去找。他们在北京刚刚搬了家，所有书箱都打包未拆，接到消息，且顾不上整理新家，先一一拆箱。让眉传来的照片上，只见小朋友在空旷的新家地板上爬来爬去，重铮坐在地下，埋在一堆箱子间拼命翻找；未曾找到，小夫妇又趁周末回到旧居找。两处都没有，重铮乃请他母亲在济南家中找，居然找到了一大包。师母快递邮往北京，重铮收到后，急急扫描、传来，这边的工作才继续下去。新扫描的版本早出，但更为完整、全面，故此，古典文献学小组以此版为主文本进行了录入；但亓晨悦、陈奕飞两名同学格外有心，将早版也录入了。得知这一情形后，我复协商于亓、陈二君，请其将两版进行了整合。他们做了比分内更多的工作。

　　重铮后期传来的扫描件里，还有一份古代汉语讲义的手稿。因鲍师原稿中已有5万字的"古代汉语讲疏"，分别涉词汇、标点、句读、语法、修辞五个方面，手稿讲义中也有相关内容，故起初我以为电子稿即这份讲义的录入版。待其后细审，发现手稿与电子稿有出入，而尼山学堂二组负荷已重。经与杜老师商计，请古代汉语专业的青年教师王辉组织古文字强基班学生录出——因这份手稿字迹清晰，内容也并不艰涩，录起来会比较快，如果分给多名学生一起做，当作某种课堂练习，甚至可以两得其益。王辉老师收到我传去的讲义扫描件，在微信上打字回道："十分动容。"他每个学期都教"古代汉语",已经连续14个学期。他就站在鲍师曾经的岗位上,最懂得这557页的分量。因已近学期末,为保证进度,经协调,由刘祖国、侯乃峰、王辉三位老师组织,当时正在上古代汉语课的汉语言文学2020级、古文字强基班2021级共150名左右同学,每人分三五页,先录入,再校对,很快就完成了任务。

有了遗著整理群后,我与倪公也加了微信。有次,倪公请我帮忙找寻一则美国学者孙珠琴(Cecile Chu-chin Sun)有关"人格风景具有双重功能"的参考资料——因鲍师原作中同时提到三位华裔女学者——叶嘉莹、孙康宜、孙珠琴的诗学观点。我先是找到了一则2009年版的《观念与形式——当代批评语境中的视觉艺术》里的文献。倪公肯定地说,这个片段是对的,但需要更早的版本,因为"鲍老师2006年逝世,我在添加引用注释时,全都注意用2006年以前的书籍或期刊文章"。倪公的认真负责令我动容。次日,我找到一本1998年版的卜立德(David E. Pollard)的编著,里面收有孙珠琴的一篇文章,内含那个"双重功能"的观点,总算解决了问题。

抚理过百万余字的遗编,我终于能够约略会得,在2002年到2006年的时间线上,我那位即将走向知天命之年的老师的心境。

他尚还不知道,疾病在前面等着他。他只是一日一日走近黄、殷二氏曾经的心境。与其说是一种心境,毋宁说是一种"古者富贵而名摩灭,不可胜记,唯倜傥非常之人称焉"的标准。对于一名真正的学者而言,布衣蔬食皆无足道,他所不能忍受者只有一样:鄙陋没世,而文采不表于后世也。"文采",又是如何"表于后世"的呢？在章黄的门径里，选项有两个，一曰"本之情性，协之声音，振之以文采，齐之以法度"（黄侃《文心雕龙札记·明诗》），这是写作旧体诗文的路数；一曰"广征旧典，抽绎隐微，便章群言，敷畅厥旨"（鲍思陶《匡谬正俗平议·鲍序》），这是从事训诂章句的路数。

在将近五十之年，章黄一脉的两种绝学，鲍师皆已骊珠在握，可惜的是，留给他的时间不多了。"知天命年寄慨沉，直把微生付苦吟。景语入诗多谶语，'断肠'二字最惊心！"此诗为倪公所录，为鲍师疾笃之日在病床上所作的绝笔诗，只今读来，仍令人流泪断肠。

先师的代表性单著，除《得一斋诗钞》与倪公补天而成的《中国古典诗歌创作论》外，其他的书稿尚不能称完璧。然而我们后人可以从这部遗集中看到，什么是"斯文一线流，伊川师弟子"的章黄家学。这在当代，已近绝迹。

沉魄浮魂不可招，遗编一读想风标。我们永远追怀鲍思陶先生的风标。